U0137535

天下胡辣汤

上

王少华 著

河南文艺出版社
·郑州·

图书在版编目(CIP)数据

天下胡辣汤/王少华著. --郑州:河南文艺出版社,2024.7

ISBN 978-7-5559-1631-4

Ⅰ.①天… Ⅱ.①王… Ⅲ.①长篇小说-中国-当代 Ⅳ.①I247.5

中国国家版本馆 CIP 数据核字(2024)第 082761 号

天下胡辣汤

TIANXIA HULATANG

选题策划 刘晨芳 丁晓花
责任编辑 丁晓花
书籍设计 张 萌
责任校对 樊亚星

出版发行	河南文艺出版社	总印张	36.75
社　　址	郑州市郑东新区祥盛街 27 号 C 座 5 楼	总字数	492 000
承印单位	河南瑞之光印刷股份有限公司	版　次	2024 年 7 月第 1 版
经销单位	新华书店	印　次	2024 年 7 月第 1 次印刷
开　　本	700 毫米 × 1000 毫米 1/16	定　价	69.80 元(上、下册)

印厂地址 河南省武陟县产业集聚区东区(詹店镇)泰安路
邮政编码 454950 电话 0371-63956290

自序：人生几何

据说，每个人一生的饮食习惯，九岁时就已经养成，南方人爱吃大米，北方人爱吃面食，都是在九岁之前形成的。不管生活环境如何变迁，即便是北方人去了南方，南方人来了北方，饮食习惯九岁之前形成定律，这个定律也将伴随人的一生。

不知道对别人咋样，对我来说，这个定律挺准。

1971年，我十六岁，跟随俺爹来到了开封。俺爹是土生土长的开封人，也是不到二十岁之前离家，四处漂泊。俺娘是四川人，少小离家，在西北与俺爹相遇，俩人结婚后从大西北到南京落脚，然后生下了俺们三兄弟……等于说，我们全家只有俺爹一个人属于面食定律，俺娘出生在四川，俺们三兄弟出生在南京，都属于九岁之前吃大米的定律。在我九岁之前的记忆里，俺爹就爱吃面食，在南京居住的那些年，俺爹每天下班回家，总要带回几个单位食堂的馒头。

来到开封已经半个多世纪，俺爹俺娘都已经归西，可我至今对馍依然不感兴趣，家常便饭基本以大米为主，这大概正印证了那个“九岁定律”吧。来到开封后，馍出现在我嘴里最多的情况，就是在喝胡辣汤的时候，也只有在喝胡辣汤的时候，味觉才能感觉到馍香。

第一次喝胡辣汤的记忆，是在午朝门我堂姐家里。来到开封的头些日子，我住在堂姐家里，堂姐家是个大家族，姐夫姓傅，傅家兄弟八个虽各自成家，但都还和父母住在一个院子里。堂姐有三男两女五个孩子，家庭条件实属一般，五个孩子中除了最小的妞儿（五岁）不干活之外，其余四个孩子每天放学做完功课之后，都要帮着家里挣钱补贴家用，挣钱的渠道是纺棉纱和糊火柴盒。由于生活拮据，堂姐家每天吃大锅熬菜和芥疙瘩夹馍，芥疙瘩就是咸菜，馍可不是白面馍，是那种掺着高粱面和玉米面做成的馍。堂姐家的孩子们都很懂事儿，从没有跟我这个比他们大不几岁的三叔争抢过好面馍（白面馍）。我是从南方“大城市”来的，受到堂姐一家的特别照顾。那年月的开封，每家的粮本上标注的都是百分之七十的粗粮、百分之三十的细粮，粗粮包括高粱面、玉米面、红薯面，细粮就是白面和大米。那时大江南北都有粮本，南方却没有杂面之说。来到开封，每一次吃杂面我都像被塞住了喉咙，肚里就是再饿，那些杂面窝窝头之类的食物，都是强咽进肚里的，杂面和好面掺在一起还好点儿，尽管是细粮少粗粮多，可那已经是一般家庭一年四季的家常饭了。

堂姐夫很会做饭，我说他很会做饭是因为他会把粗粮变着花样吃，今天杂面馍夹豆豉，明天杂面擀面条，后天杂面蒸包子。尽管我知道这是堂姐夫用心良苦想让我这个南蛮子吃好，可我内心还是接受不了那百分之七十的杂面。一天，堂姐夫对我说：“三弟，咱今个（今天）中午喝咸汤。”起初我并没有在意堂姐夫说的咸汤是什么汤。晌午头，我学着孩子们的吃法，把杂面馍掰成一小块一小块泡进咸汤碗里，掌（放）进辣椒和醋这么一吃，顿时我的胃被刺激住了。这种刺激里携带着一种前所未有的兴奋，让我一鼓作气吃下了两个杂面馍，被撑住了。堂姐夫满脸展样（舒坦，精神）地对我说：“说是咸汤，其实叫胡辣汤，胡椒太贵，冇舍得掌，开封人就叫它咸汤了。”

压（从）那以后，别管咸汤还是胡辣汤，都给我的味觉留下了深刻印象，因为它能让我多吃杂面馍。

1973 年在开封上完高中以后，我上山下乡，去开封郊区一个农场当了知青。因为每天要干体力活，农场领导开恩，农场食堂不吃杂粮吃白面，我每顿饭基本上是俩白面馍一碗大锅熬菜，我的这个饭量算是农场女知青们的饭量,男知青至少要吃三个馍以上。因为能吃上白面馍,跟我一起种菜的男知青里面,有一顿能吃六个白面馍的,尤其是在农场食堂熬胡辣汤的时候,曾有人一顿饭吃进肚里九个白面馍。那年月,肚子里缺油水,胡辣汤利口,用开封人的话说,这叫"吃进肚里都是本"。尽管农场改善伙食经常熬胡辣汤,但我始终觉得农场熬的胡辣汤不及俺堂姐夫熬的胡辣汤好喝。

两年知青生活以后,我跟随着回城打临时工的浪潮,回到城里当代课教师,先后去了四所中学代课,其中二十九中学位于相国寺后面,就是传说中鲁智深倒拔垂杨柳的那个地方。撇开传奇不说,相国寺后面是一个最能体现开封市井文化的地方,尽管那时"文化大革命"尚未结束,新时期尚未开始,但那里还簇拥着不少"黑市交易"。有说评书的地下书场,有倒卖布票、粮票、缝纫机票和各种稀有票证的地下交易,还有偷偷摸摸倒腾各种吃食儿的。都说二十九中学是开封最差的中学,其中一个最重要的原因就是,这所中学里的学生受市井烟火气影响太重,太社会。

相国寺后面有一家叫"王馍头"的饭馆,后来我才知道,那是一家清末民初的老店,新中国成立后工商业改造时期归了国家。当时它是相国寺后唯一的饭馆,王馍头给我留下深刻印象的,并不是享誉开封的韭菜合子、炸酱面、鸡蛋灌饼,而是每天从早到晚支在店门前咕嘟着胡辣汤的大铁锅,除此之外,就是饭店里有个三十多岁可恶道(凶)的胖男人。胖男人经常跟食客发生矛盾,不是打就是骂,如果不是因为那一锅胡辣汤,我肯定不会去那家饭店吃饭,即使很怯气那个胖子,也挡不住那锅胡辣汤对我的诱惑。可令我奇怪的是,王馍头有那么好喝的胡辣汤,跟我同办公室的一位女老师却很不屑,每当我叫她一起去王馍头喝汤的时候,她只吃鸡蛋灌饼和韭菜合子,不喝胡辣汤。我问她为啥不喝胡辣汤?她说王馍头的汤不正宗,抽空她领我去喝"州桥胡辣汤",那才是正宗的胡辣汤。

女老师说的州桥胡辣汤店,在大纸坊街口的中山路上,是开封城里唯一日夜经营的饭店。女老师家住在大纸坊街,距州桥胡辣汤店很近。可说归说，一直到我结束代课生涯，要离开二十九中学那一天，女老师才领我去了位于中山路上的州桥胡辣汤店，就算是离开二十九中学最后的晚餐。那天也确实是晚上去喝的胡辣汤，州桥胡辣汤店里挤哄不动的人，那喝汤的场面，至今历历在目。

20世纪80年代改革开放之前，我一直认为州桥胡辣汤是开封城里最好喝的胡辣汤，我坚定不移追随着它的味道，直至它搬迁至自由路。再后来，我与寺门义孩儿哥哥结识，被寺门的早餐拿住了我的胃，寺门回民的胡辣汤又成了我的最爱，州桥胡辣汤才渐渐淡出我的味觉。寺门对我后来改行文学的影响巨大，这与寺门沙家有着密不可分的关系，最终把我的生活方式改变成了穆斯林的生活方式，让我戴上了礼拜帽。

义孩儿哥哥是个吃家，我跟着他几乎把开封城里所有的清真胡辣汤喝了个遍，在这个过程中，自然产生了对胡辣汤进一步的认识。但这种认识还不是那种脱胎换骨的认识，直到有一天，义孩儿哥哥把香港新世界集团董事会的李长发先生领到我的面前，在与李长发先生聊天的时候，我才对胡辣汤有了一个崭新的认识。

李长发先生是开封人，1965年从寺门离开开封，那年他十九岁。李先生一生浪迹天涯，行商为生，在离开开封的大半辈子里，最让他念念不忘的一件事儿，就是想要搞清楚自己家族的来龙去脉。从小他就听老一辈人说，他们李家祖上是犹太人，是宋朝皇帝赐予来到开封的犹太人“七姓八家”中的李家。虽然行商一辈子，但李先生爱学习，还算是个读书人，在行商天下的日子里，他曾两次沿着一千年前先祖的轨迹，从耶路撒冷一路来到开封考察，也就是在这个过程中，他结合着大量史料，得知胡辣汤的源头，是胡人喝的汤，最简单的理论就是，胡椒是舶来之物……

对李先生这个说法，起初我还保留一些看法，直到我回忆起少年时代在堂姐家喝堂姐夫熬的咸汤，才有所觉悟，咸汤与胡辣汤其实仅一步之遥，胡人喝的汤与地理环境密不可分，开封人喝的咸汤又何尝不是？衣食住行与不同的生存状态有着紧密关联，胡人喝的汤以胡椒为主，原因来自胡椒的产地和胡人饮食的粗犷;开封的咸汤以味重为主,原因是曾历经苦难,饱经饥荒。

历数中国的成语诗词,有许多对中原苦难之地的描述,比如“中原乃兵家必争之地”“得中原者得天下”“逐鹿中原”“问鼎中原”,陆游更有“王师北定中原日,家祭无忘告乃翁”的诗句,这些都是以战争背景对中原的形容。中原以河南为标志,也就是说,自古以来,河南就是个战争不断的地方,尤其是开封。当年北方的女真族一心要占领开封,正因为他们明白“得中原者得天下”这个道理。1938 年蒋介石下令扒开黄河花园口,就是为阻止日军的进攻,这一切都足以证明河南的重要性。蒋介石以水退兵扒开了花园口,让多少河南人家破人亡!那些被黄河水冲散、无家可归的河南人,聚集在被水围困的土坡上,叫天天不应,叫地地不灵。为了活命,他们抱团取暖,有食共享,支起一口大锅,东家一碗剩菜,西家一碗剩汤,熬出一锅味道浓重的咸汤,一人一碗,泡进干馍,呼噜呼噜有滋有味地吃完,一咂嘴说出一句“得劲”。“民以食为天”在灾难中得到最锵实的证明。

有句歌词叫“中原苦难地”,没错,正因为苦难太多,直到今天,在世人眼里,河南仍旧是一个不富裕的地方,还是一个最怕黄河决堤的地方。其实,翻开史料你便会知道,历史上洪水、战争导致黄河多次决堤,从而造成黄河改道,其中 1938 年蒋介石的以水退兵,就是我写的这个故事的开头……

胡辣汤是穷人饭,它的产生与中原苦难地有着密不可分的联系,它给人留下的乡愁,不但是味觉刺激,最重要的是这碗胡辣汤里有着河南人的爱恨情仇。胡辣汤也罢,咸汤也罢,它的演变与发展,只要你喝上一碗,别管你知道不知道中原的苦难,这碗汤都能让你记住河南。

从我第一次喝胡辣汤到今天已经半个多世纪了,这半个多世纪的历史变迁非常惊人,胡辣汤同样如此。从喝堂姐家的胡辣汤,到喝王馍头的胡辣汤,又到喝州桥胡辣汤,再到喝寺门的胡辣汤,恍如隔世。原以为开封城里的胡辣汤也就这样了,牌子响亮的汤也被我喝得差不多了,再好的胡辣汤也好不到哪里去了。于是乎,寺门变成了我喝胡辣汤的固定坐标,从 20 世纪一直喝到 21 世纪,从一个南蛮子喝成了一个地地道道的河南人。自己对胡辣汤的喜好,或许就是源于在那个落魄的年代,自己喝汤时产生的那种刻在记忆里的振奋。

改革开放以后,尤其是在 21 世纪,仿佛一夜之间,开封城里到处都支起胡辣汤锅,如雨后春笋,河南响亮的胡辣汤品牌几乎都出现在了这座古老的城市里。最突出的代表就是逍遥镇胡辣汤、北舞渡胡辣汤、方中山胡辣汤,据说还有湖南人和安徽人支的胡辣汤锅,汤锅越多越让人麻木,我也懒得去喝。俺家搬到西区以后,一天晌午头,我骑着小“电驴”经过黄河路与金耀路交叉口,偶然瞅见一家新开张、字号叫“奇永胡辣汤”的汤馆,门面十分招摇,喝汤的人不少。出于好奇,我扎住(停下)车,走了进去。再一瞅,这家汤锅确实跟我所喝过的汤锅不大一样,店内宽敞明亮十分干净,男女伙计们的工作服统一,还全戴着礼拜帽,倒不是因为这家汤馆是清真,而是那些男女伙计干活时的井然有序,忙而不乱,比其他汤馆里的伙计显得讲卫生有素质。这是我对奇永胡辣汤的第一印象。再一喝汤,顿时让我惊讶,这家汤与我喝过的所有汤都不一样,我说不出这家的汤好在哪儿,我只能说,这家汤生意如此兴隆,绝非是靠门面大、装修排场来吸引喝家们。开封是啥地方?别管历史上有没有个杨志在汴京桥卖刀,也别管眼下开发区盖起了枫桦西湖湾那样能与任何大城市媲美的豪华别墅群,反正牛二遗风在这座城市里仍然随处可见,我就亲眼看见在一家新开张的饭馆里,因“三狠汤”不够狠,一食客骂骂咧咧把汤泼在了地上。对我这号喝胡辣汤的老江湖来说,进到一家新汤馆,就是没尝一口汤,搭眼一瞅喝家们脸上的表情,便能知道个八九不离十了。那天,我喝罢奇永胡辣汤,走出汤馆,嘴里默默地说了一个字——中。再后来,这家奇永胡辣汤便成了我喝胡辣汤的唯一选择。义孩儿哥哥不满地说:“你这货就是喜新厌旧。”我笑着对义孩儿哥哥说:“我是喜新不厌旧,写罢寺门该写胡辣汤了。”

一转眼，我已年近七十，人生已过大半，开封城里会不会再冒出一家汤锅取代我对“奇永”的认可，很难说。我很早说过一句话：别看开封是座破破烂烂倒驴不倒架的老城，走在大街上也难瞅见一个漂亮女人，可你走着走着，不定从哪条小街小巷里就飘出一个能吸引满大街男人眼球的美女，就像当年西门庆看见潘金莲一样（玩笑）。我这是在比喻胡辣汤，别管是在开封还是在河南其他地方，也别管胡辣汤有多么悠久的历史和有多少传奇故事，喝家一茬又一茬，前赴后继，就是再过一千年，只要河南还在，开封还在，胡辣汤就还在……

人生几何？对我来说人生没有几何，不过是喝几碗胡辣汤而已，趁自己还活着，多喝几碗胡辣汤就算是平安无事对得起自己，用俺开封话说就是：吃进肚里都是本。

人物表

石老闷（石家汤锅掌勺人）

章兴旺（章家汤锅掌勺人）

李慈民（李家汤锅掌勺人）

沙玉山（沙二哥，沙家品味来牛肉）

艾　三（国民党军统特务）

艾大大（艾三之母）

封先生（清平南北街居民）

莉妞儿（石老闷之妻）

汴　玲（沙玉山之妻）

马老六（马家汤锅掌勺人）

高银枝（章兴旺之妻）

李老鳖一（李宏寿，信昌银号襄理）

白宝钧（信昌银号前襄理）

陈子丰（军人，负伤后在祥符转业）

于倩倩（陈子丰之妻）

李　枫（李孬蛋，李慈民之子，后枫桦西湖湾房地产开发公司总经理）

章　童（章兴旺之子，章家汤锅继承人）

马　胜（马老六之子，马家汤锅继承人）

李侄倌（李老鳖一侄倌）

周　洁(章童初恋情人,后移居澳大利亚)

石小闷(石老闷之子,石家汤锅继承人)

沙义孩儿(沙玉山之子)

小　敏(章童之妻,后枫桦胡辣汤掌勺人)

李蕾蕾(李老鳖一侄孙女,农行营业所主任)

孙姑娘(奇永胡辣汤掌勺人)

尚所长(北道门派出所所长)

金顺成(味道好素胡辣汤掌勺人)

养猫老太太(素胡辣汤配方提供者)

石　珍(石小闷女儿)

张主任(市餐饮协会主任)

长垣厨师长(人民大会堂宴会厅厨师长)

目　录

上部
抗日战争至新中国成立初期

中部

新中国成立初期至改革开放

下部

改革开放至二十一世纪

扫码查看
•天下胡辣汤
•中原美食汇
•中华文化谈
•走近王少华

上部

抗日战争至新中国成立初期

扫码查看
•天下胡辣汤
•中原美食汇
•中华文化谈
•走近王少华

1.“咱都是一个门口的，不可能见死不救。”

石老闷被尿憋醒的时候，天已大亮，他爬起身，往四下里瞅了瞅，身边横七竖八躺着的人还在睡，那些劳累了大半宿的男女老少一张张疲惫的睡脸上，似乎还印透着夜黑（昨晚）那一幕惊恐。石老闷支棱（竖起）起耳朵往远处听了听，东边杏花营方向的炮声已经消失，整个灰蒙蒙的天空和大地出奇地安静。他压地上爬起来，绕开一片裹着被褥和铺盖还在地上熟睡的人们，走到已经被水淹掉一半的村子边沿，站在浊水边上，解开掖腰裤，掏出包（生殖器）来，把那泡憋了一夜的尿刺向了水里。他发现，自己尿的颜色跟水的颜色好像冇啥区别，都是浊黄。他抬起眼，一边尿一边瞅着已经被水淹没了一多半的村子，回想着夜个（昨天）晚上惊心动魄的那一幕。

夜黑，石老闷把买到手的三只羊刚牵回自己住的土坯小屋里，正准备洗洗脚睡觉的时候，忽听见有人扯着喉咙在屋子外面狂喊，说是贾鲁河里的水淤出来了，马上就要围住村子了，让村里头的人赶紧往村北头的高处窜。啥？贾鲁河里的水淤出来了？贾鲁河里的水咋会淤出来？又冇下大雨。正当他还在犹豫不决的时候，只瞅见土坯房的门缝里，一股子水流就挤了进来。娘吔，还真是！石老闷顾不得多想，急忙用绳子拴住那三只羊，拉开屋门就往外面窜。当他把屋门打开的一瞬间，憋在门外的水一下子涌进了屋里，瞬间就淹过了他的小腿肚子。石老闷顾不得那么多，他奋力拉着三只羊，蹚着还在上涨的水就往屋外窜，这时他又听见有人在大声催促，让村南头的人赶紧往村北去，村北头的地势高水淹不着。于是，石老闷奋力拉着三只羊就往村北边蹚水而去，可那三只羊已经被突如其来的大水惊住，根本不听他使唤，加上水不断上涨的阻力，他很难再拉动那三只羊。就在这个时候，一个头上顶着被褥、也正蹚着水向村北头去的男人冲他喊叫道："你的命主贵（珍贵），还是羊的命主贵，傻孙啊你！别管羊了！"是的，当然是自己的命主贵，再说那三只羊他也实在是牵拉不动了。就在他撒开手里绳子的那一瞬间，咩咩叫唤的那三只羊，一眨眼就被汹涌的水流给卷走了……

待石老闷蹚着齐腰深的水，终于压村南头蹚到村北头的时候，他再一瞅，好家伙，村南头的绝大多数人，拖家带口，抱着被褥铺盖，都已经蹚水聚集到了村北头，只有他摊为（因为）那三只羊，把自己的被褥铺盖忘记拿了。

凹腰村这个地方，地形很古怪，整个村是南北走向，村南头低，村北头高，村中间更低，凹进去一块，因为中间凹进去这一块，也不知哪位祖先给这个村起了个名叫凹腰村。凹腰这俩字儿，恰好跟祥符城的人称呼凹腰是相同的俩字儿，却不同意思，祥符城里的人称凹腰是指羊蛋，凹腰村人是指地形的模样，凹进去这一块正好是在村子的中间。每一次石老闷来凹腰村买羊的时候，寺门跟儿的熟人们都要花搅（开玩笑，挖苦）他，说他幸亏不是穆斯林，他要是穆斯林，非打死他不中，因为穆斯林宰羊吃有讲究，不吃羊下水，其中就包括羊凹腰。要说也真够气蛋（可笑），偏偏石老闷经常来买羊的这个村就叫凹腰村，这就不免让寺门跟儿那些爱花搅人的人抓住了能花搅石老闷的地儿。石老闷心里也很别扭，经常在想，叫啥村不好，偏偏要叫个凹腰村。

虽说已经是六月天，可摊为慌忙逃命，冇把被褥带出来，这一夜可把石老闷冻孬了，加上蹚齐腰深的水，布衫湿漉漉的，虽然连困带乏，石老闷冇撑住瞌睡，还是睡着了，但夜里被冻醒了好几回。天亮以后，太阳也出来了，他却一个劲儿地打喷嚏流鼻涕，显然是感冒了，冇过几个时辰，浑身吓瑟（颤抖），还发起了烧。之后，他在一棵大槐树下面昏昏沉沉地睡着，直到感觉有一只手搁到他滚烫的额头上的时候，他才眯缝起眼睛，迷迷糊糊瞅见有俩人蹲在他的身边，瞅不清脸，只能听见俩人说话的声音。

"乖乖咪，烧得烫手，赶紧，弄点水来让他喝，别再把他给烧死喽……"

接下来说的啥石老闷也不知道了。他压早起一直昏睡到黄昏，再次醒来的时候，发现自己身上盖着被褥，还有一个人背对他坐在那里抽烟卷，他把手压被褥里抽出来捞摸了一下那个人。

"醒了，老闷。"那人扭过脸来。

"我说呢，这是你的被褥吧。"石老闷说道。

给石老闷盖被褥的人叫章兴旺。跟石老闷一样，也是压祥符城来买羊的。

"你不是回祥符了吗？"石老闷低哑着声音问。

章兴旺说道："回啥回，冇走一半就碰见老日了，他们拉大炮的车陷到水里，逼着我帮他们压水里推出来，那拉大炮的车太沉，越推越往下陷，就这，老日们走不成了，我也走不成了。"

石老闷："日本人往中牟来了？"

章兴旺："可不是嘛，要不是贾鲁河发水，搞不好他们都把郑县（郑州）给占了。"

石老闷吃惊地："是啊？"

章兴旺："幸亏我冇走成，我要是走了，你这会儿已经死罢了。"

石老闷："咋回事儿啊？"

章兴旺告诉石老闷，他发现石老闷的时候，发着高烧的石老闷已经处于昏迷状，躺的那处高岗被逐渐上涨的大水侵吞着，蜷缩在高岗上的人们都转移到地势更高的土坡上去了，只有石老闷还在原地。高烧昏睡中的石老闷，即便发现水已经淹到他的脚脖，也无力再往高处爬，也就是在这个节骨眼儿上，章兴旺瞅见了石老闷，把他拖到了更高的地儿。

石老闷："谢谢弟儿们，是你救了我的命。"

章兴旺："谢啥谢，一谢就外气（客气）了，咱都是一个门口的，不可能见死不救。"

石老闷是在日本人拿下祥符城的第三天来中牟的，当时寺门跟儿的人都劝他别来，兵荒马乱，到处在打仗，别再为了几只羊把命给丢了，划不着。其实，他也不想来，可不来不中啊，再打仗也得吃食儿吧，日子该咋过还得咋过吧，清平南北街上的汤锅不照样支着，牛肉不照样卖着，菜角儿不照样炸着，咋？日本人来了就不吃食儿了？老日不也去寺门喝汤了吗，用卖五香牛肉沙二哥的话说："该死不能活，该瞎不能瘸，日本人就不喝汤吃牛肉了？"石老闷一想，沙二哥这话说得照（对）。于是，他不顾家里人的阻拦，拿着拴羊的麻绳，就往中牟的凹腰村来了。半道上碰见了章兴旺。

章兴旺早先也在寺门住，因为清平南北街上的穆斯林不允许卖牛羊下水，他只好搬离了寺门，把他的杂碎汤支在了离寺门不太远的右司官口。章兴旺一家都不是穆斯林，由于生活在寺门，他们全家的生活习性跟寺门跟儿的穆斯林差不多，就是摊为要支杂碎汤锅，章家人跟寺门跟儿的街坊发生了争执，然后就被街坊们的白眼和邋撒（讽刺，难听；丢人）话赶出了寺门。杂碎汤铺是以他老婆的名义开的，谁也说不了啥，再说，章兴旺娶的那个老婆，也是个得理不让人的娘们儿，就是章兴旺不支杂碎汤锅，寺门跟儿的人也不待见他们章家人，每当寺门跟儿的人骂章兴旺破坏规矩的时候，卖牛肉的沙二哥就会劝说："骂啥骂，只要他离开寺门，别说卖杂碎汤，他就是卖大肉咱都管不着，这年头只要能活命就中。"

章兴旺的杂碎汤锅在右司官口支起来以后，收购牛羊杂碎的主要地点也在中牟的凹腰村，因为这地方的牛羊肉要比祥符便宜，下水也便宜，祥符城里不少人窜到这里来买，寺门的人也经常能在凹腰村照上头（碰面）。都是街坊邻居，所以每次石老闷和章兴旺在凹腰村照上头，也都显得可亲,石老闷虽说也不是穆斯林,但他们石家跟寺门跟儿穆斯林的生活习性一样,不吃下水,每次压凹腰村买回羊宰掉之后,下水也都卖给了章兴旺,寺门的人也都知道,石章两家关系不错,是摊为他们两家都不是穆斯林。

章兴旺伸手摸了摸石老闷的前额:“嗯,烧退了,想吃点啥不想?”

石老闷:“不想。”

章兴旺叹了口气:“唉,想吃啥也冇啊,都是日急慌忙逃到村北头来的,都冇带啥吃食儿,人快要饿死了,水不退咋弄啊……”

石老闷问:“日本人拿下杏花营了?”

章兴旺:“祥符城都拿下了,杏花营算啥,要不是这大水,说不定郑县眼望儿(现在)都拿下了。”

石老闷:“我说东边的炮声咋会不响了呢。”

章兴旺感叹道:“贾鲁河真长眼,淹水淹得可也真是时候,淹得老日去不了郑州了,淹得咱也回不去祥符了……”

石老闷冇吭气儿,似乎在想着啥,嘴里叹息了一声,喃喃说道:“早知道是这,我就不该来这一趟。”

章兴旺:“谁也冇长前后眼,咋会知道会是这样的结果啊。”

石老闷嘴里轻声嘟囔道:“其实我知。”

章兴旺瞅着石老闷,不解地问:“你知?你咋会知要发大水啊?”

石老闷:“起先我不信,眼望儿我信了……”

在章兴旺的追问下,石老闷把他知道的告诉了章兴旺。

石老闷的本家姐,也就是他大伯家的妞儿,在省府当接线员,记录了一段电话内容,这个电话是国民革命军第二十集团军总司令商震打给省政府的,电话内容就是要求省政府迅速撤离祥符城,蒋委员长已经有意图扒开花园口,用黄河水来阻止日军向西挺进。石老闷这个本家姐知中牟是石老闷收羊的地方,一旦花园口扒开,中牟就一定在劫难逃,于是,在随省政府撤离祥符之前,专门去了趟石家,叮嘱石老闷,安全起见,不要再去中牟收羊,可石老闷对他这个本家姐有成见,这个本家姐在石老闷跟前,一向是那副趾高气扬、说话像教训孙子一样的劲头,让石老闷很不感冒,虽然嘴上答应,却把这话当成了耳旁风。

听罢石老闷这话,章兴旺叹息道:“你瞅瞅,要知是这,你给咱寺门经常到中牟来的人歪歪嘴,咱也不至于会落到这一步,你还差点把命都搭上。”

石老闷:“可不是嘛,这事儿怨我自己了,冇听俺那个姐的话。”

章兴旺:“我要是有你那么个吃皇粮的姐,眼望儿也不会遭这个罪。”

“中了,不说这了。”石老闷朝四下瞅了瞅,说道,“我得找点东西吃吃,两天冇吃食儿,肚里空得有点儿呛不住了。”

…………

村南头的人都拥挤在村北头土坡上的第二夜,要比第一夜难过得多,原因就是饿,一天两夜肚里冇食儿那是个啥滋味,尤其是那些小孩儿,被饿得嗷嗷叫,大人们也冇法儿,就去村北头的住家寻点吃食儿,可村北头的住户大多数家里也不宽裕,有给的,有不愿意给的,水啥时候退谁也不知,留一手也都是为了保命。咋办,水要是一时半会儿退不了,恁多人会不会饿死在村北头都很难说。就在这时,村北头传来一片骚乱,因不愿被饿死,一群村南头的人闯入村北头人的家里去抢吃食儿,打了起来,都是一个村里的人,在这个生死攸关的节骨眼儿上,已经啥都不顾,原因所有人都能瞅见,埋住村南头住家户屋顶上的水,冇一点儿要下降的样子,有些地方似乎比夜个还涨高了一点儿,为了活命,乡里乡亲也撕破了脸面。

就在一发不可收拾的混乱越演越烈的时候,“砰”一声枪响让混乱的局面安静了许多,人们四下寻找,这枪声是压哪儿来的?是谁打的?定神一瞅,只见一个瘦高个子男人,手里掂着一把小八音(手枪)压一棵槐树后面露出了脸,大声说道:“我看水还是太小,恁还是饿得太轻,水再大一点儿,把村子全淹光,我看恁还打不打!”

石老闷和章兴旺一眼就认出了那个手里掂着小八音的男人,俩人异口同声地惊呼道:“三哥?”

手里有枪的瘦高男人叫艾三,国军情报小军官,家住寺门,老门老户,日本人攻打祥符城的当天早起,艾三才奉命离开的祥符城。石老闷和章兴旺都很纳闷,此时此刻,艾三咋会出现在凹腰村?就在俩人感到十分纳闷的时候,只听见艾三大声对土坡上的村民们大声说道:“俗话说,和尚不亲帽子亲,恁凹腰村老一辈少一辈都是赤肚(光屁股)在一个村长大的,咋就不能有福同享有难同当?非得为一口吃食儿反贴门神不对面,打个头破血流?明人不说暗话,恁都给我听好喽,我是国军军官,执行任务时被水冲到这里来的,我和恁一样,都是一天两夜肚里冇进食儿了,说句不该说的难听话,我要是想吃食儿,比谁都容易得多,我手里这把小八音对住谁的脑袋,我都饿不着!”

那些抢夺吃食儿的村里人,瞅着艾三手里的小八音,怯气,都不再吭声了。

军人就是军人,何况艾三又是个能说会道的军官,拾掇这些只顾吃食儿的灾民还是有招儿的。艾三的招儿就是,他让村北头的村民把自家的吃食儿,统统拿出来,剩菜剩汤,豆豉芥疙瘩,别管多少,一口两口都中,随后他又让人找来两口大铁锅,往大槐树下一支,锅里盛满了水,再把压各家各户收集来的那些剩菜剩汤豆豉芥疙瘩倒进锅里,然后把盐和其他能提味儿的作料再掌进锅里,一锅烩,搅和成汤,架上劈柴把大铁锅里的汤烧滚之后,凹腰村的男女老少一人一碗,把凉馍掰开泡进汤里吃。别说,这个法儿还真中,把那些饿得够呛的村民,吃得是各个满脸展样。尽管是水饱,那也是有滋有味的水饱。

手里端着一碗汤呼噜呼噜地吃着的艾三,走到了石老闷和章兴旺跟儿。

艾三:“要是在寺门,咱仨还不一定能照上头,冇想到在这儿照上头了,真气蛋。”

章兴旺:“可不是嘛,老天爷长眼,单门儿(故意)安排的。”

艾三瞅了一眼手里端着汤碗还冇喝的石老闷问道："老闷，你是不是不饿？"

石老闷闷闷地说了一句："谁不饿谁是孬孙。"

艾三："那你咋还不喝？"

章兴旺花搅道："他嫌不清真呗。"

艾三用手里的筷子点着石老闷说道："别臭花搅了，咱都一样，虽然都不在教，但家都在寺门，连这都不懂吗？我听寺里的马阿訇说过，《古兰经》上说，当生命遭遇危机，人快饿死的时候，不清真的食物只要能救命，那就要先保命。"

章兴旺附和道："就是，老闷，再不吃你就回不去寺门了。"

石老闷："我不是嫌这汤不清真。"

章兴旺："那你是嫌啥？"

石老闷："我是舍不得一下把它喝完，这水要是不退咋办？不能吃了这一顿不想下一顿吧。"

艾三："拉倒吧，咱眼望儿就是吃了这一顿不想下一顿，就是死也不能当个饿死鬼吧。"

章兴旺："就是，谁知明个早起还能不能把自己的鞋穿上，喝吧，老闷，听三哥的话，不能当饿死鬼。"

听艾三和章兴旺这么一说，石老闷心一横，端着碗呼噜呼噜地喝了起来。

艾三瞅着石老闷问道："味儿咋样？"

石老闷："中，可中，我觉得比马老六家的胡辣汤好喝。"

章兴旺："你这是饿的，吃啥喝啥都香。"

艾三："未必。我也觉得咱熬的这锅汤，要比马老六家的胡辣汤好喝。"

"是吗？我再弄一碗拿拿（尝尝）味儿。"脸上带着质疑的章兴旺，起身走到大铁锅旁又盛了一碗。再一看，端着空碗来回碗的村民还不少，满满两大铁锅咸汤都快见底了,压那些来回碗的村民脸上,能看到回味无穷的满足。

石老闷一边喝着汤一边问:“三哥,你咋窜到这儿来了?”

艾三冇吭气儿,嘴里喝着汤,俩眼却投向了被淹没的村南头……

日本人攻打祥符城北门的时候,艾三在寺门安顿好老娘之后才离开祥符城。艾三所在的特务营隶属商震的三十七军,任务是配合固守祥符的孙桐萱部执行情报任务。在日军猛烈攻击下,眼瞅着祥符城难保,特务营接到命令撤离城区,在杏花营附近监视日军动向,因为日军土肥原部的用意很明白,就是要拿下祥符后再一路向西拿下郑县,然后奔武汉而去。艾三接到上司命令的具体任务就是,伪装成逃难贫民,守候在杏花营与祥符城之间监视日军动向。谁料想,日军拿下祥符城后,又不费吹灰之力地拿下了杏花营,发大水时,别说日本人冇来得及跑,距离日本人二里地的艾三同样冇来得及跑,这才被大水给淹在了中牟的凹腰村。

艾三瞅着被水淹没的村南头,自嘲地花搅道:“可好,可得劲,日本人过不来了,恁也回不去了,就待在这儿喝汤吧。”

章兴旺:“三哥,这两大锅汤被你整得恁好喝,你是蒙的呢,还是有偏方啊?”

艾三斜愣着眼瞅着章兴旺:“偏方?啥偏方?你以为这是熬中药啊?”

章兴旺:“三哥,这你可不知了吧,胡辣汤早先就是个药方子。”

艾三:“我真不知,你能蛋,你给我喷喷(说说),胡辣汤早先咋是个药方了?”

章兴旺:“传说在宋朝,宋徽宗黑间(夜晚)爱压宫里窜出来,跑到樊楼上去会娘们儿,早起吃早饭的时候,吃啥啥不香,可把御厨给急得劲了,皇上胃口不好直接影响龙体啊。某一天,有一个叫严嵩的人进到宫里,把一个药方献给了宋徽宗,让御厨按这个方子熬汤喝试试。你猜咋着,结果宋徽宗喝罢那个方子熬的汤,顿时龙颜大悦,一个劲儿地说好喝,当即就把那碗汤命名为‘御汤’。压那以后,宋徽宗胃口大开,每天早起都要喝上一碗‘御汤’。那个叫严嵩的人受到了赏赐不说，还被皇上留在了宫里。后来才知，那个‘御汤’方子就是胡辣汤的前身。”

艾三斜愣着眼瞅着章兴旺：“你压哪儿听说的？瞎球喷。”

章兴旺瞪起眼：“真的！”

“还煮的呢！”艾三的眼斜愣得更狠了，“傻屌，你说的那个严嵩他压根儿就不是宋朝人。”

章兴旺：“不是宋朝人，是哪朝人啊？”

艾三：“明朝的，差几百年呢，还宋徽宗命名‘御汤’，鱼汤吧！”

章兴旺：“反正，反正都说胡辣汤是宋朝人发明的。”

艾三：“你反正个球！”

章兴旺：“反正，反正，反正三哥你熬的这两锅汤，跟我喝过的所有汤都不大一样……”

艾三：“你说说，咋个不一样？”

章兴旺：“你肯定有配方，绝对不是瞎蒙的。”

一直冇吭气的石老闷附和道：“我觉着也是，瞎蒙绝对蒙不出这个味儿。”

艾三瞅了瞅石老闷，又瞅了瞅章兴旺，不轻不重地说了一句：“在寺门住的人就是能蛋啊。”

章兴旺：“瞅瞅，让俺俩说准了吧。说吧三哥，汤里掌啥稀罕物了？”

艾三冇说话，他把目光再次慢慢投向被水淹没的村南头……

在大水到来之前的半个时辰，接到撤离命令的艾三和两个手下，刚离开杏花营往西去的时候，他们走过一片麦地，大水便翻过不远处的土坡埂冲向了他们仨，那水的迅猛之势让他们仨猝不及防。艾三一看水的来势不妙，一把捞住麦地旁的一棵柳树爬了上去。他听老娘说过，清代那次祥符被水淹的情景。水势异常凶猛，祥符城要不是墙结实，一夜之间就能像明代李自成围城时的那次大水一样，被淹个屌蛋精光。祥符人都知水的厉害，祖宗们吃水的亏太多，老一辈人只要说起发水，各个都是谈虎色变。

要不每到雨水多的季节，自己老娘就会把家里值钱的东西捆绑进一个包里，一旦发水，就可背起包逃命。艾三很奇怪，这次日本人攻打祥符城的时候还有发水啊，老娘为啥在他离开家的时候，非得让他把那个包一起背走呢？起初他不愿意背那个包，说执行任务背着它太不方便，结果老娘恼了，差点翻脸，说当年李自成围攻祥符的时候，朝廷就是下令扒开黄河，用水把李自成给淹窜的，只要是打仗，祥符城就难说会不会被水淹。不是老娘的话在不在理，是他不想惹老娘生气，不得不把那个包背在了身上。

在爬上柳树躲水的时候，艾三最担心的是，别管这突如其来的大水是咋回事儿，它会不会淹到祥符城，如果这大水真是摊为阻挡日本人有备而来的，那祥符城可就惨了，自己窜了，老娘咋办啊？这是艾三最担心的……被困在柳树上的艾三，终于瞅见了一根被水流冲过来的木梁，他跳下柳树，抱住木梁，顺水漂到了凹腰村，而他那俩下属早已无影无踪。

老娘让艾三背在身上的那个包，已经在他身上背了好些天，他始终冇打开瞅一眼里头都装的是啥物件。他想，无非就是老娘的那些金银细软。在爬上凹腰村北头的土坡之后，艾三才把身上背了几天的包打开，一瞅，冇错，正如他所猜的那样，湿漉漉的包里，都是些值钱的物件。不过，除那些值钱的金银首饰之外，还有一个用木塞子塞得很严实的小玻璃瓶儿。他一看便知这个小玻璃瓶里装的是啥玩意儿，这也算是他老娘的一件宝物，而这件宝物的来龙去脉，他老娘也跟他说过。大约是在前年刚入冬的时候，住在寺门，靠卖羊头肉为生的李慈民，他的儿子是个孬蛋，别看还是个少年，十五六岁却孬得出名，跟着一帮大孩儿在扫街强买强卖时，讹走了人家的羊，被警局逮走后，李慈民找到了艾三的老娘，想让艾三去警局帮着拆洗（说和，商量；说清楚；介绍）把儿子放出来。李慈民去到艾家，送给了老娘这个小玻璃瓶，说是瓶子里头装的是压国外捎回来的胡椒，这胡椒别说祥符，就是整个河南和中国也独此一瓶，贵如黄金，甚至比黄金还贵。这个李慈民也不是穆斯林，跟艾家也算是有点儿亲戚关系，在寺门住的人，别管是不是穆斯林，要是攀亲带故，出不了几个弯都能攀上点儿亲戚关系，不遇事儿则罢，一遇上事儿，特别是跟宗族有关联的事儿，相互都可帮忙。在老娘的催促下，艾三去了趟警局，把李慈民那个孬蛋儿子给拆洗了出来。老娘很高兴，在家亲手熬了一锅胡辣汤，等艾三喝罢之后，老娘问他味道咋样？艾三跷起大拇指，一口说了一串"中"，他瞅着老娘满是笑意的脸问："这胡辣汤味儿咋跟原先熬的不一样啊，咋恁好喝？"老娘拿起李慈民送的那个小玻璃瓶，神秘地对艾三说道："咱家要是不缺这个东西，你小子就不用穿军服去给政府效力了，咱支个胡辣汤锅比弄啥都强……"

老娘再神秘兮兮，再说比黄金还主贵，艾三的心思压根儿就冇在那个小玻璃瓶上，不就是一瓶好胡椒吗，不就是比别的胡椒更提味儿吗，再好的胡辣汤又能咋着，再好也不能跟自己身上的这身国军军服比。住在寺门的人都是这个德行，把吃食儿看得比啥都重。

艾三把小玻璃瓶的胡椒全都倒进了大铁锅里，也冇当回事儿，在他看来，不就是一瓶子外国的胡椒嘛，殊不知，这瓶改变了汤味儿的胡椒，却引起了章兴旺的注意。在章兴旺又一次的询问下，心不在焉的艾三顺嘴就把这瓶胡椒的来历说了出来，说者无心，听者有意，章兴旺在想，如果能在自家的杂碎汤里掌进这种胡椒，汤味儿肯定会不一般。李慈民压哪儿弄来的这种外国胡椒，章兴旺并不感到奇怪。那个成年累月爱在外面乱窜的李慈民，经常能带一些稀罕物回到寺门，这瓶胡椒李慈民是压哪儿带回来的？他总不可能窜到外国去了吧。于是，章兴旺貌似无意地问艾三，李慈民是压哪儿带回这瓶胡椒的，艾三心不在焉地说："我不知，你去问俺妈，她知。"

2. "咱都是一个祖宗，要不咋会住到一条街上来呢。"

淹掉凹腰村的大水，在第四天才渐渐退去，但退得很慢，人还不能正常行走。可不能走也得走啊，对石老闷他仨来说必须走，再不走非饿死在这里不可，人家凹腰村的人可以相互接济，外来的人谁来接济啊，别说吃食儿，连住的地儿都冇，睡在漫天野地冇吃冇喝，让谁谁也呛不住。石老闷和章兴旺心里着急，是因为他俩不知祥符城里的家人咋样了；艾三心里着急，除对老娘的担心之外，就是急于联系上他的部队，这一点儿动静都冇了的日本人，又是咋回事儿？作为国军的情报人员，他不能当个睁眼瞎吧。仨人在商量了一番之后，决定在第五天的头上离开凹腰村。

一大早，他们仨人蹚着齐腰深的水向东边走去，还好，越往东边走水越浅，大约蹚出去有二里多路的样子，水就到了脚脖儿。走着走着，章兴旺突然抬手一指喊了一句："看那儿！"

顺着章兴旺手指的方向，艾三瞅见了一门山炮的炮架，他竭力蹚了过去。这是门被日军丢弃的山炮架，已经深深地陷在泥窝里，艾三仔细看了一番说道："老日往回窜了。"

章兴旺："往回窜了是啥意思？老日不去打郑县了吗？"

"打个球。"艾三指着山炮架说，"冇瞅见这个炮架是反方向吗？是往回窜的方向，如果老日是去打郑县，炮架头应该朝西边才对。"

章兴旺："老日退回祥符了？"

艾三："不退回祥符还能去哪儿？再有一种可能就是，老日朝祥符南边的尉氏方向去了。"

章兴旺："他们去南边弄啥？"

艾三冇吭气儿，他心里清亮，日本人有可能是要绕过豫西南，直接奔湖北。

石老闷闷声闷气地说了一句："管他个孬孙去哪儿了，反正咱要回祥符。"

艾三想了想，说道："要不就这，恁俩回祥符吧，我得拐个弯。"

章兴旺："你去哪儿，三哥？"

艾三："我去趟尉氏。"

章兴旺："你去尉氏弄啥啊？"

艾三还是冇说，他只是交代章兴旺和石老闷，回到寺门后去瞅瞅他老娘，转告他老娘一声，他一切都好。但艾三提醒他俩，不要提小玻璃瓶胡椒的事儿，如果老娘问他去哪儿了，就说去执行任务了。

他们仨蹚着水又往前面走了一段之后，快到五倾四（村名）的时候，艾三才与石老闷和章兴旺分手，拐向了去尉氏的方向。

去尉氏是艾三这两天一直有的念头，在这次执行任务之前，他就跟两个手下约定，一旦在执行任务的过程中发生啥意外，仨人被分开，失去联络，最后的会合地点就是尉氏，那里有军统一个用于应急的秘密联络站，一般情况下不使用，一旦发生了失去联络的特殊情况，那里就是他们碰头的地点。

石老闷和章兴旺与艾三分手后，他俩来到了五倾四，在五倾四村里寻水喝的时候，章兴旺向村里人打听，占领祥符城的日本人还在不在，一打听让他俩很泄气儿，村里人告诉他俩，往西去被水淹得动弹不了的日本人，都撤回到祥符，满祥符城里眼望儿到处都是日本兵。一听到这话，毁，祥符成了老日的天下，日子肯定不好过。可再不好过也得回去啊，还得靠自己的营生过日子啊。

黄昏的时候，石老闷和章兴旺进了城，在过城门的时候，端着枪的日本兵一看他俩那副熊样，搭理都冇搭理他俩。可想而知，在水里泡了这么几天，满身都是泥疙疤（疙瘩），一副缺吃少喝、身心疲惫的模样，恨不得吹口气儿都能把他俩吹倒，浑身上下啥都冇，只有手里拄着的一根探水用的树棍。把守城门的日本兵在冲他俩微笑的同时，还抬起手做出一个游泳划水的动作来花搅他俩，意思就是：恁俩真中，压哪儿游泳游回来的啊？章兴旺疲惫的脸上带着微笑，朝把守城门的日本兵点头哈腰的同时，用寺门骂人的话回敬道："卖尻孙，咋不把恁个卖尻孙给淹死啊。"日本兵以为章兴旺的话是对他表示敬意，高兴地冲他俩跷起大拇指说了一句："吆西！"

"吆西是啥意思啊？"章兴旺一边走一边问石老闷，见石老闷冇搭理他，章兴旺又追问了一声："老闷，问你话呢，刚才那个老日对咱俩说的'吆西'是啥意思？你知不知？"

石老闷闷声闷气地说了一句："我又不懂日本话。"

章兴旺："你约莫（思忖）一下呗。"

石老闷闷声闷气说道："我约莫着，也是'卖尻孙'的意思吧。"

章兴旺推了石老闷一把："搞你的蛋吧！"

石老闷："那你约莫着是啥意思？"

章兴旺："我约莫着啊，那个卖尻孙老日是在夸咱俩了不起，能压中牟蹚水蹚回祥符来……"

你别说，祥符城里虽然也有水，但比起中牟算是小巫见大巫，除了个别路面偏低的街道上还有齐小腿肚的存水，大多数街道上的存水只能埋住脚脖儿，路面偏高的街道，水基本都被沙土地给吸干了。祥符的沙土地就这点儿好，只要不是水淹了城，一般下个雨，水很快就会被沙土地吸干。用寺门跟儿最有学问的封先生的话说：祥符这地儿，就是摊为多次被水淹过，才会形成这种沙土地，就像西北那些一眼望不到边的大沙漠，几万年前都是大海一样……

石老闷能捡条命活着回来，家里人都很高兴，可石老闷却摊为三只羊被大水冲走闷闷不乐，一觉醒来，就坐在床边愁眉苦脸唉声叹气，他那个在他去中牟之前刚跟他入罢洞房的小媳妇莉妞儿，把一大碗胡辣汤端到他跟儿（跟前），劝道："中啦，别嘬巴（拧巴）个脸了，瞅你那冇出息样儿，不就三只羊嘛，人的命主贵还是羊的命主贵。"

石老闷："都主贵。"

莉妞儿："赶紧的，汤要趁热喝，凉了腥气。"

石老闷压莉妞儿手里接过汤碗，用嘴唇转着碗边喝了一口，咂咂嘴，回了回味儿，问道："这是马老六的汤？"

莉妞儿："不是他的是谁的，咱寺门你不是就认他家的汤嘛。"

石老闷眨巴眨巴眼，用嘴唇转着碗边又喝了一口，蹙了蹙眉头，想说啥,话又憋了回去。

莉妞儿:“咋啦? 有话就说有屁就放。”

石老闷:“有啥。”

莉妞儿瞅着石老闷的脸:“有啥? 我还不了解你,肯定有啥。说,咋啦?”

在莉妞儿的追问下,石老闷把在凹腰村碰见艾三,喝了艾三大锅熬胡辣汤的经过说了一遍。

莉妞儿:“小玻璃瓶里装的胡椒? 多大个玻璃瓶啊?”

石老闷用手比画着:“有多大,有一拃多长吧。”

莉妞儿:“一拃多长的玻璃瓶,里面装着胡椒,李慈民给艾大大的?”

石老闷点头。

莉妞儿:“你给我说说,用那个玻璃瓶里的胡椒,熬出的汤咋个好喝法儿。”

石老闷想了想,甩了甩脑袋:“我说不出来,反正比马老六家的汤好喝,不一样。”

莉妞儿:“瞅瞅你,就是个闷孙,咋个不一样都说不出来。”

石老闷眨巴着俩眼,瞅着莉妞儿的脸,像是在琢磨着啥。

“又生啥点儿呢?”莉妞儿太了解自己的男人了,只要石老闷出现这副表情,心里就是有了啥想法,石老闷人闷心可不闷。

在莉妞儿的哼叨下,石老闷一边喝汤,一边不紧不慢地说出自己的想法。

其实,在压中牟蹚水回来的一路上,石老闷就一直在想艾三那玻璃瓶里的胡椒,别管艾大大为啥把那瓶胡椒视为家当,让艾三带在身上,也别管李慈民是压哪儿弄来的那瓶胡椒,艾三在凹腰村熬的那锅汤,确实把石老闷给震了。他嘴里不吭,喝罢之后心里却一直在琢磨,要是用这种胡椒熬胡辣汤,在寺门支个汤锅,别说马老六有戏了,整个祥符城卖胡辣汤的都得有戏,不发财那才叫怪。他心想,卖羊肉多辛苦啊,大水能把他的三只羊都冲有影儿，小玻璃瓶揣在艾三身上有一点事儿。当然，对他来说只是个比喻，他心里想的却是，如果自己能弄到这种胡椒，他就放弃卖羊肉的营生，在寺门支个锅卖胡辣汤。

莉妞儿瞅着石老闷的脸，猜出了他的心思，问道："咋？想改章儿（变更）？"

石老闷："改章儿不改章儿不是想的。"

莉妞儿用手指头在石老闷脑门上戳了一下，笑着骂道："你个卖尻孙，撅屁股我就知你拉啥屎。"

石老闷闷闷地一笑，用嘴唇转着碗边呼噜呼噜地喝起汤来。

"搁家待住，别乱窜，知不知，日本兵已经住进寺门了。"莉妞儿说罢，压门后拎起空水桶，抓起钩担（扁担），走出了家门。

石老闷冲莉妞儿喊道："你搁那儿，喝罢汤我去担水。"

莉妞儿冇搭理石老闷，还是拎着水桶出门了。

可奇怪，寺门并冇因为日本人占领了祥符而变得冷清，该咋啰还咋啰，大早起，那些爱来寺门吃食儿的人还是不见少，尽管老日有一小队人马住进了卖牛肉沙家的作坊院子里，街坊四邻根本就不甩呼他们，尤其是沙二哥。莉妞儿压沙家作坊院门口经过的时候，瞅见光着膀子的沙二哥还在院子里练玩意儿（拳脚），日本兵在他身边晃来晃去，他就跟冇事儿人一样儿。莉妞儿再朝东大寺门外的汤锅一瞅，她差点儿笑出声来，真气蛋，竟然还有日本兵坐在那儿喝汤，还有寺门的街坊四邻在一旁围观……

莉妞儿在沙家作坊院子西边不远的甜水井里，打了两桶水，用钩担挑着，朝清平南北街的北口走去……

莉妞儿担着满满两桶水，来到了艾家院子门口，刚要抬手去拍门，门却压里面打开，把正要进院子的莉妞儿和压院子里出来的那人都吓了一跳。

压艾家院子里出来的那个人是章兴旺。

一见莉妞儿，章兴旺满脸堆笑地说："小嫂嫂啊，你瞅瞅，刚结婚咋能让你担水啊,老闷呢?”

莉妞儿:“大早起你咋窜来了?”

章兴旺随当(立即)朝四周瞅了瞅,小声地说道:“这不是三哥不在家嘛,我来瞅瞅老太太,看看有啥需要我干的活儿冇。”

“你住得远,俺住得近,有啥活儿俺都干了,冇事儿,你不用操心。”莉妞儿一边说一边担着水桶就往院子里走。

章兴旺:“你瞅瞅,你瞅瞅,咋能让你担水啊,老闷弄啥嘞。”

莉妞儿:“老闷不得劲,给家睡觉呢。”

章兴旺:“还是摊为那三只羊心里不得劲吧……”

莉妞儿冇再接腔,担着水径直朝屋里走去。

身上布衫一尘不染的艾大大,瞅见担着两桶水进屋的莉妞儿,亲切地埋怨道:“妞儿,缸里的水还冇用完呢,你这又给我担来了。”

莉妞儿一边把桶里的水往门边的水缸里倒,一边说:“这不是怕你老断顿嘛。”

艾大大:“断啥顿,咱虽然不在教,有寺门在教的老少爷们儿,我啥时候也断不了顿。这不,兴旺刚送来卤好的羊肝儿,怕我饿着。”

莉妞儿:“咱这条清平南北街上,谁饿着恁老也饿不着,说句不外气话,就是寺里的阿訇冇食儿吃,也不能少恁老的食儿吃。”

艾大大感慨地叹道:“恁三哥他爹活着的时候就爱说,别管犹太后裔还是穆斯林,每章儿(从前)咱都是一个祖宗,要不咋会住到一条街上来呢。”

莉妞儿:“艾大,我咋到眼望儿也冇弄明白,咱寺门跟儿犹太人的祖先,当初咋会窜到祥符城来了呢?”

艾大大:“你弄不明白,我也不清亮。管他们是咋来的,咱眼望儿说的都是祥符话,咱眼望儿就都是祥符人,你说是不是啊,妞儿?”

莉妞儿:“就是,这话冇错。”

在这条清平南北街上,要论年纪,艾大大算是最年长者之一,她也是始终认定自己的祖先来自波斯。在她很小的时候，就曾听她的爷爷说过，清平南北街上的艾家、石家、章家、李家，他们的先人，压波斯来到祥符是有文字记载的，是啥文字记载，是记载在啥地方，她爷爷都说过，但是她已经彻底记不清了。唯一还有点儿印象的就是，她爷爷说过，远在宋朝，他们的祖先来到祥符的时候，曾经把西洋布进贡给宋朝皇帝，可把宋朝的皇帝高兴毁了，宋朝皇帝还给他们的先人下过圣旨。据艾大大说，她家堂屋里挂着她爷爷写的那幅字儿，上面的内容，就是宋朝皇帝圣旨上的话，“归我中夏，遵守祖风，留遗汴梁”，谁知是真的假的，就权当是真的吧。在寺门跟儿的人们看来，不管真假，他们祖先来到祥符，朝廷和祥符人对他们都不孬，从来也冇歧视过他们，要不，艾大大她爷爷也不可能参加科举考试，成了清朝的官员，至今艾家墙上除挂着宋朝皇帝的“圣旨”之外，还挂着她爷爷身穿清朝官服的画像。艾大大也曾不止一次对艾三说过，清平南北街上的犹太人，除艾家、章家、李家、石家之外，肯定还有其他家，只不过年代太久，有些家被人遗忘了。因为她爷爷还说过，宋朝的皇帝不但下达了圣旨，还给来到祥符的犹太人赐了汉人的姓氏，艾家的艾就是其中之一，至于还有其他啥姓氏，艾大大说她爷爷也说过，她却记不得了，反正这条清平南北街上绝对不止眼望儿这几家。章兴旺他爹曾经就跟艾大大喷过这一板儿，怀疑清平南北街上压波斯那边来的绝不止这几家。

把水桶里的水倒进水缸里后，莉妞儿瞅着墙上挂着的画像，又说到了这个话题。

莉妞儿：“艾大，清平南北街上的人，都知咱这几家是犹太人，章兴旺他爹时不时也爱说，他章家是犹太人，可我咋老觉得章家不大可能是犹太人呢，你老觉得是吗？”

艾大大：“咋不是犹太人，你瞅兴旺他爹的那副长相。”

莉妞儿：“他爹的长相咋啦？”

艾大大：“一看就像波斯那边过来的人，大眼双眼皮，满脸的络腮胡子。”

莉妞儿回着味儿，摇了摇头："有络腮胡子的人多着呢，我约莫着还是不像。"

艾大大："俺爷爷说，波斯人的长相就是，高鼻梁，大眼，深眼窝，长下巴，咋不像？我看可像。"

莉妞儿："像啥。老闷他爸也说过，波斯人长得可白净，你要说老闷他爹吧，还有这么点意思，你瞅章兴旺他爹那副长相，黑不溜秋的，像印度人。"

艾大大笑道："恁三哥也这么说。不过恁三哥还说，据他了解，印度也有犹太人，压波斯来咱中国的犹太人，可多都是压印度那边过来的。"

莉妞儿："要这么说的话，如果章家真是犹太人，那肯定是压印度那边过来的。"

艾大大："不是冇这种可能。要不你看，清平南北街上的人，都不太喜欢章家。不过我倒冇那种感觉，章家人见了我也可亲。"

莉妞儿："清平南北街上的人烦章家，是摊为章家卖那些不干净的东西。"

艾大大："理儿是这么个理儿，不过话又说回来，要不是为养家糊口，章家人也不会找这个骂，你说是不是？"

莉妞儿点着头，说道："就是。我还是蛮感激章兴旺的，要不是他，这一回俺家老闷敢死在中牟。"

艾大大："刚才我已经听兴旺说了，老闷他俩还碰见俺家三儿了，还喝了俺家三儿熬的胡辣汤。"

莉妞儿一听艾大大把话题转到了胡辣汤上，立马三刻接上了话茬，她压低了嗓门问道："艾大，刚才兴旺来这儿不是跟你说罢了，老闷他俩在中牟碰见俺三哥了，三哥眼望儿去尉氏了。"

艾大大："可不是嘛，兴旺就是专门来跟我说这事儿的。恁三哥担心我，怕祥符城也被水淹了。"

莉妞儿："兴旺说冇说，俺三哥在凹腰村给难民们熬汤喝的事儿？"

艾大大:“说了,他说恁三哥可仁义,熬的汤可好喝,两大铁锅喝得底朝天。”

莉妞儿:“他说冇说,俺三哥熬胡辣汤的时候,汤里头掌的胡椒是恁家的宝贝?”

艾大大:“啥宝贝啊,再宝贝那也是胡椒,也是让人吃的嘛,好钢用在了刀刃上,人命关天的节骨眼儿上,再值钱的金银财宝,也冇一小玻璃瓶胡椒主贵,你说是不是?”

“那是。”莉妞儿眨巴着眼睛带着疑问,“俺家老闷一说,我也可稀罕,啥胡椒啊?熬出的汤恁好喝?俺三哥走哪儿带哪儿,主贵得跟啥似的,还说是你老的家当,我就可稀罕,咋就约莫着,那胡椒可不是一般二般的胡椒啊。”

艾大大冇吭气儿,把眼睛投向了墙上挂着的爷爷画像,半晌才轻叹了口气说道:“唉,要说主贵,也冇啥主贵,不就是一瓶压国外带回来的胡椒嘛……”

或许是为了满足莉妞儿的好奇心,也或许是艾大大愿意把埋在自己心里的真实想法说出来,她抓起已经纳了一半的鞋底,一边纳着鞋底,一边向莉妞儿交出了那瓶胡椒的老底儿。

清平南北街上卖羊头肉的李慈民,用穆斯林的话说,是艾家的表佬(老表,指亲戚、远亲),说起表佬,祥符城里在教的人都知,大白话就是亲戚,有沾亲带故的关系,哪怕是沾着边,都可以叫表佬。在清平南北街上的人眼里,李慈民跟艾家是咋个表佬关系,都很模糊,但有一点不模糊,那就是李慈民自己说的,李家的背景也是犹太人。按李慈民自己的说法,他李家的先人每章儿在兰州,也就是宋朝的时候,是跟着艾家的先人一起来到祥符的,至于李家的先人是不是犹太人,谁也说不清楚,但摊为有这么一层关系。也就确立了艾李两家的表佬关系,清平南北街上的人虽然有点奇怪,但谁也说不出个啥,还是那句老话,有宗族关系,但又反贴门神不对面的表佬多了去,不是也有人说啥吗?

艾大大告诉莉妞儿，她之所以把李慈民送给她的那瓶胡椒视为宝贝，是因为她有一个埋藏在心里许久的愿望。艾家在寺门已经住了好几辈人，在这条清平南北街上，唯独艾家算是有身份的家庭。祖上有人在朝廷为官，到了艾三这一辈儿，也算是混得不孬，艾三是吃皇粮的军人不说，在祥符城里也算是个能吆五喝六的角儿，走到哪儿都给他面子，在寺门跟儿就更不用说，有一身玩意儿，还有威望的沙二哥，见到艾三也是不叫哥哥不说话。可是，在艾大大看来，这些都很虚皮（浅薄），世界上冇一成不变的人和事儿，用老百姓的话说，谁也富不过三辈，谁也穷不过三辈，做官就牢稳了吗？自己的爷爷不是做过祥符县令吗？后来又咋着，就摊为晋陕甘三省的商人要在徐府街上建会馆，得了人家送的好处，后来被发现，不就丢掉了乌纱帽嘛。谁都想升官发财，可做官的风险大却谁都不去在乎。

在艾大大看来，干啥最牢稳？这个世界上只有当个手艺人最牢稳，谁的脸色也不用看，管你三皇五帝哪朝哪代，凭手艺吃饭的风险最小。艾大大在寺门经常当着街坊四邻说儿子："别看俺家老三军装穿得怪支棱（整齐，有棱角），腰里还别着小八音，一旦天下大乱，先倒霉的都是那些腰里别着小八音的人。"艾大大说是这样说，可她也不当儿子的家，但她一直等时机，给儿子留后手。当李慈民把那一小玻璃瓶胡椒粉作为回报送给艾大大时，别管李慈民说这瓶胡椒是压哪儿带回来的，又有多主贵，老太太都冇太在意，直到有一天，她在自己熬的胡辣汤里掌了一丁点儿，一下子把她给喝镇住了，她立马断定，李慈民送给她的这一小瓶胡椒不是一般二般的胡椒，别管李慈民是压哪儿弄来的，祥符城里肯定是独一份。于是，喝罢汤之后，她去到李慈民家，详细询问那瓶胡椒的来历之后，请求李慈民，如果有机会再去摩伽陀国，一定要多带点儿这种胡椒回来。

李慈民说的摩伽陀国，按封先生的话说，是古印度的十六大国之一。按印度人的话说，就是佛陀住的地方，这个地方的特产除胡椒之外，还有石蜜和黑盐。李慈民告诉艾大大，他自己并冇去过印度，是有一年，寺门的几个穆斯林去麦加朝觐，他跟着一起去了，他是想瞅瞅那边有啥生意可做冇，结果病倒在印度和巴基斯坦交界一个小镇的车马店里，一个好心的印度人用随身带的胡椒给他冲水喝，竟然神奇地把他的身体给喝康复了。虽然他放弃了那一次去做生意的机会，可他用随身带的所有银子，压那个印度人手中，换回了救他命的那一小玻璃瓶胡椒。当艾大大详细听了那一小瓶胡椒的来龙去脉之后，才真正意识到这一小玻璃瓶胡椒的主贵，真的比黄金还要主贵。

艾大大觉得，这是一个能改变儿子命运和生活的小玻璃瓶，不说别的，如果能有办法弄到这种胡椒，就能熬出祥符城里独一份的胡辣汤来，啥国军军官小八音，那些虚头巴脑又有风险的行当，咋着也不如支个汤锅保把（保险，可靠）。远的不说，就说眼下，日本人一拿下祥符，有钱有势的，腰里掖着小八音的，都窜了，冇一个敢待在祥符城的，再瞅瞅清平南北街上那些手艺人，却冇一个窜的，该弄啥弄啥，用寺门跟儿人的话说，“日本人就不吃牛肉不喝汤了？”可不是嘛，住在沙家牛肉作坊里的那些日本兵，不照样喝汤喝得吸溜哈喇的。说一千道一万，一招鲜吃遍天，只要能弄到摩伽陀国的胡椒，就能熬出祥符城里独一无二的胡辣汤，别管谁坐江山，都不能不张嘴喝汤，说句难听话，祥符城再好的饭，都抵不过一碗胡辣汤。

莉妞儿弄明白了艾大大的心思后，问道：“那一小瓶主贵胡椒，让俺三哥救济凹腰村被水淹的人了，还去哪儿弄啊，就是不救济灾民，也不够支汤锅的啊？”

艾大大：“刚才兴旺来的时候也这样说。恁啊，脑子里就一根筋？不吃猪肉的人还冇听过猪叫？我已经想好了，等把老日打窜以后，就让你三哥想法儿去一趟印度，弄点胡椒种子回来，咱自己种。恁三哥要是不愿意去，我就让李慈民去，他也答应我了。”

莉妞儿深深地“哦”了一声。

3.“我想说啥你心里还不清亮？别装迷瞪。”

莉妞儿回到家，把艾大大说的话给石老闷学了一遍，石老闷一边听一边咂摸着，随后微微点着头说：“看来，兴旺这货跟咱想到一块儿了。”

莉妞儿思索道：“我在想，有没有一种可能……”

石老闷：“啥可能？”

莉妞儿：“李慈民那儿还有印度胡椒？”

石老闷眨巴着俩眼想想，冇吭气儿，然后起身向屋门外走去。

莉妞儿：“你去哪儿啊？”

石老闷也不搭理，只顾闷着头走出了家门。

走出家门冇几步的石老闷，瞅见胡同口围着不少人，他刚走到胡同口就瞅见，俩端着枪的日本兵，压李慈民家的院子里押着李慈民走了出来。

石老闷正纳闷不知咋回事儿的时候，有人在身后低声地说了一句：“毁……”他扭脸一瞅，章兴旺站在他的身后。

石老闷小声问道：“慈民咋了？”

章兴旺朝沙家的方向努了一下嘴。

石老闷还是不明白地：“二哥？”

章兴旺一把捞住石老闷走到一旁，把他知道的情况告诉了石老闷。

就在石老闷和章兴旺被水困在凹腰村的时候，离寺门不远的钟鼓楼上面，站岗的日本兵被人在黑间给搦住脖搦死了，这一下可惹恼了日本人，也不知是谁给老日点细（说破，点破），说寺门离钟鼓楼恁近，寺门的人又是祥符城里最敢挺（干）的人，搞不好这活儿就是寺门的人做的。这下可好，老日驻扎在寺门那个宪兵小队，开始在寺门挨家挨户搜查，冇搜查几户，就压李慈民家里搜出了一把日本兵用的刺刀，尽管李慈民反复解释，说这把刺刀是他压北门外捡的，但日本宪兵可不管那一套，先把人抓走再说。

石老闷蹙着眉头说："不会吧，慈民那货是个老实蛋啊，他咋敢杀日本人？"

章兴旺："你以为，咱寺门只有沙家的人敢跟老日挺？那你可错了，沙家的人是明着挺，暗着做老日活儿的人多着呢。"

石老闷点点头，赞成章兴旺这话。

章兴旺庆幸地拍了拍自己的胸口："幸亏我早走一步，跟老日前后脚，这要是晚走一步，搞不好就被一起抓走了。"

石老闷："你去慈民家了？"

章兴旺："可不是嘛。压艾家出来我就拐到慈民家去了。"

石老闷："你去他家弄啥？"

章兴旺："冇事儿，多天冇跟慈民在一起喷，去找他喷喷。"

石老闷："你说，这慈民家里咋会藏着老日的刺刀？他敢杀日本人？我不大相信。"

章兴旺："我也不相信。"

石老闷："咱得想想法儿，给慈民压老日那儿保出来啊。"

章兴旺："我也这么想，可咋给他保出来？谁在老日那儿有这个面子啊？"

石老闷不吭声儿了，章兴旺也不吭气儿了，俩人的目光不由自主地投向不远处、正扎堆看热闹的沙二哥他娘二大大和他媳妇汴玲身上。

日本人的宪兵小队，就驻扎在沙家牛肉作坊的院子里，那个宪兵小队叫西川的小队长，会说中国话，虽然也可孬孙，但表面看上去，要比其他日本兵和道（灵活；温和），那个西川跟沙家的关系，表面上瞅着还不孬，只要鼓楼上搦死老日的活儿不是慈民干的，只要能把家里藏有刺刀的事儿说清亮，再让沙家的人去跟那个卖尻孙宪兵小队长西川说说情，把慈民捞出来不是冇可能。大家都是一个门口的，祖上压波斯那边过来的就这几家，虽说平时谁跟谁也有不得劲的地方，可抬头不见低头见，总不能见死不救吧。当然，除此之外，石老闷和章兴旺都有各自的小算盘，于是，俩人心领神会地朝二大大和汴玲走了过去……

在天擦黑的时候，汴玲来到了石老闷家，她告诉石老闷两口子，李慈民冇啥事儿了，那把刺刀确实是他压北门外捡到的，老日攻打祥符的时候是压北门进城的，国军守城的部队很顽强，打死了老日不少人，老日打扫战场的时候冇打扫干净，遗留在北门外一些大小不同的军需也很正常。李慈民是在老日占领祥符的第二天回来的，途经北门外的时候，把守城门的老日已经关上了城门，李慈民只能绕道翻越曹门那边，翻过城墙才回寺门，那把刺刀就是在绕道的途中捡到的，李慈民把刺刀拿回家后，就扔在了劈柴堆旁边，也冇想恁多，只是觉得用它来砍劈柴可得劲。那个叫西川的老日宪兵小队长，得知李慈民是居住在寺门的犹太后裔，去年离开祥符去西边做生意，出去了整整快一年，刚压西北那边回来，那个西川还向李慈民伸出大拇指。殊不知，那个西川在入伍前还是个有文化的日本穆斯林，了解一些寺门居住着犹太后裔的情况，此人非常赞赏穆斯林与犹太人和睦共处。西川觉得，这种不可思议的事儿，只有发生在中国的祥符城，老日把宪兵小队驻扎进寺门，就是因为西川觉得，寺门的穆斯林都能跟犹太人和睦相处，日本宪兵小队驻扎在寺门，相对而言要比驻扎在别处安全。那个西川对沙二哥说，尽管可以排除李慈民的嫌疑，但是也得让李慈民在宪兵队里待上两天吧，要不跟上司也不好交代。就这，西川答应沙家人，说李慈民被押到城外护城河去清理被水淹过的河道了，得个三五天时间，等河道清理完，就让他回家。

汴玲走后，石老闷跟莉妞儿上床睡觉，俩人躺在床上商量，如果李慈民那儿真的还存放有印度胡椒，看这个样子，他在被老日逮走之前并冇给章兴旺说实话，等到李慈民挖罢河回来之后，咱得抢在章兴旺之前，把印度胡椒这事儿弄清楚。

瞅着窗户外的月光，石老闷思索着说了一句："我在想……"

莉妞儿："你在想啥？"

石老闷冇吭声，俩眼直勾勾地瞅着窗外。

莉妞儿半烦(不耐烦)地说道:“你在想啥你快说啊,三杠子打不出个屁,跟你一起过日子,能把人给急死,快说,想啥!”

石老闷:“还是不说吧。”

莉妞儿一翻身:“不说去球。睡觉,今个晚上你别碰我!”

石老闷:“不让碰你就不碰你呗。”

不一小会儿,翻过身去的莉妞儿轻微地打起了呼噜,而石老闷瞪着俩眼还瞅着窗外……

第二天一早,起床后的石老闷,冇像往常一样去喝马老六家的胡辣汤,而是晃荡着身子,去了右司官口章兴旺支的杂碎汤锅。

大早起章兴旺瞅见石老闷甯来了,感到有点稀罕,伸手压喝杂碎汤的小方桌下,捞出一个小竹凳子让石老闷坐下后,问道:“今个太阳压西边出来了,咋?你这是偷摸来尝尝俺家的杂碎汤?”

石老闷不屑地翻了章兴旺一眼。

章兴旺笑着花搅道:“咋着也是牛羊的下水吧,还是清真,又不是猪下水,你只管喝一碗,拿拿味儿。”

石老闷闷声闷气说了一句:“搞蛋(滚蛋)去吧你,我可不是来喝你的汤的。”

章兴旺咯咯地笑了起来,问道:“这要是在凹腰村,快被饿死那会儿,你也不喝?”

石老闷脖子一拧:“不喝!”

章兴旺一竖大拇指:“中,有橡(志气,胆量)。说吧,大早起甯来找我弄啥?”

石老闷反问了一句:“你说我来找你弄啥?”

章兴旺:“我不知啊?”

石老闷:“你装迷瞪(装傻)不是。”

章兴旺:“你瞅瞅你,都是一条街上赤肚长大的,别让我猜你的心事儿中不中?说吧,大早起来找我弄啥?”

石老闷:“说就说,今个咱弟儿俩,得把话说朗利(爽快)。”

章兴旺:“这就对了,一条河里洗过澡,谁有见过谁的屌,说吧。”

石老闷:“不管我问你啥,你可不能藏着掖着,得跟我实话实说啊。”

章兴旺:“咋,我还要脸朝西给你赌个咒吗?”

石老闷:“那中,今个咱俩就是胡同里扛竹竿,直来直去。我问你,等李慈民挖河回来了,你找他是不是要问印度胡椒的事儿?别绕,就说是不是。”

章兴旺瞅着石老闷的脸,冇说话。

石老闷:“瞅我弄啥,说话呀你。”

章兴旺瞅着石老闷,不紧不慢地说道:“你说别绕,我还真得绕绕,虽然是小孩儿冇娘,说来话长,那咱也得拣稠的捞,要不这话冇法儿说。”

“捞吧,拣稠的捞,捞干净,我听着呢。”石老闷扎出一副要认真听的架子。

章兴旺压布衫兜里掏出一包三炮台香烟,自嘲地说:“反正俺也不在寺门混了,清平南北街上也少了一个假清真的人。这是洋烟,你不尝尝?”

正襟危坐在小竹凳子的石老闷说:“我也可以不在寺门混,但我还是清平南北街上的人。”

章兴旺:“照、照、照,你这话说得照。老闷,我跟你不能比啊,寺门冇几个待见我的人啊,要不是这一回在凹腰村有那么一档子事儿,咱弟儿俩心里也隔着一层吧。”

石老闷:“咱一码归一码。凹腰村你救了我半条命,到死我也不会忘,这跟你离开寺门窜到这儿支杂碎汤是两码事儿。”

章兴旺:“我娶了汉人媳妇,就不吃不喝了?寺门跟儿的穆斯林不吃下水,清平南北街上又不让支杂碎汤锅,那你说我该咋办?”

石老闷低声说了一句:“你该咋办你自己知。”

章兴旺:“我知啥?你说我知啥?”

石老闷闷声闷气地说道:“你盘算着咋回寺门,支个胡辣汤锅。”

章兴旺被石老闷这闷声闷气的话给打闷了，坐在那儿抽着香烟。

俩人都不吭声了，在短暂的无语之中，俩人想着各自的心事儿，待章兴旺把手里的那支三炮台洋烟抽完，他把烟头扔在地上，用脚使劲跐了跐，说道："就这吧，老闷，咱弟儿俩也不用互相猜心事儿了，打开窗户说亮话，中不？"

石老闷："当然中。"

章兴旺："那咱俩就是惠济河里赤肚洗澡，坦诚相见。就像你说的，我就想回寺门支个胡辣汤锅，不是要跟谁挺头（叫板，比试），就是让清平南北街上的人都知，虽然我章兴旺不是穆斯林，但在吃食儿上，我还是个地地道道的清真。"说到这儿，他瞅见石老闷还是闷声不吭气儿，于是，他接着说道："我知，你和我一样，惦记着李慈民的印度胡椒，咱俩也裹不住（用不着；划不着）挺头，你想支胡辣汤锅你也支，各是各的生意，各是各的汤，因为我觉得，胡辣汤中不中，也不光是汤里掌不掌印度胡椒，还有其他学问，你说呢？"

坐在小竹凳子上的石老闷憋气不吭，弯腰低头瞅着地面。

章兴旺："老闷，你心里也别有啥不得劲，在凹腰村咱俩一起喝的汤，只不过艾三冇把印度胡椒当回事儿，咱俩当回事儿了。俗话说，上茅厕蹲坑还有个先来后到，在印度胡椒这事儿上，咱俩冇先来后到这么一说，要说有，那是艾三，不是咱俩，你说呢？"

石老闷慢慢地抬起脸，说道："夜个晚上我冇睡着觉，就是在想这事儿。我觉得，咱俩冇事儿，就是把汤锅都支在清平南北街上也冇事儿。我心里隔意（在意；怀疑；别扭）的就是艾家，别说清平南北街上的人惹不起艾三，祥符城里又有几个人敢跟他艾三挺头的？"

章兴旺："你说的冇错，可你想过冇，如果艾三也有支胡辣汤锅的心思，他可不可能把那瓶主贵的印度胡椒，倒进凹腰村的大铁锅里。再说了，就像你说的，艾三是啥人？他可能在家门口支个胡辣汤锅吗？丢身份不丢？人家艾三是国军的军官，等跟日本人打罢仗以后，冇准还能升官呢，他能看上支胡辣汤锅这样的活儿？发迷，人家艾三在寺门跺跺脚，鼓楼上都得往下落土，别打麻叶（说笑话）了，你要是艾三那个角儿，你也不会干，丢不起那人。”

石老闷：“你说的这些我早就想到了，要不我也不会大早起跑来找你。”

章兴旺：“那你是啥意思？”

石老闷又不吭气儿了，俩眼瞅着地面，心里在盘算着啥。

章兴旺：“老闷，你能不能朗利点儿，跟你说事儿能把人给急死！”

石老闷抬起头瞅了一眼章兴旺：“我想说啥你心里还不清亮？别装迷瞪。”

章兴旺想了想：“就这吧，你也不用说啥，你听我说，别管我说啥，你只需要说中或不中，赞成你就说中，不赞成你就说不中，这个法儿中不中？”

石老闷：“中，你说吧。”

“那中，咱俩就按这个法儿说。”章兴旺又压布衫兜里掏出那盒三炮台，点着一根，深深地吸了一大口，问道：“我先问你，等李慈民挖罢河回来，咱俩一块儿去找他说这个事儿，中不中？”

石老闷：“中。”

章兴旺：“如果李慈民家还有印度胡椒，愿意卖给咱，咱俩一人一半中不中？”

石老闷：“中。”

章兴旺：“如果能成事儿，将来咱俩都把汤锅支在寺门中不中？”

石老闷：“当然中。”

章兴旺：“如果李慈民家已经冇这个印度胡椒，凹腰村艾三熬汤这个事儿，别跟人家说中不中？”

石老闷想了想：“中是中，可咱不说，艾三回寺门了也会跟人家说。”

章兴旺：“这个我也想过了，艾三啥时候回寺门他说了不算，不把日本人打窜，他回寺门就冇时候。再一个就是，如果李慈民那儿已经冇印度胡椒了,我就准备去一趟印度那个啥,啥摩伽陀国……”

石老闷:“不中。”

章兴旺:“为啥不中?”

石老闷:“你去了,我咋弄?”

章兴旺:“咱俩可以一起去啊。”

石老闷:“不中。”

章兴旺:“你给我说出不中的道理。”

石老闷:“窜恁远,莉妞儿俺俩成家还冇孩子,她肯定不会让我去。”

章兴旺:“那这事儿就怨不得我了,中不中你可就不当家了。”

石老闷:“不中,要去印度咱俩一起去,我不去你也不能去。”

章兴旺:“凭啥?”

石老闷:“就凭咱俩一起在凹腰村喝过那锅汤。”

章兴旺:“你不论理了不是?”

石老闷:“我够跟你论理了,真要不是论理,我就不会同意你在清平南北街上支胡辣汤锅。”

这句话把章兴旺给惹恼了,把俩眼一瞪,说道:“实话对你说,我就是要争这个理儿,才要在清平南北街上支这个汤锅!咋?就摊为我卖羊杂碎,寺门的人就容不下我?实话告诉你,我想在清平南北街上支这口胡辣汤锅,不蒸馒头我争口气!凭啥你不去印度就不让我去?今个我还把话给你撂这儿,等李慈民回来了,如果他家的印度胡椒真冇了,我立马三刻就去印度,我看你能把我的蛋咬掉不能!”

…………

俩人谈崩。

石老闷带着一肚子气回到了清平南北街上,坐到了东大寺门外马老六的汤锅前,让他感到十分奇怪的是,往常这个点儿还有一些喝汤的人,今个咋就他一个人坐在这里呢?他正纳闷,马老六把盛好的一碗汤搁到了他的面前。

马老六小声地问："今个咋来恁晚啊？"

石老闷冇接腔，端起马老六搁到自己面前的汤碗，呼噜呼噜地喝了起来。

马老六又小声地问："你听说冇？"

石老闷不解地抬起头："听说啥？"

马老六："出事儿了。"

石老闷："出啥事儿了？"

马老六："又有老日被打死了。"

石老闷："咋回事儿？啥时候？"

马老六往清平南北街上瞅了瞅，见冇啥人了，就坐到了石老闷跟儿，把今个一大早发生的事儿，低声告诉了他。

自打中牟那边淹水之后，往西挺进的日军土肥原贤二部队，不得不返回了祥符，大部分日军回到祥符以后，又压祥符坐火车往徐州方向去了，很明显是郑县方向此路不通，老日要变换路数。老日的主力走了，留守祥符的部队人数很少，这就给城外的国军以可乘之机，不断有国军的特工潜入城里，骚扰留守祥符城的日军。在鼓楼上站岗的老日被搦死之后，夜个晚上，在中山路和寺后街交叉的四面钟，又一个站岗的老日被人干掉。钟鼓楼和四面钟，都是祥符城里最扎眼、最具有标志性的地段，尤其是四面钟，大十字路口，南来北往，从早到晚行人和车马川流不息，老日站岗的士兵在这个地段被干掉，蹊跷不说，显然是单门儿要这样干的，就是要给老日点颜色看看，用祥符人的话说：孬？咱看谁能孬过谁，明的孬不过恁，暗的再孬不过，那还叫祥符人吗。据说，在四面钟站岗的那个老日，同样是被搦住脖子给活活搦死的，搦死之后还被用绳子绑在了四面钟的柱子上。

祥符人都知，那个四面钟是在冯玉祥主豫期间，为方便市民修建的一个公共设施，不管南来北往还是东西而行，路人大轱远（老远）就能瞅见四面钟上的时辰。在日本人攻下祥符进城的那天早上，在四面钟还发生了一件轰动祥符城的气蛋事儿。一个按时上班指挥交通的祥符路警，手里掂着水火棍（警棍），叉着腰站在四面钟的台子上，待老日的铁壳车轰轰隆隆由北向南开进的时候，满大街只剩下那个路警一个祥符人，只见那个路警满脸严肃地，抬手做出了让铁壳车停止前进的手势。再看那一溜由北向南行进中的老日铁壳车，也可气蛋，居然炮口对准四面钟台上的那个路警停了下来，压最头里那辆铁壳车里，钻出来一个老日军官和一个翻译官，老日军官领着翻译官走到路警跟前，咕呱咕呱地说了一大通，然后让翻译官翻译给了那个二球路警，大概意思是，铁壳车要用炮榷（打）四面钟，让那个路警赶紧离开，那个二球路警却冲着老日军官嗷嗷叫，让他们听从指挥，要遵守祥符的交通规则。当翻译官把路警的话翻译给老日军官后，老日军官笑了笑，拍了拍路警的肩膀头后，回到了铁壳车里，只见铁壳车把调整后的炮口对准了四面钟台子上的路警，随后只听见那个二球路警嘴里大叫一声："卖尻孙们，恁真要摧（骗）啊……"就在炮响的那一瞬间，那个二球货压四面钟的台子上蹦了下来。奇怪的是，老日铁壳车开响的那一炮，榷在了四面钟的柱子上，四面钟却依然稳稳当当地立在那儿，咋也不咋（没事儿）。那个二球路警是跑了，却把老日们给吓孬了，这四面钟是啥做的？炮都榷不倒。于是乎，老日的铁壳车急忙掉头，绕开了四面钟。

老日占领祥符后，除几个城门口有兵把守之外，黑间只有三个地儿有哨位。鼓楼是祥符城中心的中心，那是第一个哨位；四面钟是主街道的路口，那是第二个哨位；再一个哨位在学院门，那里也有一座和中山路上的这个四面钟一满似样（一模一样）的四面钟，那是第三个哨位。学院门四面钟的这个哨位，主要是针对东大寺门的。东大寺门在老日眼里，是个危险的地方，要不也不会专门派一支宪兵小队在寺门驻扎。眼望儿三个哨位上两个哨兵被干掉了，下一个被干掉的会不会是学院门四面钟那个哨位上的哨兵？老日彻底恼了，又把怀疑的目光对准了寺门，原因有两个：一是祥符城里只有寺门这个地方的人最不好对付，清平南北街上那一张张面孔，不光是不友善，一个个还带着不服气；再一个就是清平南北街上的住户里面，就有干路警的。就这，今个一大早，在石老闷去右司官口找章兴旺的时候，驻扎在沙家院子里的老日宪兵，一下子抓走了好些他们瞅着不顺眼的人，在沙家院子里挨个审问，一个个被打得鬼哭狼嚎，必须讲明白夜个晚上都去哪儿了。

听马老六说罢，石老闷紧张起来，低声问道："咱这道街上，都有谁被抓了？"

马老六："我也不太清楚，都在沙家院子里关着呢，早上出摊卖吃食儿的人倒是冇抓，老日也可能蛋，他们知，凡是早上出摊的人，晚上都早早地睡了，不会二半夜在外面乱窜。"

石老闷带着惊吓说道："乖乖咪，幸亏我一大早就出去了，要不也可能被抓到沙家院子里挨打。"

马老六："可不是嘛，早起冇见你来喝汤，我心里还犯嘀咕，老闷这货是不是也被老日抓进沙家院子里了？二哥来喝汤的时候我还问，二哥说他家作坊里关了一大堆人，他也不知都有谁。"

石老闷小声地说："二哥冇事儿吧，按理说，他那个劲头……"

马老六摇了一下头，说道："他冇事儿，别看老日在他家院子里住，院子门口还有老日站岗，他啥时候晚上压家里出来走的是院门啊，一憋气，一吸肚，一抬腿，他就上墙了。"

"就是。"石老闷点了一下头，皱了皱眉头，疑惑地问道，"咱这道街上，有干路警差事的人吗？我咋不知呢。"

马老六："北头卖烙馍老白家那个女婿。"

石老闷蹙起眉头想了想："哦，我想起来了，是不是跟艾三关系不错的那个货啊？"

马老六："就是那货，他路警的那份差事，还是艾三给他找的，都说艾三喜欢他老婆。"

石老闷："真的假的？"

马老六："啥真的假的？"

石老闷："老日被打死跟那货有关系？"

"那我可不知，艾三喜欢他老婆我也是听别人说的……"马老六正准备往下说，只瞅见石老闷冲他努了一下嘴，他扭脸一瞅，只见一群全副武装的日本兵走出了沙家的胡同，朝艾家的方向跑去。

马老六带着疑问轻声说了一句："瞅这架势，这是又出啥事儿了？"

石老闷呼噜呼噜把碗里的汤喝完，一抹嘴站起身说道："我去瞅瞅咋回事儿。"

马老六劝说道："别好事儿了，躲还躲不及，汤也喝罢了，赶紧回家吧。"

石老闷有些犹豫，他能压马老六的话音儿里感觉到，这个节骨眼儿上的老日们正翘急（着急），稍不留神就会撞在老日的枪口上。正当他犹犹豫豫，还有决定是不是去艾家瞅瞅的时候，那一群全副武装的老日，各个黑丧着脸压艾家的方向走了回来。石老闷急忙闪到路边，等那群全副武装的老日压身边经过，走进沙家的胡同之后，石老闷才又朝艾家的方向走去。

大轱远，石老闷就瞅见艾家门口围着一群人，各个神色紧张地在交头接耳，走到跟儿石老闷才看见，艾家的房门大敞，屋里有人。他一扭脸，瞅见了围观人群里的李慈民，于是他凑到李慈民身边小声问道："你不是去挖河了吗？"

李慈民小声地说："这不，刚回来，还有顾得上回家呢。"

石老闷瞅了瞅李慈民布衫上沾着的泥巴，把脸又转向了艾家，小声问道："咋啦？出啥事儿啦？"

李慈民小声说道："老日来抓艾大大，幸亏老太太夜个黑就窜罢了，这要是不窜，可就毁了。"

石老闷依旧不解地问道："老日来抓艾大大？为啥啊？"

李慈民："老日怀疑，四面钟的活儿是三哥干的，老太太不窜能中？"

石老闷癔症（迷瞪）了片刻，才悟出点儿啥，默默地点了点头。

李慈民感慨："老太太这一窜，不光给我彻底摘干净了，也啥都清亮了。"

石老闷："啥啥都清亮了？"

李慈民斜愣了石老闷一眼："你就是个猪脑，你说啥啥都清亮了？"

石老闷又癔症了片刻，才彻底清亮地点头，说道："三哥真中啊，做罢老日的活儿，还能把自己老娘接走，一般二般人可冇这个本事啊。"

李慈民附和道："那是，三哥是谁啊，那脑瓜里，犹太人给的。"

石老闷自愧弗如地说："我这脑瓜也是犹太人给的，笨得吃虱儿（虱子）。"

李慈民："笨啥笨，不是也娶上媳妇了嘛。"

石老闷使手扯了扯李慈民的胳膊。

李慈民不解地问道："弄啥？"

石老闷："我想问你个事儿。"

李慈民："啥事儿？"

石老闷："这里说话不方便，走，去俺家吧，我那儿有好茶，也算给你挖河回来接接风。"

李慈民依旧不解地："瞅你神神鬼鬼的，咋？四面钟的事儿跟你有关系吧？"

"你这是啥话，我可冇三哥有蛋子，我裤裆里就是提溜八个蛋，你再借给我俩，十个蛋，我也不敢啊。"石老闷捞起李慈民的胳膊，"走吧，去俺家喝王大昌的'清香雪'，夜个刚买回来的。"

李慈民："你瞅瞅，我浑身上下这一身泥，咋着也得回家换个布衫吧。"

石老闷："走吧走吧，喝茶，又不是相亲。"

李慈民压石老闷的言行举止里，已经看出来石老闷有事儿要跟他说，也就不再多问啥，跟着石老闷就去了石家。

石老闷的家，住在清平南北街北头一拐弯的维中前街上，离王家胡同的清真女寺不算太远，虽然李慈民不知石老闷请他去家里喝茶究竟是啥目的，心里却清亮，石老闷肯定有啥事儿求于他。虽说都是为数不多的犹太后裔，也都是常在清平南北街和维中前街这一片混，但平时见面，最多是压布衫口袋里掏出个纸烟相互让让，彼此心里都觉得亲近，却并冇太多的交往。熟人们都知，李慈民捣鼓买卖爱在外面窜，不常在家，每一次压外面窜回来，早起在寺门喝汤的时候，身边总会有一帮子人围着他，听他喷在外面的所见所闻，仅此而已。在寺门的人眼里，李慈民虽然是个老实蛋，可他和寺门跟儿卖吃食儿的人还不大一样，见面时也挺热情，但总觉得他的热情有点儿拿姿拿势（做作），不是那种发自内心的自然，相互之间内心还是有所距离。只有在他见到艾三的时候，才能显出他只有老实不显精明的模样来。正因为李慈民给同教门人那种老实又精明的感觉，他自己当然也清亮，清平南北街上的熟人们，为啥与他保持这种不远不近的关系。所以，今个石老闷不嫌弃他浑身上下这一身泥巴，诚心诚意要请他去石家喝茶，他自然就会在心里打个问号。

李慈民喝了两口石老闷给他冲泡的"清香雪"，连连点头称道："好茶就是好茶，喝来喝去还是咱王大昌的茶好喝。"

石老闷："哥哥，王大昌的'清香雪'可不能白喝啊，我还有事儿求于哥哥你啊。"

李慈民："有求于我？啥事儿？"

石老闷："你老哥也知，我是个不会绕圈子的人，啥事儿都直来直去，要不人家都叫我老闷。"

李慈民："中了，别表白了，啥事儿，你说吧，只要我能帮上忙。"

"我想问你个事儿，你得对我实话实说。"石老闷俩眼盯着李慈民问道，"你是不是给过艾大大一瓶胡椒粉啊？"

李慈民一怔，顿时有所警觉，他用手抠着布衫上的泥巴，问道："咋啦？"

石老闷："我就问你给过冇给过吧？"

李慈民："给过咋啦？冇给过又咋啦？"

石老闷："那瓶胡椒粉，是不是你压印度那边带回来的？"

李慈民端起茶碗，又喝了一口，抹了把嘴，说道："你别管我给过冇给过，你也别管我压哪儿带回来的，你就告诉我，你到底有啥事儿？"

石老闷瞅着李慈民的脸，然后点了点头，说道："我知了。"

李慈民："你知啥了？"

石老闷："艾大大的那瓶胡椒粉肯定是你给的？"

李慈民："是我给的咋啦？不是我给的又咋啦？"

石老闷："咋也不咋，就想问你还有冇？"

李慈民："有咋啦？冇又咋啦？"

石老闷："咋啦咋啦，瞅瞅你说个话绕来绕去的。有，你卖给我一瓶，你说多少银子，我就给你多少银子。中不？"

李慈民："我要说冇呢？"

石老闷："我约莫着你不可能冇。再好的物件，再好的关系，是不是也得见了面分一半啊。"

李慈民："啥再好的东西，再好的关系，多好的物件？多好的关系啊？瞅你神神秘秘的，不就是一小瓶胡椒嘛。"

石老闷："拉倒吧，别装了，寺门的人谁不知，艾三和恁家的关系好，谁不知你那个年龄不大、孬气不小的儿子犯事儿，你给了艾家一瓶胡椒，艾三才压局子里把恁家那个孬儿子给扒出来的。咋啦？眼望儿你说冇关系了？想摘干净？是不是艾家人一窜，你啥都不认账了？"

李慈民："艾家人窜是摊为得罪了老日，跟我冇一点儿关系，再说了，我不是也被老日抓去挖了几天河嘛。"

石老闷："中了，慈民老哥哥，还是那句老话，'一条河里洗过澡，谁冇见过谁的屌'，就是撇开你跟艾三那层表佬关系不说，咱就说那瓶胡椒，要是不主贵，艾三能把恁儿压局子里扒出来？话又说回来，就是冇那瓶胡椒，恁和艾家要不是亲戚关系，艾三能帮你的忙？谁相信啊？"

李慈民："啥俺跟艾家是亲戚关系，咱还是亲戚关系呢！"

石老闷："对啊，咱也是亲戚关系啊，一千年前，咱的先人搭帮一块儿来祥符的啊，你不能顾此失彼，咋？就摊为艾三是国军的军官，俺啥都不是？"

李慈民有点上火，抬高嗓门喝问道："老闷，你说这话是啥意思啊？咋？你是不是想敲打我，艾家和俺家不是一般二般的关系，我要是不卖给你一瓶印度胡椒，你就要咬我的蛋？你就去跟老日说，我跟艾三是表佬，四面钟岗楼上站岗的那个老日被杀，是我伙同艾三一起干的？你怪歹（狠）啊！"

石老闷："这可是你说的，我可冇说。"

"你就是这个意思！"李慈民把手里的茶碗往桌子上一顿，站起身来，"说得怪好听，请我到恁家来喝王大昌的'清香雪'，你咋恁好啊？你是黄鼠狼给鸡拜年冇安好心！你这是请我喝'清香雪'吗？你这是在摆'鸿门宴'！告辞！"说罢用手使劲掸了掸布衫上的泥疙疤，带着满脸怒气走出了石老闷家的门。

石老闷瞪着俩眼，瞅着李慈民带着满身怒气走出门，他一动冇动坐在那儿，眨巴着俩眼，心里在想：我说啥了？这货就恼成这样？不就是想敲打敲打他，探探他的口气，看看他是不是还有那种印度胡椒嘛，裹着裹不着恼成这样啊，看来这是敲在他李慈民的麻骨上了，看来他李慈民眼望儿最隔意的就是，别人把他跟艾家扯到一起。四面钟岗楼上的老日被弄死了，艾家的老太太说窜就窜了，这要往一块儿一联系，不能不说是艾三做的活儿。艾家人去屋空，老日们恼得透透的，肯定不会拉倒，再一排查，首先就会排查到与艾家有密切关系的人。用寺门人的话说，"再亲不过是表佬"，老日真要是铁了心去查，听风就是雨，沾住毛尾四两腥，才不会管恁是真表佬还是嘴上的表佬，咋着也会杀鸡给猴看吧。想到这儿，石老闷彻底明白了，李慈民这货以为自己是在敲诈他，不给印度胡椒，自己就会去老日那儿告发他跟艾三是表佬。想到这儿，石老闷也把手里的茶碗重重地往桌子上一顿，骂道："卖尻孙，心眼儿比屁眼儿都小！"

4.“胡椒那种玩意儿，掌对了提味儿，掌错了串味儿。”

李慈民今个能被老日放出来，其中很重要的一个原因，就是确实排除了他与暗杀老日哨兵那件事儿有关系，祥符城里接二连三出现弄死老日哨兵的事儿，一定是有计划有组织的行为。大早，带着满身泥疙疤的李慈民，离开挖河工地回到寺门，原本是打算先好好吃上一顿，弄个烧饼夹牛肉，再喝上一碗胡辣汤，先把自己的胃打发住了再回家。在被老日强迫挖河这些日子里，虽说也能吃个半饱，但肚里缺少油水，胃里闹腾。可在他刚走进清平南北街的北口，就瞅见那群全副武装的老日围住了艾家，于是他便站住了脚，和其他想看究竟的人围在一堆，远远地瞅着想看个究竟，也就是在这个时候，李慈民碰见了石老闷。原想先占个便宜，去石老闷家喝罢王大昌的“清香雪”，再去喝马老六的胡辣汤，好好给自己的肚里补补屈（犒劳），谁知“清香雪”冇喝几口，却生了一肚子气。

李慈民黑丧着脸，坐到马老六的汤锅前，刚喝了两口汤，就瞅见章兴旺压南边走过来，朝他招着手跟他打着招呼。

章兴旺：“你回来了，慈民老兄。”

李慈民不带好气儿地：“回来不回来又咋着，不一个球样嘛。”

“有汤喝跟冇汤喝，那可不一样。”章兴旺走了过来，说道，“听说老日只吃大肉不吃羊肉和牛肉，是不是真的？”

“能活着回来就不孬了，还想吃肉？”李慈民埋头喝着汤，一副不想多说话的样子。

章兴旺：“说的冇错。你老哥哥被老日抓走挖河，咱一条街的人都可为你担心，这要有个啥三长两短，可咋弄，谁不是一大家子人啊。”

李慈民依旧不带好气儿地说道：“这一条街的人当中，可有人盼着我死。”

一旁的马老六不愿意了：“慈民，你说这话可坏良心，咱寺门的人谁盼着你死啊?”

李慈民:“谁盼着我死?当然有人盼着我死。”

马老六更不愿意了:“你把话说清亮,要不我可不愿意你!”

李慈民一梗脖子:“说清亮就说清亮,石老闷那个卖尻孙就盼着我死!”

马老六:“老闷他咋你啦?”

李慈民正想说,又突然意识到不能说,端起汤碗,呼啦一口汤,把正要说的话给喝回了肚子里。

马老六:“有啥说啥嘛,都是一个门口的人,别隔气(斗气,生气,闹别扭),也不瞅瞅啥时候,眼望儿的日子还不难过吗?我就佩服人家三哥,你看人家和恁一样,先人也是一千年前过来的,在咱这条街上住了好多辈儿人,也冇跟咱这条街上任何一家隔过气,这老日一来,再瞅瞅人家三哥,专门跟老日们隔气,啥叫大器?这才叫大器。”说罢跷了一下大拇指。

李慈民:“谁想跟自己人隔气啊,是老闷那货太不人物(讲义气,仗义),说他不人物都是轻的,他是想对我下毒手!”

马老六:“搞蛋吧,我才不信,你说说,他想对你下啥毒手?”

章兴旺:“就是,我也不信,你说说,老闷咋想对你下毒手?”

李慈民寻思了一下,梗着脖子,嘴一撇:“我不说,不想说!”

马老六:“不想说你就烂肚里,真要是咽不下这口气,恁俩就单挑(单独,一个人),找个冇人的地儿,一替一刀捅,谁被扎死谁活该,有这个榛冇?”

李慈民不吭声了,端着碗,带着满脸的怨恨,一口气把汤喝完,把空碗重重地搁在桌上。

马老六:“别拿我的碗撒气中不中?摔裂了我可叫你赔。”

此时的章兴旺,似乎已经感觉到了其中的奥秘,嘴里劝着李慈民,心里却在盘算着啥:“中了,慈民,别管恁俩之间有啥不得劲,就像老六说的,隔气隔得,这时候也不对啊,得饶人处且饶人吧。”

李慈民气哼哼地压兜里摸出一枚铜板，往小桌旁一拍，站起了身。

马老六瞅了一眼李慈民搁在小桌上的铜板，说了一句："今个不收你的钱。"

李慈民："为啥？"

马老六："给你补补屈。"

章兴旺冲着李慈民："你瞅瞅，人物不人物，老日抓你去挖河，老闷让你生一肚子气，人家老六用胡辣汤给你补屈。中了，够你的了，别再生气了。"

李慈民枯绌（皱，拧巴）的脸顿时展样了许多，压小桌上把那枚铜板捏了回去，说道："谢谢六弟，明个我还来。"

马老六："明个你冇屈了再来，有屈你别来，咱寺门的人要是见天（每天；总是）有屈，我的汤锅不赔死才怪。"

李慈民和章兴旺都咯咯地笑出了声。

瞅着李慈民离开了马老六的胡辣汤锅，章兴旺犹豫了一下，随即跟上了李慈民，俩人一边说着话，一边朝清平南北街南口走去。

章兴旺又开始给李慈民扇火："慈民老兄，我可理解你，别管老闷那货摊为啥得罪你了，我说句不该说的话，那货可不是个玩意儿。你知不知，在中牟我救了他的命，他不但不领情，压中牟回来后，还在背后腌臜（恼人；使难堪）我。"

李慈民："恁在中牟被水困的事儿，我听说了，你救了他的命，他为啥还要腌臜你啊？滴水之恩涌泉相报他都不懂吗，还腌臜你？"

"说的就是这。"章兴旺开始编瞎话，满脸委屈地说道，"他跟人家说，俺俩被水困在凹腰村的时候，碰见三哥了，三哥熬了一锅汤，把随身带着的一小瓶胡椒掌进了汤里，凹腰村的人喝罢，都说从来冇喝过恁好喝的汤。你猜老闷咋跟我说的？"

李慈民："他咋跟你说的？"

章兴旺："老闷说，那锅汤好喝的原因，是摊为掌了你送给三哥的那一小瓶胡椒。”

“那是。”李慈民的脸上露出一丝得意。

章兴旺:“接下来的话可就不好听了。”

李慈民:“接下来他说啥了?”

章兴旺:“他说,那瓶胡椒是你李慈民送给艾家的不假,要不是他撺掇三哥,三哥根本不可能把那瓶胡椒掌进汤里。”

李慈民:“这又咋?”

章兴旺:“他的意思是说,三哥开始根本不愿意把那瓶胡椒掌进汤里,是我不让三哥掌。”

李慈民:“这又咋?”

章兴旺:“他说是我对三哥说,胡椒那种玩意儿,掌对了提味儿,掌错了串味儿。”

李慈民:“这话冇错啊,咋啦?”

章兴旺:“他下面的话可就更不中听了。”

李慈民:“他说啥了?”

章兴旺:“他说,是听我说的。我说你经常往西北那边窜,时不时带点稀罕玩意儿回来,谁知这瓶胡椒是不是印度的,说是可主贵,有多主贵啊?咱中国这边的人冇见过外国的东西多呢,他说这种胡椒在印度那边,像羊屎蛋儿一样,遍地都是,大不了也就是一碗胡辣汤的价钱,瞅瞅李慈民把艾大大给唬的,非得让三哥当宝贝一样随身带着。咋?真就有那么主贵吗?李慈民就是为了抬高自己的身价,啥也不啥。”

李慈民:“主贵不主贵,三哥不是掌进锅里了嘛,你说主贵不主贵?”

章兴旺:“主贵也好,不主贵也好,问题是这话不是我说的,压中牟回来后,是老闷跟别人说。问题是,我啥时候跟他说过这种话啊,你李慈民真要是压印度带回来个羊屎蛋儿,我也不知啊,碍着我啥蛋疼,你说是不是?”

李慈民:“别管那瓶胡椒是不是印度的,三哥掌进锅里,把所有人都喝服了，他石老闷喝罢两碗还不拉倒，得了便宜还卖乖！”

章兴旺：“可不是嘛，他说这话就是装孬孙。你猜他还说啥？”

李慈民：“还说啥？”

章兴旺：“他还说，三哥和咱一样，祖上都是犹太人，大家也都知，祥符城里只要姓艾的都是犹太人，你跟三哥唬搭（巴结），说恁家祖上也是犹太人。”

李慈民：“俺家当然是犹太人，封先生说这都是有记载的。”

章兴旺：“他可不这样说啊，他说恁两家根本就不是啥亲戚，你说是亲戚，是为了跟三哥套近乎。三哥有权有势，腰里还别着小八音，别说在寺门，就是在祥符城里三哥跺跺脚，谁都得买账，要不你才不会把恁好的印度胡椒送给艾家。”

李慈民又恼了：“他说的是个球！石老闷那货就是个闷孙，还是那号闷得不透气儿的闷孙，别人不知，咱这条街上的人还不知吗？封先生说犹太人的七姓八家，老一辈谁不知，他别说俺李家先人是不是犹太人，他石老闷是不是犹太人的种，我看都很难说！”

章兴旺：“咱撇开这些话不说，他石老闷说这些话的意思就是，让我招呼点儿（当心点儿）你，胡椒是好是孬，往锅里一掌就知，人可是知人知面不知心啊。”

李慈民停住了脚，瞅着章兴旺的脸，琢磨了片刻，说道：“我明白了，石老闷跟你说这些话的目的，是冲着那小瓶胡椒，他是不想让别人知，西边的胡椒要比咱这边的胡椒好，一旦让咱这边的人知了，都窜到西边去弄胡椒，有准还能发大财呢……”

章兴旺：“这倒不一定吧……”

李慈民：“那你说他是啥意思？”

章兴旺想了想，问道：“慈民老兄，你就告诉我，你送给艾家的那瓶胡椒，还有没有了吧。”

李慈民斜着眼问道：“啥还有没有了吧？有咋着？冇咋着？”

章兴旺："如果有，你就别独吞，拿出来给咱寺门的人分享。如果冇，去球，以后就别再提这件事儿了，免得给别人添心事儿。胡椒那玩意儿，对咱寺门这些做吃食儿的人来说，太重要了。这一点我不说你心里也清亮，别让石老闷那号人给你使绊子，让寺门的人都瞅着你不顺眼，寻你的事儿。"

李慈民："这话我不爱听，寻我啥事儿？我有没有好胡椒是我的事儿，我又冇把谁的孩儿扔井里！"

章兴旺："害人之心不可有，防人之心不可无，人心隔肚皮。慈民老兄，清平南北街是啥地儿？你又不是不知，妖怪多着呢。"

李慈民彻底恼了："妖怪多又咋啦？我今个还就把话给你撂这儿，印度胡椒我还有，我看谁能把我的蛋咬掉。等着吧，开斋节的时候，我在东大寺的门口支个锅，用印度胡椒熬一锅胡辣汤，让清平南北街上的老少爷们儿都尝尝，非气死石老闷那个卖尻孙不可！"

章兴旺不吭声了，他已经压李慈民的愤怒里得到了答案，李慈民手里还有印度胡椒，至于李慈民说开斋节在东大寺门口支个汤锅，那只是句气话而已。下一步他要做的就是，咋样才能把李慈民手里的印度胡椒弄到自己手里。具体咋弄，他冇想好，但只要印度胡椒还有，他就会想出办法来，心急吃不了热豆腐，慢慢来吧。

在他俩各自回家之前，章兴旺叮嘱李慈民道："慈民老兄，咱俩不外气，我刚才跟你说的那些话，你可别不人物啊，这要是传到石老闷的耳朵眼里，他不跟我拼刀才怪。"

李慈民不耐烦地："中了中了，这都是废话，你也不想想，我会当犹大吗？"

…………

俩人在清平南北街南口分手之后，章兴旺长出一口气，他在想，用啥法儿才能把李慈民的印度胡椒弄到手。

那些爱到寺门喝汤的人却发现，寺门的汤明显不胜以往，用马老六的话说,每章儿一锅汤卖到晌午头基本上就见锅底了,眼望儿一锅汤,过罢晌午头还剩大半锅,不是人们不想喝,而是汤越来越冇法儿喝了,别说汤碗里,就是整口汤锅里也见不到几块肉丁儿,木耳、黄花菜、面筋也少得可怜,不是卖家抠门儿不愿意往锅里掌,而是摊为每个城门都被老日把守得太严,乡里往城里送食材的人,都不愿意接受老日的盘查。那些货一个比一个噎胀(蛮横,自以为是,嚣张)不说,还偷底摸张(不干净),不是捞摸一点儿这,就是捞摸一点儿那。用扫街来给沙家送牛肉的萍妞儿的话说,哪一次来送肉,不得多预备一块牛肉让那些卖尻孙捞摸啊。给马老六送黄花菜的闫八斤说,他家就住在宋门外,进了城门冇几步路就到寺门了,每次送一篮子黄花菜,恨不得能让把守宋门的维持会那些货捞摸走一半,总不能羊毛出在羊身上,把这个损失加价到马老六的汤锅里吧。所以,为了少一点损失,送食材的能少送一次是一次,这样一来,寺门卖吃食儿的为了能保证天天正常出摊儿,不得不省料下锅。生意自然就大不如前,每当有喝家在汤碗里一边捞着稀稠,一边花搅马老六的时候,马老六就摇着头无奈地说:"卖尻孙们,这是要砸我的汤锅啊……"

寺门的生意都不中了,右司官口杂碎汤铺章兴旺的生意就更不用说了,本来好杂碎汤这一口的喝家们,大多不如去寺门喝汤的人兜里宽绰,这么一来就更不如前。起初,听别人说章兴旺还不太相信,为了证实真伪,他专门去了一趟距离右司官口比较近的北门,当他亲眼瞅见,把守北门戴白袖章的维持会那些货,在进城人的架子车上乱捞摸时,他瞬间意识到,这样下去,杂碎汤的生意早晚是个死,与其说等死,不如赶紧改章儿。可想到容易做到难,改啥章儿他却冇想好。一连几个晚上,章兴旺两口子在床上辗转,发愁得睡不着觉,商量来商量去,两口子达成一个共识,只有出奇制胜才能留住食客们的嘴,尤其是在祥符这个地儿,喝汤的人嘴都可刁,别管喝啥汤,关键在于汤,杂碎汤也不例外。只要自家的汤比别处的汤更得嘴,喝一回想两回,喝两回天天想,只要把价格控制好,根本就不用操心杂碎汤锅生意。两口子共同认为,想要出奇制胜,自然就是李慈民的印度胡椒。按章兴旺的判断,李慈民那儿肯定还有印度胡椒,他不是说了嘛,开斋节的时候他要在东大寺门前支口锅,用印度胡椒熬一锅汤,请寺门的清平南北街上的老少爷们喝,他要气死石老闷那个卖尻孙嘛。既然放出了这个话,就不会是捕风捉影,问题是咋样才能把李慈民手里的印度胡椒弄到自己手里来,这才是当务之急。

想来想去,又想了一夜,章兴旺也冇想出来个办法,咋样才能把李慈民手里的印度胡椒弄到自己手里。就在天快明的时候,他媳妇高银枝被尿憋醒,压床上爬起来,蹲到尿盆跟儿撒尿的时候,哗哗的尿声一下让章兴旺茅塞顿开,他一骨碌压床上爬了起来,一边穿着布衫嘴里一边喃喃自语:“也不瞅瞅咱家这口汤锅支在啥地儿,右司官口,就凭这个街名儿,咱也不怯气,有咱的祖宗罩着呢……”睡眼惺忪的高银枝不明白他说的是啥意思,懵懵懂懂地说了一句:“还能再睡会儿,起恁早弄啥。”他媳妇高银枝说罢这句话后,压尿盆跟儿站起身,钻回被窝又睡了。

媳妇高银枝的一泡尿,让章兴旺猛然想起一件事儿。大约在半年前,他们的杂碎汤锅在右司官口支起来的头一天,来了一个满头白发,一只手拎着鸟笼,另一只手拄一根明光锃亮拐杖的老头儿,那老头儿把手里的鸟笼往路边的树杈上一挂,往桌子跟儿一坐,也不喝汤,而是俩手拄着那根明光锃亮的拐杖,俩眼瞅着右司官口路面上来往的路人,似在琢磨和寻找着啥。章兴旺问老头儿是喝汤吗?老头儿摇摇头,说压这里路过,走累了,坐下来歇歇脚。听老头儿这么一说,章兴旺也就冇再说啥,歇脚就让他歇脚吧。可让他冇想到的是,那老头儿屁股沉,一坐就是一上午。临近晌午头,当喝汤的人渐渐稀少之后,那老头儿冲章兴旺的媳妇高银枝说,能不能寻一口水喝?章兴旺冇让媳妇高银枝去倒水,而是盛上了一碗杂碎汤,端到了那个老头儿的面前,强调不收钱,喝罢还可以添汤。

老头儿瞅着面前的那碗杂碎汤,并冇马上去喝,他问章兴旺,为啥要把杂碎汤锅支在右司官口?章兴旺说,右司官口是交通要道,北起东棚板街和西棚板街的接口处,又与北道门南口相对,南边到文庙街东口和双龙巷西口,四通八达,人流量大。特别是早起,祥符人最重视早起这顿饭,那些上班的、上学的、遛腿的、遛鸟的,只要早起饭能吃得劲,一整天都得劲。在右司官口支上这口杂碎汤锅,生意一准不会孬。

听罢章兴旺的话,那老头儿笑了笑,但章兴旺能看出老头儿的笑里似乎并不认可他的说法。于是章兴旺坐到了老头儿跟儿,想听听老头儿的说法。这时,老头儿端起了那碗杂碎汤,喝了两口汤,点了点头表示对汤的认可,随后却是对章兴旺把杂碎汤锅支在右司官口表示了质疑。他先问章兴旺,知不知右司官口这条街的由来?章兴旺摇着头说,只知道这是一条老街,老到啥程度却不清楚。

于是,老头儿开始给章兴旺批讲起了右司官口的来历。老头儿说:祥符城的街道名字都很有讲究,有传自宋代,也有传自明清,但大多只是传说而已。比如双龙巷,说当年宋太祖和宋太宗弟儿俩在此居住,由此得名叫双龙巷,这都是传说,并冇宋代留下的史料记载,不像人家山西太原,也有双龙巷,尽管也可能是传说,但人家太原的双龙巷地形隆起,状如双龙,形状上就有说服力,而咱这儿的双龙巷传说的成分大于史料。别管真伪,用祥符话说,沾住毛尾四两腥,既然咱祥符人认可这个街名儿,就有它的道理。但是,右司官口却是实打实的。祥符在明清时期是河南布政使司的驻地,布政使司是明代在地方设置的三大机构之一,与都指挥使司、按察使司分别掌管一个省的民政、军政、司法大权,是朱元璋对于元代行中书省权力过大而做的一种分拆措施。为啥叫右司官口呢?是因为祥符在明清时期政局平稳的情况下,布政使主要负责全省的政务,就是全河南省的最高长官,而为了防止个人权力的扩大,布政使由俩人担任,一个左布政使,一个右布政使,俩人均为从二品,负责礼、户、吏为左司,负责兵、刑、工为右司。因而,右司官口就成了一条街,在这条街上集中掌管兵务、刑法、大型工程和营建等事务的机构,说白了就是负责抓捕逃犯。

老头儿一边喝汤,一边给章兴旺讲了一大堆,章兴旺听得一脸迷瞪,不知老头儿给他说这些是啥意思,老头儿也看出章兴旺悟不出啥来,于是就直截了当向章兴旺挑明了说这些话的用意，说一千道一万就是，右司官口这个地儿的风水不适合做生意，尤其不适合做这种贫民生意。这地儿从古到今都属于衙门待的地儿，虽说眼望儿那些古代的衙门都已经不复存在了，但这个右司官口的街名就像一个符，把这条街给罩住了。老头儿说，祥符城街巷胡同的名称都非常有讲究，烧鸡胡同就是专门卖烧鸡的，油坊胡同就是专门榨油卖油的，黑墨胡同就是专门做墨的，酱醋胡同就更不用说，祥符城里的居民打酱油打醋都往那儿窜，为啥？并不是酱醋胡同里的酱醋比其他地方好，是摊为那个地儿从古到今已经形成了一个强大的气场，冥冥之中被老天爷认可，生意能不好吗。老头儿说，祥符城里的七角八巷都有各自的来历，不是谁想改动就能改动的，名不副实改不好可是要出叉劈（问题，麻烦）的。

章兴旺心里清亮了，这老头儿是要告诉他，右司官口这条街不合适支杂碎汤锅，他瞅着喝罢汤抹着嘴离开的老头儿，半晌都冇回过神儿来。章兴旺的媳妇高银枝却很不以为然，劝章兴旺别听那个老头儿瞎喷，瞅瞅咱今个开张的生意，喝家都挤哄（拥挤）不动，并且还预言，不信走着瞧，等喝罢右司官口章家杂碎汤的人，一传十十传百，咱的这口杂碎汤锅，不比寺门任何一家的汤锅差。

时间一长，你别说，这还真让章兴旺的媳妇高银枝给说准了，这口支在右司官口的杂碎汤锅，生意一天比一天好，他媳妇高银枝一个劲儿地后悔，当初应该支一口更大的锅，眼望儿的这口锅，有时卖不到晌午头，一锅杂碎汤就卖完了。生意好，时间一长，章兴旺彻底把那个老头儿说的话忘到了九霄云外。可是，自打老日进了祥符城，生意每况愈下，有时过了晌午头，一锅汤只卖掉了半锅，但章兴旺也冇想恁多，汤锅生意不中也不是就右司官口，寺门汤锅的生意照样也大不如前，马老六的胡辣汤锅，还有沙家煮五香牛肉的那口锅，不都一样吗，要怪就怪卖尻孙老日，用沙二哥的话说，那些卖尻孙不打到咱门里，咱祥符城里的人咋可能连口肉都吃不起，喝碗汤都要掂量啊。不过话又说回来，寺门的生意再不中也比右司官口的强啊，毕竟寺门那地儿就像那老头儿说的，清平南北街上有座东大寺罩着呢，吓死老日他们也不敢把东大寺给拆了吧。

也就是想到了冯玉祥，在床上辗转了一宿的章兴旺，决定一早爬起来去找那个老头儿。杂碎汤铺开张那天送给老头儿喝的那碗杂碎汤，那老头儿并冇白喝，老头儿在喝完最后一口汤时，压布衫兜里摸出一张冯玉祥主政时期，西北银行发行的一角银圆券递给章兴旺，瞅着老头儿递过来的那一角银圆券，章兴旺苦笑着摇了摇头表示谢绝，说这碗汤是送给老头儿喝的，不要钱。可那老头儿却不干，说吃馍打馍钱，喝汤打汤钱，不能坏了做买卖的规矩，与此同时，老头儿也压章兴旺脸上的苦笑中，察觉到了主家不愿意收钱的另一种原因就是，这种银圆券在市面上已经不通用了，眼下祥符城的通用货币，是老日的军用手票，要不就是中央储备券，大宗生意用的是货真价实的银圆，一碗杂碎汤权当是个人情，裹不着收一张已经不再通用的银圆券。

老头儿对章兴旺不收银圆券很不高兴，把手里那张由西北银行发行的一角银圆券，往小木桌上一拍，提醒章兴旺不要鼠目寸光，老日的军用手票也不会长久，西北银行的银圆券就是再不值钱，那也是咱中国的，有朝一日，老日搞蛋了，军用手票擦屁股祥符人都会嫌它硬。见老头儿是这么个秉性，章兴旺也就不再说啥，压老头儿手里接过了那张银圆券，心想，别管老日啥时候搞蛋，西北银行发行的银圆券是中央财政部批准印制的，总比老日的军用手票擦屁股软和一点吧，权当是留个纪念。于是，章兴旺把脸上的苦笑转变成愉快的微笑，接过那张西北银行的一角银圆券，塞进了兜里。在送老头儿离开之前，章兴旺问老头儿的家住在哪里？老头儿抬起手里那根明光锃亮的拐杖，朝双龙巷的方向一指，说了一句："说宋太祖和宋太宗压小住在那儿，在那儿长大，谁知真的假的。赵家那弟儿俩，祖籍是河北涿州，说是哥哥赵匡胤出生在洛阳夹马营，弟弟赵光义出生在咱祥符浚仪县，浚仪离咱这儿还算近一点，夹马营稍微有点儿远，依老朽看，跟双龙巷都不挨边，硬要往一堆扯的话，赵光义还能挨上点儿边。当然,叫独龙巷冇叫双龙巷好听。可好听有啥用,银圆券该不管用还不管用……”

除此之外,那个老头儿还有一段话让章兴旺印象比较深,也就是想到了这句话,才让他做出大早上爬起来要去双龙巷找那老头儿的决定。那老头儿告诉章兴旺,说他每章儿在祥符的西北银行上班,西北银行倒闭以后,他原想支一口汤锅,别管支啥汤锅,绝对比银行保把,后来冇支成汤锅有两个原因,一是冇风水适合的地儿,二是自己一个人冇那个精力和体力,也就作罢了。

大早起,章兴旺决定要去找那个老头儿,就是摊为大半夜冇睡着觉,突然又想起那老头儿说过的那番话,且不说眼望儿的祥符城汤锅的生意好孬,是不是与老日的占领有关系,就把清平南北街和右司官口街这俩街名相比较,似乎也能映照出那老头儿的话不是冇一定的道理。再退一步说,即便李慈民手里已经冇印度胡椒了,也不能靠提高杂碎汤的品质来吸引人,换个更适合支锅的地儿,或许才是摆脱困境的一种选择,活人总不能让尿憋死吧。

天刚麻麻亮的街道上冇啥人,不远处双龙巷的街边,不时传来水桶打水时触碰井壁清晰的声响,个别早起的人们,担着筐拎着篓,步履匆匆,一看都是为了生计。章兴旺并不知那个老头儿住在双龙巷的具体位置,只记得那老头儿说他姓李,每天大早都要出来遛鸟,具体去哪儿遛鸟不靠盘(一定,按时),摊为上了年纪,腿脚不得劲,腿脚能走到哪儿,鸟就遛到哪儿,走走歇歇,也就是一上午的时间。章兴旺这么一大早起来,就是打算守在双龙巷的街口,看看能不能等着那个姓李的老头儿。

天已经大亮,章兴旺在双龙巷里,压巷子东头溜达到巷子西头,又压巷子西头溜达到巷子东头,一直溜达到快晌午头,也冇瞅见那个姓李的老头儿,当他灰心丧气正准备离开的时候,迎面走来一个扤着篮儿的老娘儿们,打眼一瞅,这个老娘儿们就是双龙巷里头的住户。每到这个季节,祥符城里的住户们,就会去到城墙上剜一种叫“荠荠菜”的野菜,这个老娘儿们的篮子里，就装着半篮子的荠荠菜，一瞅知她是刚压城墙上下来的。

章兴旺拱手向那个老娘儿们询问，并描述了一番，问双龙巷里头的住户，有没有一个姓李的老头儿？老娘儿们丝毫不带犹豫地扭脸往不远处一指，告诉章兴旺路南边那个大门楼头就是。章兴旺用半信半疑的口气问道："你咋就恁肯定是他？"老娘儿们说："来这条街上，打听皇帝哥俩住哪儿有人知，打听李老鳖一住哪儿，有人不知。"章兴旺又问，李老鳖一？为啥给他起了这么个花搅人的外号？"老鳖一"在祥符人嘴里，就是形容一个人抠门儿的意思，章兴旺问："那个李老头儿很抠门儿吗？"老娘儿们撇着嘴，满脸不屑地指着不远处那个大门楼头，给章兴旺批讲了一番那个大门楼头里的李老鳖一。

老娘儿们告诉章兴旺，李宅是双龙巷这条街上为数不多的穴居式三进院，是李老鳖一他爹当年花了两千块大洋买下来的，他爹是清朝一个县令，死之后留下的可不止这么一个宅院，祥符城里有好几处呢。李老鳖一也不孬，曾经是科举状元，是个有学问的人，民国以后，在祥符最大的农工银行当管事，兜里不缺银子，酒肉豆腐汤，日子过得舒坦。可李老鳖一的儿子不中，不争气，吃喝嫖赌抽啥都干，是个败家子，几乎败光了李家所有家产，双龙巷李家这个三进院，如今变成了二进院，就是摊为李老鳖一他儿抽大烟。后来，李老鳖一他儿死了，儿媳妇带着孩子离开了李家，子债父还，李老鳖一省吃俭用替儿子还债，落了个"李老鳖一"的外号不说，还不得不把自家三进院后面的罩院卖给了别人。眼望儿李老鳖一岁数也有点大了，夫人得病也死罢了，儿子的债也还完了，就这，养成了舍不得吃舍不得喝的习惯，腿脚不太便利吧，还成天提溜个鸟笼四处混吃混喝，双龙巷里的人都可烦他，就是摊为他提溜个鸟笼，不管走到哪儿，往人家门口一坐就不走了，跟个要饭的差不多少，在别人家吃饱喝足之后，才提溜着鸟笼，晃荡着身子回家。听罢老娘儿们对李老鳖一的介绍，章兴旺嘴里不由自主地滑溜出了一句："怪不得……"

5.“咱要能把这事儿办成，咱的后代就吃不完，喝不完，花不完。”

章兴旺听那个老娘儿们说罢之后，冇马上就去李家，他站在那儿思索了一下，然后转身先去到离双龙巷不远的东司门，那里有一家花生糕作坊挺有名儿，他买了两包花生糕后，返回到双龙巷。他走到老娘儿们告诉他的那座大门楼头跟儿，在院门口停住了脚，弯腰摸了摸院门口的拴马石，直起腰，又抬眼瞅了瞅已经掉了色的雕花门头，若有所思地走进了院子。进到院子里，他一眼就瞅见院子里的石榴树上挂着的鸟笼，里面的那只百灵鸟却不见了。

章兴旺咳嗽了两声，弄出点声响，好让屋里的主人听见有人进到院子里头来了，可他在石榴树跟儿站了一小会儿，又咳嗽了两声，屋里还是冇动静。于是，章兴旺就用不高不低的声音询问道：“有人冇？”停顿数秒还是冇见动静，他就提高嗓门又问了一句：“屋里有人冇？”可屋里却依旧冇反应。疑惑中的章兴旺正不知所措的时候，就听见屋里传出了一串止不住的咳嗽声：“咳，咳咳，咳咳咳……”待咳嗽声略有平息，随后才有人问道：“谁呀？”

随着这一声询问，上房的门帘掀开了，一张老脸压门帘后面探了出来。

章兴旺定神一瞅，正是李老鳖一，便急忙拱手说道：“李老先生，是我，还记得不？”

李老鳖一把挂在脖子上的眼镜架到了鼻梁上，上下仔细打量着章兴旺，认真地回忆着，半天才说了一句：“瞅着脸怪熟……”

章兴旺用提示的口吻：“你老忘了，右司官口，杂碎汤锅……”

李老鳖一眨巴着眼睛：“哦，哦，想起来了，想起来了……”

章兴旺：“想起来了吧，我叫章兴旺。”

章兴旺进到了上房里面，搭眼四下一瞅，嚯，不愧是大户人家，虽说屋里那儿架摆放古玩的博古架上面有一件古玩,可他一眼就看出那博古架的材质都是紫檀木的,心里感叹:乖乖咪,就这几个博古架,就值俺卖上一年杂碎汤的银子。

李老鳖一俩眼瞅着章兴旺手里掂着的花生糕,说道:“来就来呗,还给我掂啥东西啊。”

听到这话,章兴旺急忙把手里的花生糕递了过去:“冇啥给你捎,两包花生糕,虽说冇寺门白家花生糕有名儿,可我觉得,东司门这家的花生糕,要比寺门白家花生糕好吃。”

“花生糕别管是谁家的,只要是咱祥符的,都中,都好吃。”李老鳖一把接过来两包花生糕,放到屋中央的方桌上,迫不及待地拆开一包,使手捏起一块就塞进了嘴里,一边吃一边说道:“中,味儿正,跟寺门白家的有一拼,但话又说回来,要说寺门吃食儿中最好吃的,还是沙家的牛肉,那味道,举世无双。”

章兴旺:“别管了,爷们儿,下回来我给你捎寺门的沙家牛肉,让你老吃得劲。”

李老鳖一点着头,又往嘴里塞了一块花生糕,然后用手拨拉了一下嘴上的花生糕末儿,问道:“无事不登三宝殿,还给我捎花生糕,说吧,今个你来找我,一定是有啥事儿?”

章兴旺:“事儿不大,想找你老讨教讨教,谁叫你老有学问呢。”

李老鳖一摘掉鼻梁上眼镜,眯缝起俩眼,盯着章兴旺的脸,思索着说道:“你先别吭气,让我猜猜,你今个找我啥事儿。生意不中了吧?”

章兴旺冇接腔,面无表情纹丝不动坐在那里,用俩眼瞅着李老鳖一,等着他的下文。

李老鳖一:“生意中不中,跟老日来咱这儿有点儿关系,但关系不是太大,上次我说,恁的杂碎汤锅位置不中,右司官口不适合支汤锅,对吧。”

章兴旺:“对,上次你老是这样说的。”

李老鳖一面带神秘地笑了笑,说道:“上次在你那儿喝汤,有些话我冇跟你说，不是我不想说，只是觉得还不是时候。”

章兴旺：“为啥？”

李老鳖一：“那你先给我说说，我猜得对不对。”

章兴旺肯定地一点头：“对。”

李老鳖一不吭声了，用手捏起一块花生糕填进嘴里，神态显得十分悠然。

章兴旺：“你老倒是说啊，别卖关子中不中？”

“别急，我先去烧点水，咱弄口茶喝喝。瞅瞅，光顾说话了，我连口茶还有顾上给你倒。”李老鳖一说着起身要去烧水。

章兴旺急忙制止道：“别了，你老还是先说吧，我不喝茶，等我听你老说罢，走了以后，你老再弄点茶自己喝吧。”

李老鳖一：“你真不喝茶？”

章兴旺：“真不喝。”

李老鳖一坐回到椅子上：“那中，不喝就不喝吧，一会儿你走之前，帮我去井里打桶水，我连沏茶的水都有了。不瞒你说，这两天我心情不太好，鸟死了，哪都不想去，啥也不想干。”

章兴旺：“我说呢，一进院瞅见你的鸟笼是空的，鸟咋死了呢？”

李老鳖一：“劫数，懂吧，啥叫劫数？劫数就是人这一辈子，在劫难逃的那个点儿，就像恁支在右司官口的那口杂碎汤锅，生意好不好，跟老日来祥符有关系又有关系，是恁在劫难逃的那个倒霉点儿。”

章兴旺又蒙了，他猜不出李老鳖一说的那个倒霉点儿是个啥点儿，那个在劫难逃的劫数到底是个啥？就在这一瞬间，他更加迫不及待地想弄明白李老鳖一所说的劫数……

章兴旺在双龙巷待了整整一上午。

压双龙巷走出来的章兴旺，虽然基本明白了李老鳖一跟他说的那些话，但还是有点晕，尤其是李老鳖一给他的那个挪窝的建议，要想生意好，并不在于支锅的地方人流量大小，也不在于汤锅里用的是啥配料，而是要离“祖宗”近一点儿。李老鳖一所说的“祖宗”，就是北宋初年，按李老鳖一的话说是公元十世纪末期，那一大群倔强的犹太人。他们不愿意受阿拉伯人和突厥人的欺负，压布哈拉也就是天山南路，取道进入了中原，来到了祥符城。用李老鳖一的话说，那时候的祥符城，是世界上最大的城市，人口的数量是眼望儿的好几倍，至少有上百万人口。那个时候跑到祥符城来做生意的外国人很多，不乏大量的中亚人，祥符城的老百姓对那些高鼻子凹眼睛，满脸胡子拉碴的人见怪不怪，也分不清是压哪国来的，把犹太人也当成了波斯人和阿拉伯人，用李老鳖一的话说，反正这些人的祖宗都是闪米特人，他们的长相，跟当时也来祥符做生意的蒙古人和契丹人有明显区分。在北宋那个年代，朝廷不喜欢那些不太讲礼数的蒙古人和契丹人，倒是很喜欢中亚那边过来的人，尤其喜欢犹太人，因为犹太人的先人是闪米特人，跟宋王室信奉道教一样，犹太人比蒙古人和契丹人文明，有宗教信仰。于是，北宋的皇帝就给来祥符做生意的那一大帮犹太人赐地，让他们盖宅院，盖教堂，还给那些愿意把家安在祥符的犹太人赐姓氏，让他们跟祥符人享受同等待遇。李老鳖一说，北宋的皇帝一共给来祥符的犹太人赐予了七个姓氏，这七个姓氏中排在第一个的，跟着皇帝姓“赵”，接下来是“艾、张、石、金、高、李”。用李老鳖一的话说，他家这个“李”就是当年北宋皇帝给赐的。听到这里，章兴旺大吃一惊，惊讶地瞪大俩眼瞅着李老鳖一，李老鳖一笑着对章兴旺说，如果不是这个缘故，他也不会在章兴旺两口子杂碎汤开张的那天，去右司官口喝那碗汤，正因为九百年前北宋皇帝赐七个姓氏的时候，多赐了一个章，才有了“七姓八家”之说，张家和章家，同音不同字儿，章兴旺的那个章，便是八家中的一家。

李老鳖一告诉章兴旺，之所以在章家杂碎汤锅开张那天，他去了右司官口，就是他已经听说，章家这口杂碎汤锅不可能支在寺门的原因，也就是说，他已经知道在右司官口支杂碎汤锅这个姓章的，就是“七姓八家”里头的那个姓章的，所以他才有底气坐在汤锅前不走，用李老鳖一的话说，这叫“亲不亲，汤上分”，章兴旺要不是七姓八家中的那个章，他还不会去喝那碗杂碎汤呢。

在双龙巷李老鳖一家听罢这些话，当时章兴旺浑身热血沸腾，二话不说就扑通跪在了李老鳖一面前，磕罢仨头之后对李老鳖一表示感谢，他说从来冇人把“七姓八家”的事儿跟他说过这么透，他只知道章家先人是压中东过来的犹太人，只知道清平南北街上住着有“七姓八家”中的章家、李家、石家、艾家，如果不是今个听李长辈说，还真不知“七姓八家”先人们的来龙去脉。

章家在清平南北街上不遭待见，就是摊为他们章家做下水生意，寺门的人认为他家不那么清真，沙二哥曾经故意夹枪带棒地花搅过他：“你知不知，恁家住的那条胡同为啥叫挑筋胡同？你要不知，哥哥可以给你批讲批讲，省得你不知啥叫清真。”咋不知，他当然知，别说寺门这一片的人知，全祥符城的大概都知，犹太人在宰杀牛羊吃的时候，必须先把牛羊的脚筋挑断之后再食用，这个规矩和习俗由来已久，反映出在祥符城居住的犹太人对祖先雅各的纪念。今个在双龙巷，李老鳖一更进一步把这种习俗说给了章兴旺听：犹太王子雅各跟天神挺瓤（角力，对抗），摊为伤了脚筋冇挺过天神，王子死罢以后，后人为了悼念王子，在吃牛羊肉的时候，挑去脚筋不吃，压那之后便有了挑筋教的说法。住在挑筋胡同的老一辈人应该都听说过，在北宋的时候，他们的先人来到祥符定居，皇帝赐地让他们盖的那座犹太寺院，就在右司官口南面一点儿，很近，紧挨着挑筋胡同，犹太寺院的北边，紧挨着右司官口，还专门有个犹太人宰杀牛羊的广场，后摊为明清那两场水灾，广场不复存在，但由此可见，压北宋犹太人来祥符开始，居住在挑筋胡同的犹太人，基本上都在从事牛羊屠宰这个行当。沙二哥夹枪带棒花搅章兴旺那番话里，其实是在刺挠和腌臜他——要论清真，恁犹太人比俺穆斯林更清真，更讲究，更遵循祖规，可眼望儿你这个住在挑筋胡同的货倒好，吃牛羊肉不挑筋不说，还做起了下水生意。这才是章家在清平南北街上不遭待见的最主要原因。

章兴旺回到右司官口的汤锅处，已经过罢了晌午头，他媳妇高银枝问他吃罢饭冇,他冇吭气儿,高银枝连问了两声他还可烦,怼了他媳妇高银枝一句:“吃罢冇吃罢咋啦? 我想吃牛蹄筋,咱家汤锅里有冇?”他媳妇高银枝冲他一翻眼,不再搭理他了。他媳妇高银枝清亮,这货心里一定又有了啥别扭事儿,不搭理是对他最好的惩治。

晌午头过罢,汤锅前显得寂静,右司官口街面上的行人也稀少。章兴旺俩眼发直地坐在小马扎上,还在回想李老鳖一劝说他的那些话,思来想去,他觉得换支锅的位置,也不是一件容易事儿,他还是觉得要在李慈民身上打主意,他相信,要是能弄到印度胡椒,一切问题都可以迎刃而解,可让他困惑的是,李慈民手里到底还有没有印度胡椒? 没有就啥都不用再说,如果真的还有,咋样才能弄到自己手里。

想着想着,他突然想起了和石老闷压中牟一起回来的路上,石老闷无意中跟他说起,石家原先也在挑筋胡同里住,就是摊为清代道光年间的那场大水,把挑筋胡同里的房子全冲毁了,后来重建的时候,很多家不愿意回挑筋胡同的原因,是他们觉得,还是住在清平南北街上更踏实,更安全,用石老闷的话说,犹太寺院都被水冲塌了,东大寺咋就冇事儿啊? 为了保住祥符城,寺门穆斯林老少爷们儿在阿訇的带领下,还把东大寺大殿的房梁都拆了下来,扛到城墙去堵城门,据说沙二哥他爹沙金镖,一个人能把一根大梁扛上城墙,成了寺门人一个传奇。真的假的不知,但大水退了之后,皇上下传谕旨表彰那可是真的,东大寺有碑文可以证实,就凭这,挑筋胡同一些原住民就不愿意回去重建住房,别管你头上戴的是白礼拜帽还是蓝礼拜帽,反正都是清真族群,宋朝的皇帝都能给犹太人赐地盖房子,寺门的穆斯林更应该可以。据石老闷讲,好像李慈民家也是那次水灾之后,才压挑筋胡同搬到清平南北街上来的,李家是最后一家离开挑筋胡同的。而李老鳖一的李家,有身份,压根就冇在挑筋胡同住过……

章兴旺一边想,一边把头上的蓝色礼拜帽摘了下来,他把俩眼盯在蓝色的礼拜帽上,在想刚才李老鳖一对白帽和蓝帽的解释:“在咱的祥符城,白帽和蓝帽根本冇法儿分恁清楚,用咱祥符话说,都是在一个锅里捞稀稠,有我吃的就饿不着你,有福同享有难同当,你说是不是?”

想到这儿,章兴旺一拍大腿,压小马扎上站起身来,李老鳖一最后跟他说的那番话,一下子又让他想起了在凹腰村艾三熬的那锅汤。章兴旺决定去找石老闷,如果不是自己在凹腰村对石老闷的照顾,石老闷能不能回到祥符都难心(困难,难成)。

章兴旺要去找石老闷的目的,就是想让石老闷去问问李慈民,到底还有没有印度胡椒,就凭他俩那种关系,李慈民应该会跟石老闷说实话。在寺门,石老闷跟李慈民也是表佬相称,至于石老闷是不是真蓝帽回回,谁也不把底(了解,知情),因为石老闷一年四季头上戴的是白帽。但是,清平南北街上的人都知,那俩货是狗皮袜子冇反正,李慈民最早窜往西部做买卖的时候,缺盘缠,就是石老闷借给他的盘缠,不说滴水之恩涌泉相报吧,让李慈民说两句实话总可以吧,不管咋着,自己也算是救过石老闷的命,这点面子他还应该会给。

天快擦黑的时候,章兴旺终于在寺门等到了压扫街回来的石老闷,俩人一见面,石老闷就摇着头说,扫街的羊也越来越难买了,大早去,擦黑回,才牵回来一头小羊,冇法儿,祥符城里支汤锅的,别管是支啥汤锅,都窜到扫街去买羊,那里要是再牵不到羊,其他地儿就更难心了,接下来的日子该咋过,谁也说不准,寺门卖吃食儿人的生意,不就是靠牛羊肉垫底嘛,冇了牛和羊,谁也不中。可不是嘛,石老闷一串唉声叹气的牢骚也是在提醒章兴旺,牛羊肉冇了,下水也会跟着断链子,杂碎汤锅的日子可能更不好过。

章兴旺:“中了,老闷,天塌压大家,走一步算一步,过一天算一天,要饭的拄根油漆棍,高兴一会儿是一会儿吧。”

石老闷:“话是这么说,可谁也不会恁冇心冇肺,就是想高兴也高兴不起来啊。”

章兴旺:“那咋办?上有老下有小的,日子还得想法儿往下过。”

石老闷:“我也是这么想,可把脑袋想劈,也冇想出别的活法来,咱祖祖辈辈靠牛羊肉过日子,总不能让我去倒腾大肉吧?”

章兴旺扑哧笑出了声。

石老闷:“笑啥笑,我说的是大实话。”

章兴旺:“我知你说的是大实话,也是废话,冇牛羊肉就冇别的活法儿了吗?”

石老闷:“那你说,还有啥活法儿?”

章兴旺:“咱先别说这事儿了,我今个来找你,是有个重要事儿想问你。”

石老闷:“啥重要事儿?”

起先,章兴旺一直冇往这上面想,还是在双龙巷李老鳖一说的一句话,让他心里咯噔了一下。李老鳖一说,当年他们的祖先来祥符,北宋皇帝给他们赐了七姓八家,原先寺门的人只知道艾家是七姓八家中的一个姓,章家是八家中的那个章,七姓八家的说法大家也听艾大大说过,却都冇太在意,直到眼望儿,清平南北街上的人,谁也一嘴说不出七姓八家是哪七个姓哪八个家。而上午在李老鳖一家的时候,章兴旺对李老鳖一说出的每一句话都非常留意,因为他觉得那老头儿绝不是个凡人,是个有学问的大仙儿。在章兴旺的眼里,祥符城里有两种大仙儿,一种是信口开河胡喷乱说、不定哪句话能蒙到点儿上的野仙儿;另一种就是像李老鳖一这样句句让人口服心服的大仙儿,而在祥符这地儿,野仙儿多,大仙儿少。

章兴旺瞅着石老闷的脸,认真地问道:“老闷,你知不知,宋朝皇帝赐给咱犹太人七姓八家,是哪七姓?哪八家?”

石老闷眨巴着俩眼,想了想,说道:“我光知道,咱寺门恁家是,俺家是,艾三家是,李慈民家也是,还知道宋朝皇帝姓赵,清平南北街上姓赵的有好几家,冇听说有一家是犹太人的。”

章兴旺:“赵家就不说了,祥符城里姓赵的成千上万,冇一个承认自己是犹太人的。清平南北街就更不用说,我就问你能不能把这七姓八家说囫囵。”

石老闷继续眨巴着俩眼，又想了片刻，说道："七姓八家里头好像还有姓高的？恁媳妇不是姓高吗？她是不是犹太人你不知吗？"

章兴旺："废话，俺媳妇要不是犹太人，我能娶她当媳妇？"

石老闷："那不妥了，我说的也大差不差。"

章兴旺胸有成竹地冲石老闷说道："你听好了，宋朝皇帝赐七姓八家的七姓是：赵、艾、李、金、张、石、高，七姓八家的第八家，就是多了个立早章，俺家，听明白了冇？"

石老闷眨巴着眼，掰起自己的指头，一边想一边说道："七姓是赵、艾、李、金、张、石、高，八家就是多了个立早"章"，恁家，对吧？"

章兴旺点了点头，说道："老闷，我想说的是，咱清平南北街上姓赵、姓李、姓张的一抓一大把，姓金的也有好几家，恁姓石的，跟俺姓立早章的，还有姓艾的，只有一家啊。"

石老闷俩眼眨巴加速了，瞅着章兴旺问道："你，你说这是啥意思？"

章兴旺："啥意思？物以稀为贵啊。"

石老闷不屑地："贵不贵又能咋着。"

章兴旺："又能咋着？那可大不一样。"

"咋大不一样啊，我也活二十出头了，我也冇觉得有啥不一样。"石老闷有点不耐烦地说，"兴旺，你到底想要说啥啊？别扯恁远中不中？你也不想想，就是七姓八家中，姓石的和姓章的冇姓赵的和姓李的多，又能咋着，不都是犹太人留下的种嘛，又咋着，咱姓石的和姓章的就比别人尿得高？如果咱姓石的和姓章的比别人尿得高，牛羊随便牵，汤锅随便支，别管了，我敲着锣打着鼓站到鼓楼上去吆喝，俺石家是犹太人，俺石家想吃啥吃啥，想喝啥喝啥，恁服不服？谁不服(扶)谁尿一裤……"

章兴旺抬手制止住石老闷下面的话，说道："老闷，听我把话说完中不中，等我把话说完，你就知我今个来找你是啥意思了。说句难听话，牵牛牵羊支汤锅都是小事儿，如果这事儿是真的，咱要能把这事儿办成，咱的后代就吃不完，喝不完，花不完。"

石老闷一听章兴旺这么说，俩眼眨巴的频率慢了下来，脸上不屑的表情也逐渐消失，说道："中啊，只要有吃不完，喝不完，花不完这种好事儿，别管了，你说俺是寺门人爱骂老日的'镇尼'（伊斯兰教中的魔鬼），俺都认，你说吧，我听着呢。"

章兴旺又一次和石老闷说起李慈民手里可能有印度胡椒的事儿，以及自己对此的想法和打算。都说石老闷闷，其实他一点也不闷，心里透亮着呢，在章兴旺说的过程中，看似面无表情的石老闷，心里有着自己的分析和判断，最能让他心里开窍的，并不是承认石家就是七姓八家里啥了不起的姓氏，也不是李慈民手里是否还有印度胡椒。自打压中牟回来以后，对艾三在凹腰村熬的那锅汤，石老闷一直耿耿于怀，虽说当时发了一夜的高烧，身体不中，味觉和口感不如以往，但那锅汤却给他留下了深刻印象。那一碗汤喝罢之后，他顿时感到浑身上下通透了许多，那种通透并不是以往喝罢汤后汗腺的通透，而是一种味觉导致五脏六腑舒坦的通透，这是他压小到大喝汤从未有过的感觉。让他冇想到的是，今个章兴旺找他扯七姓八家的事儿，是醉翁之意不在酒……

听罢章兴旺最终的意思，石老闷俩眼直勾勾地瞅着章兴旺，陷入一种飘忽不定的沉思。

章兴旺："你迷瞪啥呢？我说的啥意思，你清亮了冇？我可不是戳死猫上树（坑人，骗人）啊，我是觉得，清平南北街上的七姓八家中，能办成事儿的，只有你姓石的。"

石老闷带着回忆问道："在凹腰村，喝罢三哥熬的汤，你说胡辣汤最早被宋徽宗命名为'御汤'，那个严嵩到底是宋朝人还是明朝人啊？"

章兴旺半烦地："你的脑子又想到哪儿了？咋又扯到宋徽宗和严嵩头上了？我跟你说了半天，你咋还冇听清亮啊？"

石老闷："咋冇听清亮，我听得清清亮亮的，你的意思是说，三哥熬的那锅汤，是用李慈民送给艾大大那瓶印度胡椒熬出来的，你是怀疑李慈民那货手里，是不是还有印度胡椒。如果还有，咱就想法儿把它弄过来，咱只要有了印度胡椒，别管把汤锅支在哪儿，也别管熬啥汤，只要跟牛羊肉有牵扯的汤，咱都能吃遍天下，代代相传，对吧？”

章兴旺：“对不对你都说了。我刚才问的是，我不明白你咋又扯到那个严嵩头上去了？”

石老闷：“你不是说，当年宋徽宗喝罢严嵩献的配方，龙颜大悦，胡辣汤最早的名儿是宋徽宗命名的‘御汤’，艾三还说你是瞎球扯。”

章兴旺：“对呀，我是听别人说的，可能是瞎胡扯啊。”

石老闷：“我的意思是，别管你是不是瞎球扯，也别管七姓八家是宋朝哪个皇帝赐的，只要李慈民手里还有印度胡椒，咱就让李慈民认这壶酒钱，有宋朝的皇帝，就有咱七姓八家，如果把印度胡椒说成是压宋朝七姓八家那儿传下来的，这不是更好吗？”

章兴旺：“好是好，这号瞎话咱也能编圆，问题是李慈民手里到底还有没有印度胡椒？如果有，咋才能弄过来？”

石老闷长舒了一口气，说道：“别管七姓八家里头姓啥的最多，姓啥的最重要，你老兄也别恭维我，就冲着你在凹腰村救了我一条命，我姓石的也要知恩图报，想法儿去搞清楚，李慈民手里到底还有没有你想要的印度胡椒……”

听罢石老闷这句表明态度的话，章兴旺很是兴奋，用手拍着自己的胸膛也表明了态度，他对石老闷说，只要李慈民手里还有印度胡椒，只要石老闷能把它弄过来，他就放弃右司官口的杂碎汤锅，回到清平南北街上，支上一口正儿八经的胡辣汤锅，按一锅汤卖一百二十碗来算账，六十碗的汤钱归石老闷。

瞅着章兴旺信誓旦旦的样子，石老闷说道：“明个一早我就去找慈民。兴旺，这事儿我要真弄成了，你说出的话可要落地砸坑啊。”

章兴旺铿锵有力地：“谁要说了不算，谁就是妞生的！”

6.“我让你瞅瞅,我屋里藏着的那个娘儿们!”

第二天一早,石老闷就候在马老六的汤锅前,他一直坐到马老六快收摊,也冇瞅见李慈民的影儿。奇怪啊,今个咋不见人了呢?是不是又窜到外地去了?都知那货在家待不住,过段日子就往外窜,但只要他在家,每天必来马老六的汤锅。

马老六一边收拾着物件,一边对石老闷说:“别等他了,这个点儿不来,今个他就不会来了。”

石老闷站起身:“不中我去他家瞅瞅。”

马老六:“你也不用去他家瞅,这个点儿他根本就不可能在家,那货是个冇尾巴鹰,不定窜哪儿呢。”

石老闷不死心,还是决定去李慈民家瞅瞅。

果然,石老闷刚走进李慈民家的院子,就瞅见李慈民提着裤,一边系着裤腰带,一边压院子角落里的土坯围成的茅坑内走出来。

石老闷:“咋啦,冒肚(拉肚子)了?”

李慈民:“冒啥肚啊,夜个晚上冇睡好觉,刚压床上爬起来。”

石老闷:“咋冇睡好啊?淘气了吧?”

李慈民:“搞蛋吧,淘啥气啊,恁嫂子就冇给家。”

石老闷:“俺嫂子冇给家去哪儿了?”

李慈民:“她娘家来人捎信说,她大舅害病,快不中了,夜个一早,恁侄倌儿就陪恁嫂回河北了。”

石老闷:“俺侄倌不是跟着艾三……”

李慈民急忙把指头竖到嘴上“嘘”了一声,随后压低着嗓门说:“小点声……”

石老闷不敢再往下说了。在日本人攻打祥符之前,李慈民那个岁数不大的儿子,就爱跟着艾三混,参加冇参加国军不知,祥符被日本人占领后,他儿子跟着艾三一起窜了。

石老闷:“你咋冇跟俺嫂子一块儿回河北啊?”

李慈民:“这不是在等你嘛,我要跟恁嫂一块儿回河北,今个咱俩不就见不着了。”

石老闷笑着骂道:“卖尻孙,你真会说好听话,你说的好听话里就冇几句实话。”

李慈民咯咯地笑了起来,问道:“大早起就跑来找我,有啥事儿啊?”

“大早起?抬起你的眼瞅瞅,太阳都晒到你的腚沟子了,你老实交代,俺嫂子冇给家,你在家干啥坏事儿了?”石老闷一边说一边往屋里走。

李慈民上前挡住了石老闷的去路:“有啥事儿,说吧。”

石老闷:“咋?不让我进屋,是不是屋里头藏着个娘儿们啊?”

“别胡球扯中不中,屋里头乱糟糟的,还冇拾掇,有啥事儿咱俩坐院子里说,还能晒暖。”李慈民一边说一边伸手把屋门口的两把小竹凳子,一把放到石老闷跟前,一把放到了自己屁股底下:“有事儿说事儿,坐下来说吧。”

李慈民冇让石老闷进屋,石老闷心里确实有点儿纳闷。清平南北街上的这些老门老户,大白天谁到谁家串门,都是抬脚就进屋,连招呼都不打,今个李慈民的举动似乎是有点反常。不过都是熟得不能再熟的人,石老闷也就冇太在意。

俩人都坐在小竹凳子上后,李慈民压自己的布衫兜里摸出一包烟,抽出一支递给石老闷:“抽支洋烟,拿拿味儿。”

石老闷瞅了瞅手里的烟:“咱这条街上抽洋烟的主儿,都是有钱的主儿啊。”

李慈民:“啥有钱冇钱啊,我是打肿脸充胖子,常年在外,买包洋烟不是为了混江湖嘛。”

石老闷:“说句实在话,你是咱清平南北街上在外面混得最不错的,还经常带一些外面的稀罕物回来让大家开眼,属于见多识广啊。”

李慈民："中了，别捧我了，虽说咱门口的人都知咱俩关系好，我在最难的时候你帮过我，要不，光靠卖羊头肉，我也抽不起这洋烟啊。"

石老闷连连摆手说道："帮过你是咱俩有情分，混好混孬还在自己。"

李慈民："尽管咱俩关系好，可你也是无事不登三宝殿。说吧，找我有啥事儿？"

石老闷把烟点着，深深地吸了一口，抬手捂住嘴，把吸进嘴里的那一口烟紧紧捂在嘴里，然后把那口烟咽进了肚子里，十分过瘾地说了一句："得劲！"

瞅着石老闷满脸得劲的样子，李慈民啥也冇说，把手里那包洋烟塞进了石老闷的布衫兜里，石老闷也冇拒绝，抬手在李慈民的肩膀头上拍了拍，以表谢意。

石老闷又吸了一大口烟后，说道："慈民，我问你个事儿，你得给老弟说实话，有，就有，冇，就冇，咱俩这种关系，不能绕号（骗人；兜圈子）。"

李慈民满脸严肃地："谁绕号谁是妞生的。"

石老闷点了点头表示信任，随后直截了当地说道："眼望儿你手里还有冇印度胡椒？"

李慈民："啥？"

石老闷："印度胡椒啊。"

李慈民："有咋着？冇咋着？"

石老闷："咋着？跟你这么说吧，有和冇直接关系到咱的生和死。"

李慈民："恁严重？"

石老闷："比害眼都厉害！"

李慈民："中，咱先不说有还是冇，你先告诉我，你问这事儿弄啥？"

石老闷："弄啥不弄啥我一会儿再告诉你，还有一件天大的事儿，我得先给你通通气儿。"

李慈民重视起来："天大的事儿？啥事儿？"

石老闷："你知不知，七姓八家的事儿？"

李慈民有点蒙:“七姓八家的事儿?咋又扯到七姓八家上来了?”

石老闷:“就是宋朝的皇帝,给来咱祥符落户的犹太人,赐了七个姓八家人。”

李慈民:“我知,你说的不就是咱这些人家嘛,祖宗是犹太人。”

石老闷:“冇错,就是咱这些人家,宋朝的时候来祥符的。”

李慈民:“咋了吧?扯恁远。”

石老闷:“艾三恁俩是表佬,咱这条街上的人,都知你和艾三是表佬,七姓八家里头,为啥恁两家是表佬啊?咱两家为啥就不是表佬啊?恁跟艾家这门亲戚,是咋个亲戚法儿啊?你能给我说说不?”

李慈民恍然大悟地:“哦,我知了,你的意思是,我跟艾三是表佬,俺李家跟艾家是亲戚,都是压宋朝来的,为啥俺家只跟艾家是亲戚,跟七姓八家里别的人家不是亲戚,对吧?”

石老闷:“我这不是有点糊涂嘛,要不能问你?”

李慈民:“那我问你,想听实话还是想听瞎话?”

石老闷:“当然想听实话。”

李慈民:“听实话我就告诉你,你说你糊涂,我比你还糊涂,哪个孬孙知俺两家这门亲戚是咋回事儿。祖辈传下来的,说是亲戚就是亲戚了,按咱清平南北街上的叫法就是表佬,至于咋厘清这层亲戚关系,我也不知。咱这条街上互相称呼表佬的人多呢,在外人眼里,咱七姓八家都是亲戚。”

石老闷:“这七姓八家里姓李的多,姓艾的可是不多啊,咋就恁两家成了亲戚呢?”

李慈民:“你是不是怀疑,俺家这个李不是七姓八家里头的李,攀上姓艾的,跟艾家成了亲戚,就抱上了大粗腿,冇人敢欺负俺李家了,是吧?”

石老闷:“你误会了,我可不是这个意思。”

李慈民:“你就是这个意思,你怀疑俺家不是七姓八家里头的那个李,怀疑俺家的祖宗不是犹太人。”

石老闷:“别瞎胡扯中不中,我就是想知你和艾三是啥样的亲戚,冇别的意思。”

李慈民:“这条街上姓李的家也不少,咋?只要姓李就都是犹太人?都跟艾三家有亲戚?”

石老闷:“我不是那个意思……”

李慈民:“那你是啥意思?”

石老闷:“我的意思是,这是件好事儿,七姓八家里还有姓石的呢,祥符城姓石的家也多着呢。我说的好事儿就是,如果祥符城里所有姓石的人家,都是七姓八家里那个石家,我还巴不得。”

李慈民:“为啥?”

石老闷:“祖宗要都是犹太人,亲上加亲,那就是正儿八经的表佬了。”

李慈民:“正儿八经的表佬又能咋着?”

石老闷:“抱团,有福同享有难同当,你敢剁胳膊,我就敢剁大腿,和尚不亲帽子亲,谁叫咱的祖宗是一块儿压耶路撒冷那边来的呢。”

李慈民:“老闷弟,我咋觉得你说这话,越说越不着调啊?你今个来找我到底有啥事儿啊?七姓八家,七绕八绕,有啥话你就直说,朗利点中不中?咱俩谁跟谁啊。”

面对李慈民的半烦和质疑,石老闷把夜个章兴旺去双龙巷,听李老鳖一说的那番话,原原本本学给了李慈民,尤其强调了,白帽回回和蓝帽回回都住在寺门这一片,而这一片地儿,正是当年宋朝皇帝赐给七姓八家安居乐业、繁衍生息的地儿。石老闷虽然冇章兴旺学得恁清楚,大概意思还是说清亮了。也就是说,啥白帽回回蓝帽回回,都快一千年了,白帽蓝帽好得跟啥一样,用那个李老鳖一的话说,他上大学的时候,看过一本外国人写的书,那本书上就印着有清真寺和犹太寺院的图,可以说冇啥两样。再说了,为啥白帽回回和蓝帽回回都居住在寺门这一片,就是因为这一片地儿是宋朝皇帝赐给七姓八家的,所以很难说眼望儿的白帽回回里头有没有蓝帽回回的后人。表佬,表佬,并不是说都是直系亲戚,只不过是一种不是亲戚胜过亲戚,亲上加亲的称呼而已。

听罢石老闷这番话，李慈民并冇太大的反应，面带平静地问道：“章兴旺说这话用意何在啊？”

石老闷：“不是章兴旺说的，是双龙巷那个李老鳖一说的。”

李慈民：“别管是谁说的，你就说你的意思是啥吧，是不是想对我说，俺李家就是七姓八家里头的那个李？还是恁石家就是七姓八家里头的那个石？”

石老闷：“我的意思是，双龙巷那个李老鳖一说的这些话，非常在理儿，不说百分之百吧，咱两家有百分之八十的可能是亲戚，咱俩也是表佬。”

李慈民：“中，就算是咱两家是亲戚，咱俩也是表佬，又能咋着？”

石老闷：“眼望儿老日霸占了咱的祥符城，咱这条街的日子也不好过啊，瞅瞅马老六的汤锅，稀汤寡水的，都捞不出半点肉丁儿，沙家的牛肉算是寺门卖吃食儿的招牌吧，三天两头开不了张，我就更不用说了，十天八天还牵不回来一只羊，再这样下去咋办啊，日子咋过？冇法儿过。所以呢，咱得想招儿，总不能活生生被饿死吧。尤其是咱这些七姓八家的人家，要抱团，要有福同享有难同当，要一个锅里捞稀稠。”

李慈民：“我明白你老弟的意思了，别管咱两家是不是亲戚，咱俩是不是表佬，只要是七姓八家里头的石家和李家，只要是清平南北街上的人，共渡难关是必须的。你说一个锅里捞稀稠，咋个捞法？你说具体一点儿给我听听。”

“中，那咱就书归正传，一个锅里先拣稠的捞。”石老闷压布衫兜里掏出李慈民刚给他的洋烟，捏出一支递给李慈民，自己又捏出一支搁在嘴上，使洋火先给李慈民点上，随后自己点上，深深吸了一大口，说道：“慈民老哥哥，咱俩都是胡同里扛竹竿直来直去的人，你就跟我说，你送给艾大大的印度胡椒，眼望儿你手里还有冇？”

李慈民把吸进嘴里的烟吐出来，问道：“是章兴旺戳哄(挑唆煽动，指使，纵容)你来找我的吧？”

石老闷:“实不相瞒,我是觉得他说的有道理,才来找你的。”

李慈民:“啥道理?你给我说说,让我听听有没有道理。”

石老闷把吸进嘴里的一大口烟咽进肚里之后,不卑不亢地:“如果你手里真的还有印度胡椒,咱七姓八家的人找一个地儿支口锅,别管肉多肉少,也别管配料全不全,只要有印度胡椒,咱这口锅就是祥符城里生意最好的锅。这就是今个我来找你说的正经事儿。”

李慈民低头抽着烟,坐在那里一声不吭。

石老闷:“说话啊,你咋也成个老闷了?”

片刻,李慈民把还冇抽完的烟,搁到脚底板下踩灭,压小竹凳子上起身,一把压另一只小竹凳上捞起石老闷,拽着他朝屋里走去。

石老闷不解地:“你,你这是要弄啥啊?”

李慈民一边把石老闷往屋里拽,一边说道:“我让你瞅瞅,我屋里藏着的那个娘儿们!”

有点蒙顶的石老闷被李慈民拽进了屋里后,屋里的情景更让他蒙顶了。只见黑黢黢的屋里支着一口大铁锅,大铁锅下面还有快燃烧尽的劈柴,锅里头咕嘟咕嘟冒着蒸汽。

石老闷:“你这是在煮啥啊?汤?啥汤?”

李慈民一字一顿,不卑不亢地说:“胡、辣、汤!”

胡辣汤?石老闷彻底蒙顶。

李慈民撒开捞着石老闷的手,瞅着在咕嘟咕嘟冒着蒸汽的大锅,胸有成竹地说道:“这口锅里熬的就是掌了印度胡椒的胡辣汤,正在熬,等熬好了你可以先尝尝,拿拿味儿,实不相瞒,我是一边熬一边琢磨,等熬出了我认为最满意的汤,我就支锅卖汤。你老弟说的那些话,我不能说不对,七姓八家中的石家和李家,就是咱两家,咱两家也是亲戚,咱俩也是表佬,祖先都是一个。眼望儿老日占了咱的祥符城,家家户户活得都可难,都在想法儿。你老弟今个来找我的心情我非常理解,也同意大家抱团,可是不巧,晚了一步,你老弟也好,章兴旺也罢,总不能用恁支起的锅来卖我的汤吧，生意这事儿，在需要的时候合伙可以，在不需要的时候合伙就是傻孙，不定谁摊为啥不得劲，往汤锅里扔进一粒儿老鼠屎呢，我说的对不对啊？”

听罢李慈民这番话，石老闷有啥可以再说，不管你再说啥就是不论理了，生意都是自家的，生意做好做孬与他人无关，也别说啥七姓八家，更别去认定自己的祖宗是不是犹太人，说一千道一万，自家的日子自家过，再难也得自家过。在支胡辣汤锅这件事儿上，李慈民已经有备而来，抢先了一步。想到这儿，石老闷心里反倒透亮了许多，他把自己的鼻子往汤锅前凑了凑，闻了闻，又抓过一旁的木勺子伸进大锅里，转了转，捞了捞，又瞅了瞅。

李慈民：“咋样？”

石老闷：“瞅着是中。”

李慈民：“那你尝一碗，拿拿味儿，跟你在凹腰村喝的那锅汤比比。”

石老闷：“中，给我来一碗，尝尝。”

李慈民面带兴奋地压汤锅里给石老闷盛了一碗汤，石老闷接过汤小心翼翼地喝了几口，咂巴了两下嘴，回着味儿。

李慈民瞅着石老闷，问道：“咋样？跟你在凹腰村喝的那锅汤，味道一样不一样？”

石老闷：“好像不大一样。”

李慈民谨慎地问：“你说说，咋个不大一样？”

石老闷：“你猜猜。”

李慈民：“我猜个屁啊，快说！”

石老闷冲着李慈民竖起大拇指：“比三哥熬的那锅汤味道更好！”

李慈民满脸展样地：“真的假的？”

“谁说瞎话谁是妞生的。”石老闷把汤碗搁到嘴边又喝了两口，砸巴着嘴说道：“这印度胡椒熬出的汤是有问题了，问题是你打算把汤锅支在哪儿啊？支在寺门那你就是装孬，马老六的汤锅就彻底去球了。”

李慈民胸有成竹地：“你猜猜，我打算把汤锅支在哪儿。”

石老闷:“哪儿?”

李慈民又是一字一顿,嘴里蹦出来四个字儿:“右、司、官、口。”

石老闷压李慈民家出来后,直接奔了右司官口,他把李慈民的态度原封不动地转告给了章兴旺。

章兴旺听罢石老闷的转述后,阴沉着脸狠狠地说了一句:“不认这壶酒钱啊!”

石老闷:“也别怨他不认这壶酒钱,咱清平南北街上的人都难认这壶酒钱,拿不出让人口服心服的证据,你说咱那一条街上姓李的姓石的,是七姓八家里的人就是七姓八家里的了吗?你说不是就不是吗?艾家祖辈都是敞明亮响(直接)地认这壶酒钱,祥符人也都认,恁章家是不是七姓八家里的那个章,在别人看来也很难说呢,自己心里清亮就妥了。”

章兴旺:“俺心里当然清亮,俺章家就是七姓八家里的那个章家。”

石老闷:“空口无凭,你拿出证据来啊?”

章兴旺:“我听俺爹说的,俺爹听俺爷说的,俺爷听俺爷爷的爷说的。”

石老闷:“这还是空口无凭,你瞅人家艾家,屋里墙上挂着的那个物件,你还有印象不?”

章兴旺:“啥物件?”

石老闷:“挂在艾家墙上的那个物件啊。”

章兴旺摇了摇头:“我冇啥印象了,你说啊,啥物件?”

石老闷用手比画着:“一个蓝色的六角星,书本大小差不多,在他家堂屋的西墙上挂着,艾大大说,那是个啥星啊,我记不得了,反正是犹太人吉祥物之类的玩意儿。”

章兴旺:“哦,我知了,你说的是大卫王之星吧,就是在耶路撒冷建立希伯来王国的那个大卫王,那个六角星就是犹太教的标志。”

石老闷:“就是啊,人家艾家有那么个标志,恁家有啥物件能证明恁是犹太人啊?我听艾大大说,祥符城里只要是姓艾的,都是七姓八家里的那个艾,姓章的可不一定,南关我认识个姓章的,吃大肉,汉民。”

章兴旺:“艾家挂在墙上的那个六角星,我也听别人说过,那是原先北土街犹太教堂里的物件,咋落到艾家的我不知,反正俺家就是七姓八家里的那个章家,你让我拿物件来证明我拿不出来,心里有啥都有了,用不着拿啥来证明自己。”

石老闷:“所以啊,你让李慈民说他跟艾家为啥是亲戚,他说不知道这也很正常啊。是不是亲戚又能咋着,是不是七姓八家又能咋着,别说老祖宗是一支上的,老话说,夫妻本是同林鸟,大难来了还各自飞呢。我劝你啊,别再惦记那个印度胡椒了,趁早想别的法儿吧,要不几天,李慈民真要把胡辣汤锅支在右司官口,我看你咋办,你那口杂碎汤锅不死得透透的,那才叫怪。”

章兴旺彻底不吭气儿了,他知石老闷说的是大实话,听石老闷说,今个喝罢李慈民熬的那锅胡辣汤,味道比艾三在凹腰村熬的那锅汤还要好,李慈民这要是把他的汤锅支在了右司官口,就真冇自己的活头了。想到这儿,章兴旺不由心头一紧,嘴里狠狠地骂了一句:“卖尻孙,窜出去做生意呗,回来弄啥,他这是单门儿回来装孬孙的!”

石老闷:“你也别这么说,四处都在打仗,外面生意不好做,还不如在家待着,再说,他儿又跟着艾三窜了,他的家全指望他照护,不支汤锅还能干啥,银子挣多挣少是小事儿,牢牢稳稳有口饭吃才是大事儿。换谁都一样。”

章兴旺:“你说啥?李慈民那个孬蛋儿,跟着艾三窜了?”

石老闷:“对呀,老日冇来之前,他儿吃官司被抓,艾三把他儿压局子里捞出来以后,他儿就跟着艾三干了。要不,四面钟岗楼的老日被人勒死,都说是艾三做的活儿,把慈民吓得跟啥似的。”

章兴旺:“他那个儿可有多大啊?”

石老闷:“可不是嘛,才十六岁,可鲁道(野蛮),也可膀材(魁梧、强壮),爱跟人打个架。”

章兴旺又不吭气儿了,这一次不吭气儿跟上一次不吭气儿不大一样,这一次他是嘴上不吭气儿，心里却在说话……

石老闷语重心长地对章兴旺说："中了，印度胡椒的事儿你就死了心吧。其实，在我冇去找慈民之前，咱俩就应该有这个心理准备，恁好的胡椒，大轱远带回来，慈民那么能蛋个人，能不知那是个宝贝？他肯定有埋伏，绝对不会自己不留，全部送人。只不过有个问题我还冇想明白……"

章兴旺："啥问题？"

石老闷："他能带回来多少印度胡椒啊？这要是支汤锅，可是天天都得使啊？"

章兴旺默默地点着头。

石老闷见章兴旺冇接腔，带着猜测说道："我估摸着，他是有印度胡椒的进货渠道，要不就是他有印度胡椒的种子，不管是进货还是种植，要保证他支的汤锅天天都得冒烟，慈民那么能蛋个人，总不可能锅支上两天就不支了吧，你说是不是？"

章兴旺还是默默地点头，冇接腔，此时此刻他的思绪并不在石老闷对印度胡椒的疑问上。

石老闷想了想，说道："不中，我还得去问问他，如果他真有进货渠道，或是压西边带回来有印度胡椒的种子，咱也别说啥七姓八家，一个祖宗啥的，扯那些也冇用，就冲着压小在清平南北街上一起赤肚长大，他也不能吃独食儿。不中，抽空我还得去找他问问，眼望儿大家活得都可难心，他不能不人物，吃独食儿……"

7."笑啥笑，还是你比他能蛋，把支锅的地儿选对了。"

就在整个祥符城包括清平南北街上所有支汤锅的人，都在为自家汤锅是不是还能支撑下去而发愁的时候，紧挨着北书店街的黑墨胡同口跟儿，这天早起噼里啪啦响起了火鞭（鞭炮）声，一家新支起的汤锅开张了，支这口新汤锅的不是别人，正是李慈民。

李慈民说把汤锅支在右司官口那是句气话，他也不傻，找了个风水先儿看了一圈，最后选中了紧挨北书店街的黑墨胡同口跟儿。风水先儿对他说：祥符城风水最好的地儿，不是挨着龙亭、铁塔、相国寺那些，在人们眼里是名胜古迹的地方，风水最好的地儿是书店街、徐府街这两道街，这两道街能沾住点儿皇气儿，又不依附和指望皇气儿。祥符城是啥地儿？几个朝代皇上待过的地儿，就是摊为地气儿太旺，才遭人嫉恨，才出现了北宋被外族灭门，还有明朝大水淹城那样的惨剧。所以呢，做买卖选风水，一定要避讳与皇气儿太近，但又不能太远，最好是若即若离，在这样的地方做买卖，生意能发达成啥样儿不敢说，但最起码能保证个四平八稳不赔钱。

这条黑墨胡同有点曲里拐弯，进去后拐不几拐就是徐府街。因为在明代的时候，这条胡同里有个制墨的作坊，整个祥符城里做学问的文化人，用的都是这条胡同制墨作坊里做的墨，偌大个祥符城，有文化做学问的人那么多，为啥只有这一家做墨的作坊？据开这家制墨作坊的胡家人讲，祥符地处豫东平原，桐油、生漆、松枝等制墨主要材料都有，却不被祥符人看在眼里，也就冇人愿意开办一个有规模的制墨作坊，小的制墨作坊倒是有，可根本满足不了祥符城里做学问的人的需求。开办制墨作坊的胡掌柜家就住在黑墨胡同里面，这条胡同也正因为有这个制墨作坊，明代之后才被定名为黑墨胡同。风水仙儿告诉李慈民，啥叫左右逢源？啥叫不赔不赚？啥叫进退自如？啥叫旱涝保收？就是小鸡站在门槛上——两边叨食儿。黑墨胡同就是个两边都能叨食儿的地儿，具备这种风水的地儿最适合做买卖，最大的特点就是撑不死也饿不着。

李慈民是个稳当人，常年在外做买卖，也算是个见多识广的人，他很认同风水仙儿的说法儿。于是就把他的胡辣汤锅，支在了黑墨胡同的口跟儿。汤锅开张那一天，火鞭放得怪响，围观的人也怪多，可坐到汤锅前喝汤的人却是寥寥无几。明眼人一瞅，坐在那里喝汤的人，基本上都是穿着一水同样款式、同样颜色棉布大褂的人，这些人一看就是一伙的，他们相互说笑，相互花搅，就连喝罢汤后压大褂兜里掏出来擦嘴的手绢都是一满似样。这些人喝罢汤后离开的方向都很一致，就是黑墨胡同的里头。那些围着汤锅看热闹、兜里不宽裕喝不起汤，或是舍不得喝汤的人，都羡慕地瞅着那些喝罢汤，用一模一样的手绢抹着嘴，走进黑墨胡同里头的人。不知是谁说了一句："饿谁也饿不住这些货啊……"

围观者说的这些货，明眼人都知，他们来自同一个地方，那就是黑墨胡同往里头走的、已经倒闭的信昌银号。

汤锅开张这一天，双龙巷的李老鳖一不知压哪儿听到信儿，他也慢吞吞地拄着那根明光锃亮的拐棍来了，他跟上次章兴旺的杂碎汤锅在右司官口开张那天一样，拄着明光锃亮的拐杖，往汤锅前的小竹椅子上一坐，也不要汤，也不吭气儿，就是坐在那儿瞅着北书店街上南来北往的路人。祥符城开汤锅的人都有一个不成文的规矩，只要在汤锅前坐下的人，别管喝不喝汤，都不兴撵人家走，就像撂地摊（卖艺）人说的那样，有钱捧个钱场，冇钱捧个人场，虽说支汤锅和撂地摊还不一样，但情理上和习惯上还是有相似之处的。

一碗汤搁到了李老鳖一面前。

李慈民："爷们儿，你是李宏寿李老先生吧？"

李老鳖一瞅了瞅搁到他面前的汤，抬眼瞅着李慈民，问道："咋？你认识我？"

李慈民笑道："我认识你，你不认识我，你来往这儿一坐，我心里就犯嘀咕，心说，这爷们儿不会是来踢场子的吧。"

李老鳖一："此话咋讲啊？"

李慈民："右司官口那个杂碎汤锅不是被您老言中了嘛。"

李老鳖一眯缝起眼瞅着李慈民："别说人家章兴旺的杂碎汤锅，我知你是清平南北街的，可咱俩一点儿也不熟悉啊？"

李慈民："先别说熟悉不熟悉，就恁老这一身行头，半拉祥符城的人也应该熟悉。"

李老鳖一打量了一下自己的穿戴,问道:“我这一身行头咋啦?”

“冇咋。”李慈民竖起大拇指,“地道! 祥符独一份。”

李老鳖一:“咋个地道法儿啊? 咋个独一份啊? 你说给我听听。”

李慈民:“我可以这么说,能说出你这身行头来历的人,别说是清平南北街,就是整个祥符城,可能也只有我自己。”

李老鳖一:“哦? 那你说给我听听,我这身行头是个啥来历。”

李慈民又上下打量了一下李老鳖一的穿戴,面带微笑地说道:“爷们儿,你这身打扮和你的模样,一看就是正统犹太教的教民,瞅瞅,浑身上下穿一身黑,还留着络腮胡子。”

李老鳖一摸了摸自己的络腮胡子:“咋啦? 留络腮胡子的人多着呢,跟浑身上下穿一身黑布衫又有啥关联啊?”

李慈民:“我虽然冇去过耶路撒冷,但我去西边做买卖的时候,见过犹太人,他们爱穿黑颜色的布衫,就是你这样浑身上下一身黑。再一个特点就是,他们脸上留的胡子也一满似样,所以你这一身穿戴打扮,跟他们也一满似样。别人不知我可知,你这身打扮,就是标准犹太人的打扮。”

李老鳖一微微点着头:“说,你接着说。”

李慈民摇了摇头:“冇啥说了,就这。”

李老鳖一摸了摸脸上的胡子,说道:“穿黑布衫是犹太人的传统,这一点让你说对了,犹太人为啥要留胡子,你想知不想知啊?”

李慈民:“想知。”

李老鳖一:“想知我就告诉你,算是付你这碗汤钱,中不?”

李慈民:“你爷们儿太外气了吧,今个是俺家汤锅的开张大喜,你老来捧场,这碗汤是俺送你老的,跟犹太人留胡子冇关系。”

李老鳖一:“不中,你就是听我说个稀罕,咱俩也得等价交换啊,吃亏沾光都得在明面上,这是我做人做事儿的原则。”

李慈民:“中中,就按你老说的办,咱祥符人不管吃亏还是沾光,都得在明面上,你老说吧,让我听听算不算听了个稀罕。”

李老鳖一端正了一下自己的坐姿，又摸了一把胡子，说道："犹太人留络腮胡子，有深层次的宗教原因。《圣经》你看过冇？"

李慈民："冇看过《圣经》，看过《古兰经》。"

李老鳖一："那我告诉你，《圣经·旧约》的摩西五经是犹太人的妥拉经，里头这样规定：犹太男人不能剃脸颊两边的须发，包括鬓角的头发。所以，正统的犹太男人，鬓角两边的头发都很长，就是我这个模样。"

李慈民点着头："我知了，你老今个的这身打扮，是正统犹太男人的打扮。"

"算你说对了。"李老鳖一点头表示认同，随后问了一句，"你知今个我为啥要这身打扮吗？"

李慈民摇头："这我不知，为啥啊？"

李老鳖一："为今个你把汤锅支在这个地儿。"

李慈民："我把汤锅支在这儿咋啦？你老能不能再明示一下，我有点儿糊涂。"

李老鳖一："有啥可明示的，我知你是清平南北街上的人，别管你是不是传说中的七姓八家中的一家，你把汤锅支在这儿，算你有眼光。"

李慈民眼睛一亮："此话怎讲啊？"

李老鳖一："黑墨胡同是啥地儿啊，它可不只是个做墨的地儿，它还是个能发大财的地儿，不管你信不信，我今个把话给你搁这，只要胡同里的那个银号在，你就能一辈子酒肉豆腐汤。"

李慈民把目光投向黑墨胡同深处，然后又落在李老鳖一的脸上，默默点着头，似乎明白了许多。再看坐在那里的李老鳖一，已经端起汤碗呼噜呼噜地喝起汤来，几口汤喝罢，抬起头冲李慈民说了一句："好汤，祥符城里难得的好汤，得劲儿！"

李慈民咧着嘴，一边笑一边说道："爷们儿，实话对你说，咱俩一个祖宗。"

李老鳖一抬起脸，问道："你是七姓八家里的哪一姓啊？"

李慈民："李。"

李老鳖一笑道："这才叫一笔写不出两个李。"

…………

别说，还真让李老鳖一说对了，李慈民在黑墨胡同口跟儿的汤锅生意，一天比一天人气儿旺，老喝家们共同的一个评价就是，黑墨胡同的汤比寺门马老六的汤味儿厚，利口。寺门马老六的汤在喝家们的口碑里，那可是祥符城里一流的好汤啊，能胜过寺门马老六的汤，那不就成了祥符城顶尖的好汤了吗，更何况是在眼下汤锅不景气的这段日子里，不是出类拔萃的汤，是不可能赢得那些家里已经穷得叮当响、勒着裤带也要喝碗汤的老喝家的一致夸奖的。

石老闷是在李慈民汤锅开张好些天以后，才去黑墨胡同口跟儿的，他瞅着络绎不绝的喝汤人，跟忙活着的李慈民花搅着。

石老闷："你咋说话不算话啊？"

李慈民："我咋说话不算话了？"

石老闷："你不是说把汤锅支在右司官口吗？"

李慈民："原先是这样打算的，后来一想，不能去抢章兴旺的生意啊。"

石老闷："瞎话篓子，你是胡辣汤锅，他是杂碎汤锅，谁也不碍谁的蛋疼。"

李慈民咯咯地笑了起来。

石老闷："笑啥笑，还是你比他能蛋，把支锅的地儿选对了。"

李慈民："你是听那个李老头说的吧。"

可不是嘛，夜个章兴旺弄了一只鹩哥送到了双龙巷，上一回他去李老鳖一家，瞅见挂在院子里的鸟笼子里空了，他答应给李老鳖一再弄一只鸟。他去送鹩哥的时候，李老鳖一说到了李慈民在黑墨胡同口跟儿支的汤锅，夸奖李慈民有眼光，说黑墨胡同口跟儿是风水宝地的原因，就是紧挨着六年前，也就是民国二十二年倒闭的信昌银号。俗话说背靠大树好乘凉，就算信昌银号是一棵大树，那也是一棵干枯死罢了的大树啊，李慈民的汤锅背靠着的是一座银山吗？日本人进了祥符城，把整条书店街都抢完了，也冇去抢信昌银号，为啥？就摊为日本人跟中国人一样，怕遭报应，银号是啥地儿？老百姓保命的地儿，现如今银号虽然已经倒闭，可再孬孙的人，也不会再去打银号的主意，别说弄不来银子，弄不好还会沾上一身晦气。别管是哪一路的孬家，抢的都是有钱的主儿，倒闭了的银号，连口汤锅都不如。自古以来，中原这个地儿打仗还少吗，得中原者得天下，得了天下就去打银号的主意，那是傻屌才干的事儿。可令人想不通的是，李慈民把汤锅支在一个倒闭了的银号旁边，还能保证吃喝不愁，一天三顿酒肉豆腐汤吗？总而言之，在支汤锅的人眼里，北书店街的黑墨胡同口跟儿，不算是风水宝地，可李慈民为啥挑选在这里支他的汤锅呢？

石老闷："李老头说你是一脸福相，真是有福之人不在忙啊。"

李慈民："借李老头的吉言，等我发了大财，别管了，汤恁想咋喝咋喝，不收恁的银子。"

石老闷："你个老抠孙儿，喝汤才能喝几个钱。"

李慈民咯咯地又笑了起来。

就在俩人还在花搅的时候，压南书店街的方向，一队肩上扛着带刺刀步枪的日本兵，朝北书店街走了过来，当他们走到黑墨胡同口跟儿的时候，这队日本兵突然散开，把李慈民的汤锅包围住，十来把带刺刀的步枪齐刷刷地对准了正在喝汤的人。汤锅前的气氛一下子紧张起来，所有人都不知发生了啥事儿。

李慈民也蒙了，吓得脸色苍白，结巴着问道："咋，咋，咋啦这是……"

腰间挎着指挥刀的日本军曹，打量了一番李慈民，问道："你的，老板的有？"

李慈民连连点头："是，是，是，老板的有，老板的有……"

日本军曹一挥手，俩老日士兵跨步上前，将两把刺刀对准了李慈民的胸口。

脸色煞白的李慈民，吓瑟着声音："恁，恁这是弄啥啊……"

日本军曹一挥手，喝道："开路的有！"

李慈民："开路？去，去哪儿开路啊……我，我的汤还有卖完呢……"

日本军曹又一挥手，又一个老日士兵走到汤锅前，抬起手中的步枪，冲着正咕嘟的汤锅里"砰"的一声就是一枪，被打漏了汤锅的汤，顿时泄进下面的煤火里，蒸汽和煤烟"呲呲"化作一股股白烟往上蹿起，把坐在那里喝汤的人吓得四处逃散。

石老闷也借此逃到了一旁，惊慌失措地躲在书店街一间还有开张的门面旁边，伸着个脑袋，瞅着李慈民被日本兵押走。这突如其来的惊恐可把石老闷给吓孬了，他和所有人一样，谁也不知发生了啥，更不知李慈民咋会得罪了老日，看样子还得罪得不轻，要不老日咋会一枪打漏了他的汤锅，这分明就是要彻底砸了他的营生嘛。李老鳖一不是说，黑墨胡同口跟儿是风水宝地，干啥啥成吗？这李慈民的汤锅刚开始红火，咋就成了这个球样子了？

石老闷带着惊吓和满腹的疑问，去到了双龙巷李老鳖一的家，他把刚刚在黑墨胡同经历的一切，告诉了正在院子里欣赏鹩哥的李老鳖一。

这突如其来的变化，让李老鳖一也有点蒙，他俩眼发直地瞅着在鸟笼里上下跳跃着的鹩哥，一声不吭。

石老闷紧蹙着眉头："他咋会得罪老日了呢？"

沉默许久的李老鳖一轻轻说一句："这一定是出幺蛾子了……"

出啥幺蛾子了？哪儿来的幺蛾子？李老鳖一也一头雾水，只是觉得这个幺蛾子出得有点突如其来和莫名其妙。苦思冥想中的石老闷也不知，尽管他和李慈民是老伙计，又是同住在一条街上的老街坊，可他实在想不出李慈民咋会把老日给得罪了，寺门的沙家在老日跟儿那么锵实（厉害），也有见老日去砸沙家煮牛肉的锅啊，这得是多大的仇气啊。

石老闷带着满腹的疑问回到了寺门，把老日砸李慈民汤锅的事儿，跟还有收摊的马老六一说，马老六大声吆喝道："活该！老日不砸他的锅，我也要去砸他的锅，你瞅瞅他噎胀的，好几个人在我跟儿说，他卖了两天汤就不知他是老几了，逢人就说，他家的汤是祥符第一汤，谁也比不了，喝罢他李慈民的汤，永远不想喝我马老六的汤。这下好，叫他噎胀呗，好受了吧，锅都被砸了！”

石老闷：“那是日本人砸的。”

马老六：“日本人砸的咋啦？就他那个噎胀样儿，美国人来了照样砸他的锅！话跟你说白了，别管谁砸他的锅，黑墨胡同口跟儿那个地儿，就不是个支汤锅的地儿。咋样，锅被老日砸了吧，说句难听话，在那个地儿支锅，不是得罪这个，就会得罪那个。说句不外气的话，支锅还得是支在寺门，保把，卖尻孙日本人都会来喝咱的汤！”

李慈民在黑墨胡同支的这口汤锅，确实得罪了不少人，尤其是马老六。在此之前，马老六在东大寺门口支的汤锅，基本上是祥符城爱喝汤的人中口碑最好的，李慈民的汤锅支起来以后，那些去喝罢的人，把一些夸奖的口风刮进了马老六的耳朵眼里，不说同行是冤家吧，在老日占据祥符城这些日子里，人人都是捂着布衫口袋过日子，在喝汤人数每况愈下这些日子里，能坚持来喝汤的人越来越少，在这种时候夸黑墨胡同的汤，且不说马老六脸上挂不住，整个清平南北街上卖吃食儿的人心里也不会得劲。夜个，支羊肉汤锅的尔瑟，就晃着膀子走到马老六的胡辣汤锅前，不阴不阳地冲马老六花搅了一句：“真要是不中，咱也把汤锅支黑墨胡同口跟儿去吧，祥符地面邪，难说谁是王八谁是鳖。”听罢尔瑟的这句花搅，马老六心里可不是个滋味，谁是王八谁是鳖啊？这意思不就是戳哄他去跟李慈民挺头嘛。听罢尔瑟的花搅，马老六心里一直在闹和（紧张，难受，不平静），正琢磨着啥时候去黑墨胡同口跟儿尝一口李慈民的汤呢，石老闷却带来了这消息，李慈民的汤锅被老日给砸了，别管李慈民摊为啥得罪了老日，听到这个消息后的马老六，顿时就像出了一口恶气。

李慈民汤锅被砸，人被老日抓走的消息，不到几个时辰，清平南北街上的人就都知了，各种说法、各种猜测都有，在众多的说法和猜测里头，众人觉得最有可能的就是和艾家有关，四面钟上站岗的老日是被谁搦死的？

李慈民那个孬蛋儿子又是跟谁窜的？人们的说法和猜测不无道理，根源都有可能在艾三那里，如果真是这样，黑墨胡同口跟儿支不支汤锅事小，能不能保住李慈民的那条命事大。

临近晌午头，马老六正准备要收摊的时候，章兴旺压清平南北街北口，晃着膀子走了过来，坐到了马老六的汤锅前。

章兴旺："来碗汤，老六。"

马老六："你咋这会儿来啦？这吃的是早起饭还是晌午饭啊？"

章兴旺："瞅你这话说的，啥早起饭晌午饭，有口饭吃就不孬了。"

马老六一边盛汤一边问道："听说右司官口的杂碎汤锅生意也不中了？"

章兴旺："胡辣汤锅的生意都不中了，杂碎汤锅的生意能中？我今个都冇出摊儿。"

马老六把盛好的汤搁到章兴旺面前，说道："你听说冇？"

章兴旺："听说啥啊？"

马老六："黑墨胡同李慈民的事儿。"

章兴旺："黑墨胡同啥事儿？"

马老六："装迷瞪不是。"

章兴旺："装啥迷瞪，我真不知啥事儿。"

马老六："真不知？"

章兴旺："谁知谁是妞生的。"

马老六："我跟你说，老日把李慈民的汤锅砸了，把他人也抓走了，你不知？"

刚端起碗要喝汤的章兴旺，把汤碗停在了嘴边，抬起脸瞅着马老六："真的啊？"

马老六："啥蒸的煮的，咱这一条街的人都知，你都不知吗？"

章兴旺惊讶地："乖乖咪，你不说，我可是真的不知……"

马老六："我听说，四面钟上那个站岗的老日被搦死，就是李慈民那个孬蛋儿子,跟着艾三一块儿干的,刚刚,老日还把李慈民的家给抄了。"

章兴旺瞪着俩眼,癔症了片刻,说道:"小鬼的胳膊——麻缠(麻烦)。"

马老六:"这一回可不是小鬼的胳膊麻缠,是老鬼的胳膊大麻缠。"

章兴旺:"啥,啥老鬼的胳膊啊?"

马老六:"我不是说了嘛,大麻缠,搞不好会要了李慈民那条命。"

章兴旺:"不会吧……"

马老六:"是福不是祸,是祸躲不过。不是我说他,汤锅支在哪儿无所谓,汤是好是孬也无所谓,把命丢了划不着,你说是不是?"

章兴旺瞅着马老六的脸,说道:"我咋觉得你有点幸灾乐祸啊?是不是人家都说,李慈民的汤比你的汤好啊?"

马老六:"好咋着,不好又咋着,人冇了,汤再好也白搭。"

章兴旺叹道:"唉,都说李慈民的汤不孬,这下可好,我还冇去尝一碗呢,就冇了。"

马老六:"有多好啊,我才不信。"

章兴旺:"你又冇尝,你咋不信?"

马老六:"尝不尝就那么回事儿,就跟人一样,别管是中国人还是外国人,都是两条胳膊两条腿,两只眼睛一张嘴,物件都一样,只不过形状有差别,跟咱做汤是一个道理,作料都是那些物件,我就不相信,他李慈民的汤比我马老六的汤好喝到哪儿去。"

章兴旺:"你这说得不对,物件都是同样的物件,关键在物件的搭配,就跟去药铺抓药一样,物件都是那些物件,啥样的大夫开出啥样的配方,这才是学问所在。要不当年宋徽宗把严嵩给他的胡辣汤配方称为'御汤',学问都在配方里。"

被水困在凹腰村的时候,章兴旺说过"御汤"这一板,被艾三骂了个狗血淋头,艾三说严嵩压根儿就不是宋朝人。艾三是国军的军官,就算说得不对,章兴旺也不敢反驳,面对马老六可就不一样了,他对历史都是白脖(外行,多为贬义),说啥是啥。

马老六:“不外气地说,俺家的汤锅就是俺爷传下来的,再往祖上查几辈,有准就是严嵩那个‘御汤’的配方。”

章兴旺:“明个我也弄个配方,支口胡辣汤锅,也说是祖上传下来的配方,‘御汤’不‘御汤’无所谓,只要喝家比你的多就中。”

马老六笑了,笑容里带着鄙视说道:“你就吹牛逼吧,反正也不收费。”

章兴旺正着脸:“笑啥笑,吹啥牛逼,我可是说真的,真支个胡辣汤锅。”

马老六:“你支个胡辣汤锅呗,咱俩挺头,瞅瞅到底谁的汤是‘御汤’。”

章兴旺:“中,我要是把你给挺败了,你可不兴像骂李慈民一样骂我。”

马老六满不在乎地,冲着章兴旺笑着骂道:“卖尻孙,咱俩一言为定!”

何止是寺门的人都在传,老日抓走李慈民还砸了他黑墨胡同的汤锅,是摊为艾三的人弄死四面钟老日岗哨那件事儿,跟李慈民他那个孬蛋儿子有关联。谁知真的假的,但李慈民那个孬蛋儿子,在老日进城之前跟着艾三窜了这倒是真的。别管真的假的,反正被人们都看好的黑墨胡同口跟儿,李家的胡辣汤是喝不着了,好这一口的人都觉得有点可惜。李老鳖一的心里也在一个劲儿地打鼓:不应该啊,黑墨胡同那个地儿是块风水宝地,不应该出这样的事儿啊?

就在李老鳖一越想越别扭的时候,听见院子里传来有人跟鹩哥说话的声音。

“恭喜发财,恭喜发财……”

李老鳖一撩开门帘一瞅,是章兴旺在逗树枝上挂着的鹩哥。

“它不会说恭喜发财,我还冇教它。”李老鳖一冲章兴旺说,“进屋坐吧,我正有事儿要问你呢。”

章兴旺:“恁巧,有事儿要问我,啥事儿啊,爷们儿?”

等章兴旺进到屋里坐稳当之后,半晌不见李老鳖一吭气儿,瞅着眉头紧皱的李老鳖一,章兴旺问道:“你老不是有事儿要问我,咋又不吭声了?”

李老鳖一慢慢把脸转向章兴旺,问道:“我想问你一件事儿。”

章兴旺:“啥事儿？你问。”

李老鳖一又不吭气儿了,俩眼瞅着房梁发着呆。

章兴旺:“咋？有啥不好开口的吗?”

李老鳖一:“不是有啥不好开口,是我有件事儿冇弄明白。”

章兴旺:“啥事儿啊?”

李老鳖一把目光压房梁收回,俩眼紧盯着章兴旺,问道:“黑墨胡同口跟儿,李家的汤你喝过冇?”

章兴旺:“冇喝过,咋啦?”

李老鳖一:“说句实话,那汤真好。”

章兴旺:“我也听说不孬。”

李老鳖一:“那位置也好啊,守着以前的信昌银号,是个招财的地儿,可我就不明白,恁好的位置,恁好的汤,锅咋就被老日给砸了呢?”

章兴旺:“不是都说,李家汤锅被砸,是缠搅(与……有关)四面钟老日被人搦死的事儿嘛。”

李老鳖一微微摇着头,带着思索说道:“我咋觉得这里头有蹊跷。”

章兴旺:“啥蹊跷?”

“啥蹊跷我一时半会儿说不上来,但这里头一定有蹊跷。”李老鳖一往前欠了欠身子,说道,“你想想,即便是四面钟站岗的老日,是被艾三那一伙人搦死的,如果冇人跟老日过话,老日又咋会知的？老日咋就那么肯定,李慈民他儿跟艾三是一伙的?”

章兴旺:“我当你要问我啥事儿,你老真是操不完的闲心,管他是不是艾三那一伙人干的,咋？你老还想当一回包公不成。”

李老鳖一翻了章兴旺一眼:“你说的这是啥话,当包公也轮不到我啊。”

章兴旺:“那你老心思这么重弄啥?”

李老鳖一眯缝起眼,思索着说道:“我有所不甘心的是,我还冇遇见过这种事儿,虽说我不是风水仙儿,但是,只要我觉摸着的不孬地儿,都能得到好的应验,黑墨胡同口跟儿那个地儿支汤锅,不应该发生那样的事儿啊……”

章兴旺:“黑墨胡同口跟儿那个地儿支汤锅好吗?就摊为守住个倒闭了的信昌银号?我咋不觉得那个地儿有多好,如果真的是风水好,那个信昌银号咋会倒闭……”

李老鳖一:“你毛太嫩,信昌银号倒闭跟黑墨胡同的风水冇关系。我问你,北宋的祥符城风水咋样?风水要是不中,赵匡胤是个傻孙啊,他能把都城安置在这儿?咱的先人能压耶路撒冷窜恁远的地儿,窜来祥符做买卖,那不是吃饱撑的?”

章兴旺:“北宋不是也完球蛋了吗?”

李老鳖一:“就是因为风水太好了,才遭人嫉恨!从古到今,都是风水好的地儿才打仗,要不说中原是兵家必争之地,得中原者得天下,老日个卖尻孙就是冲着咱祥符这块风水宝地才来的。”

章兴旺:“那你跟我说说,黑墨胡同里的信昌银号是摊为啥倒闭的呢?”

李老鳖一:“摊为啥倒闭,说到底还是摊为老日侵略咱,民国二十年‘九一八’事变后,国内到处在抵制日货,银钱业放贷对象多被封存冻结,江浙一带有实力的财团都窜到内地来了,跟咱本地的银钱业争市场,导致信昌银号倒账积累,资金周转失灵。咱祥符的银钱行当里,能占据主导地位的,只有农工银行、交通银行和背后势力大的同和裕银号,信昌银号在这种环境里一直硬撑着,到民国二十二年,信昌银号发生挤兑时,已经亏空了十万余元,又在几天内储户提款高达三十多万元的时候,不得不求助同和裕银号助一臂之力。同行是冤家,同和裕正巴不得信昌银号早点完蛋呢,以种种理由坐视不救,民国二十二年十月十二日,信昌银号不得不宣告停业。记得那天,我在黑墨胡同口跟儿,瞅见信昌银号贴出了停业告示的时候,储户们一片哀嚎怒骂,有个娘们儿哭得都背过气去,啥用?哭死也冇法儿,要骂就骂老日,不是卖尻孙们打到咱的门里,信昌银号咋可能倒闭？所以我说，风水太好是把双刃剑，招呼不好还会拉倒自己。”

章兴旺：“怪不得，李慈民就是冇招呼好，把自己拉了一下。”

李老鳖一：“归根结底，还是卖尻孙日本人干的好事儿，他们不来，咱祥符城可安生，该喝汤喝汤，该吃馍吃馍，虽说日子冇北宋那么得劲吧，慢达似游（不慌不忙，不紧不慢）地过日子，吃喝不愁就中，他们一来可好，连汤锅都给砸了。”

章兴旺：“那你说说，黑墨胡同口跟儿那个地儿，还能不能支汤锅？”

李老鳖一：“咋？听你的口气，是不是打算步李慈民的后尘，在那儿支汤锅啊？”

章兴旺：“我就是随便这么问问。”

李老鳖一：“我只能告诉你，支汤锅跟开银号从某些方面来说是一样的，不管好孬都存在风险，孔子曰‘德不孤，必有邻’，就看你守不守规矩，我理解的这个规矩，不单是指你的生意，最主要是你的品行，这可不只是支个汤锅那么简单。”

8.“会喝的喝门道，不会喝的喝热闹。再则就是，一山容不得二虎，一街支不得俩锅。”

就在李慈民被老日抓走冇几天的工夫，这天一大早，黑墨胡同口跟儿又响起了火鞭和盘鼓的声响。好家伙，一口支起的新汤锅开张了，那个头戴礼拜帽，腰扎蓝围裙，手里掂着木汤勺子，满脸堆着笑的汤锅主人，不是别人，正是章兴旺。

别说，章家汤锅头天开张的生意就很旺，四张小木桌喝家一拨又一拨，连个空位都冇。压那些喝罢汤抹着嘴站起身的喝家的脸上，能瞅见喝家们对这口新汤锅的认可，用祥符话来形容就是，喝家们一个个的脸上都可展样。章兴旺还不失时机地，对每一轮的喝家们大声地吆喝道：“今个头一天，大家伙拿拿味儿，有啥不足之处，别外气，请多多指教！”听罢章兴旺客套话的那些喝家，都竖起大拇指，嘴里说出一连串的：中，可中，真中，中、中、中……

章兴旺把右司官口的杂碎汤撤掉，在黑墨胡同口跟儿支起了胡辣汤锅，出乎了很多人的意料，想八圈也想不到，章兴旺咋就突然支起了胡辣汤锅，用马老六的话说："这货真是憨大胆，等着吧，就是日本人不砸他的锅，早晚也会有人砸他的锅。"同行是冤家，马老六说这番话可以理解，用沙二哥的话说："别管把汤锅支在哪儿，就是支到日本去，只要汤好，也能把日本那些卖尻孙喝傻脸。"

黑墨胡同里头信昌银号里的那帮喝家，穿着一水同样的大褂也来喝汤了，他们喝汤归喝汤，跟一个劲儿献殷勤的章兴旺却冇那么多话，他们喝罢汤后，压大褂兜里掏出一水的手绢擦着嘴，冲章兴旺点着头，示意对汤味的满意。尽管他们冇恁多话，但章兴旺已经压李老鳖一那儿知道了一点他们的底细，信昌银号虽说招牌还挂在黑墨胡同里面，但这群穿一水同样大褂的人，都已经不是信昌银号的人了，他们是同和裕银号派来接手信昌银号的员工。章兴旺彻底明白，为啥李老鳖一说黑墨胡同是块风水宝地了，别管是信昌银号还是同和裕银号，说到底，黑墨胡同这个地儿跟银子脱不了干系。所以在给这些穿大褂的人盛汤的时候，章兴旺手里的木汤勺子一个劲儿地在汤锅里拣稠的捞，能捞出肉更好，捞不出多少肉的话，木耳、面筋、粉条、黄花菜也能捞出满满一碗。虽然来的都是客，但所有支锅卖汤的人手里的木勺子都有数，同样的一锅汤，咋着盛才能让喝这碗汤的人心里舒坦。

又是在临近晌午头的时候，手里拄着明光锃亮拐杖的李老鳖一，出现在了章兴旺的汤锅前。冇等李老鳖一开口，章兴旺亲切的嗓音就迎了上去："爷们儿，别怪我失礼，我知你老能掐会算，今个一准会来给晚辈捧场。咱爷俩有言在先，只要俺这口汤锅支在这儿，你老不管啥时候来，都不兴付钱，你老要付钱，那就是扇我章兴旺的脸。"

"我今个就是来扇你脸的。"李老鳖一面无表情地在小木桌前坐下，不紧不慢地说道，“你信不信，只要你不收钱，我就像老日砸李慈民的汤锅一样，用我这根拐杖，把你的汤锅给砸了。你信不信？”

一瞅李老鳖一脸上平静里带着坚毅的表情，章兴旺立马说道：“中中，按你老的意思办，喝汤打汤钱，吃馍打馍钱，中了吧？”

听罢章兴旺的表态，李老鳖一也不回应，他把手里明光锃亮的拐杖，平放在了小木桌上，在他的脸上依旧看不出有啥反应。

章兴旺十分用心地盛了一碗汤，端到了李老鳖一的面前，说了一句：“你老人家拿拿味儿。”

李老鳖一端起碗，先用鼻子闻了闻，然后把嘴挨在碗边，轻轻咂了两口，吧唧了一下嘴，回了回味儿，又喝了一大口，接着又喝了一大口后，把汤碗放在了桌子上，抬起眼瞅着在身边站着的章兴旺，也不吭气儿，只是目不转睛地盯着他。

章兴旺被李老鳖一盯得心里有点发毛，问道：“咋，咋啦？这，这汤咋啦？有啥不得劲吗？”

李老鳖一：“冇啥不得劲，可得劲。”

章兴旺依旧不相信李老鳖一眼睛里的那种不可思议的表达，继续问道：“我咋觉着，你老好像有啥不得劲的话要对我说啊？”

李老鳖一平整脸：“冇啊，啥都可得劲，因为啥都一样。”

章兴旺：“啥啥都一样啊？”

李老鳖一：“汤的价钱一样吧，汤的味道一样吧，支汤锅的地儿也一样吧。这不是啥都一样吗，唯独不一样的就是，主家不一样了。”

章兴旺叹道：“唉，多得劲个支锅的地儿，要不是慈民他儿得罪老日，我这口锅还支不到这里，有福不在忙，我这算是拾了个漏。”

李老鳖一淡淡一笑，端起汤碗又喝了一口，说道：“你说你是有福不在忙，在我看来，是福不是祸，是祸躲不过。你这口汤锅，最好还是换个地儿支。”

章兴旺蹙起了眉头：“为啥要换个地儿支啊？你老不是说，这儿的风水最适合支锅汤吗?”

李老鳖一:“我的意思是,如果你在这儿支的还是那口杂碎汤锅,冇事儿,支胡辣汤锅,难说。”

章兴旺有些蒙,急忙问道:“为啥我在这儿支杂碎汤锅就冇事儿,支胡辣汤锅就不中呢?”

李老鳖一:“你真想知吗?”

章兴旺连连点头:“我真想知,真想知。”

李老鳖一:“是你章家这口锅里的汤,跟李家那口锅里的汤,简直就是压一口锅里熬出来的。这么跟你说吧,这汤锅和人的脸一样,一百个人一百个长相,一百口锅一百口味道。不同的是,会喝的喝门道,不会喝的喝热闹。再则就是,一山容不得二虎,一街支不得俩锅,李慈民要是真被老日打了头,啥都不说了,要是能活着出来,你可就难心了。”

章兴旺:“他是死是活是他的造化,他就是活着出来,在这条北书店街上再支一口汤锅,俺俩谁也不碍谁的蛋疼啊,我有啥可难心的?一山容不得二虎我信,一街支不得俩锅我不信,至于你说的两口锅熬出来的汤一个味道,那可能是巧合。咋?不能有这种巧合吗?撞车就撞车呗,撞车也是件好事儿,银子大家赚,总不能摊为这拼刀吧。”

李老鳖一端起汤碗,又呼噜呼噜喝了几口,然后把剩下冇喝完的半碗汤往小木桌上一搁,抓住那根明光锃亮的拐杖,拄着地,支撑起自己的身体,站稳当后,用手抹了一把嘴,说道:“中了,恁俩就等着拼刀吧。”随后冲章兴旺一拱手:“祝你汤锅兴隆,告辞。”

章兴旺瞅了一眼小木桌上,李老鳖一冇喝完的那半碗汤,问道:“还剩半碗,咋不喝了?”

李老鳖一:“汤不孬,尝罢了。我尝罢,心里清亮就中了。”

章兴旺:“你心里清亮啥了?”

李老鳖一瞅着章兴旺的脸:“你说呢?”

章兴旺已经感觉到了,李老鳖一这句反问话里有话,眨巴着俩眼:“我不知啊？心里不清亮啊？”

李老鳖一：“真不清亮假不清亮？”

章兴旺：“真不清亮。”

李老鳖一：“不清亮就不清亮吧，看透不说透，才是好朋友。”

章兴旺：“不中，你老得让我清亮，别让我犯隔意，我心里不存事儿。”

李老鳖一笑眯眯地瞅着章兴旺，嘴里不紧不慢地说出俩字儿：“胡椒。”

章兴旺：“胡椒咋啦？”

李老鳖一：“又装迷瞪不是。”

章兴旺：“你老别卖关子中不中，我真不是装迷瞪。”

李老鳖一用俩手一块儿拄着那根明光锃亮的拐杖，手指头在拐杖把上不停地动着，冲章兴旺说了一句：“一满似样。”

章兴旺：“啥一满似样？”

李老鳖一冇再接腔，压布衫兜里摸出个铜板搁在木桌上，抬起明光锃亮的拐杖，指了一下黑墨胡同里头，说道：“我去里头办点事儿。”说罢拄着拐杖离开了汤锅，朝黑墨胡同里头走去。

瞅着李老鳖一离开的身影，章兴旺心里开始闹和，此时此刻，他已经明白，李老鳖一今个是有备而来，半碗汤下肚之后，已经判断出章家和李家两口汤锅里掌的是同一种胡椒。

章兴旺站在那儿癔症了一小会儿，瞅着黑墨胡同里头，自言自语地说道：“随你的便吧，李老头儿，知就知吧，你知了又能把我咋着，还能把我的蛋给咬喽？我才不怯……”

其实，对章兴旺来说，虽然他的自言自语有点嘴强牙硬，但他心里还是在一个劲儿地掂算（考虑，衡量），一旦李慈民命大，压老日的宪兵队里放出来，一定会来找自己的麻烦。尽管拿不出啥证据，但谁都不傻，都会往他章兴旺身上联想，李老鳖一喝了两口汤，就已经判断出来这汤里的胡椒出自哪里，李慈民那还用说吗，就是一口汤不喝，心里也清亮船在哪儿弯着。不过话又说回来，在章兴旺拿定主意要干翻李慈民之前，已经给自己想好了说辞和后路，那就是，打死也不认账，只要老日不出卖自己。

老日真还冇把章兴旺给卖出去，不但冇卖出去，还兑现了与章兴旺事前的口头契约，把压李慈民家里搜查出来的一大包印度胡椒和胡椒籽儿，统统作为交换给了他。当章兴旺瞅见了胡椒籽儿的时候，突然想起了一件事儿，李慈民在城外的半坡店，有一个种地的哑巴叔叔，每到春秋天，李慈民就爱去尝个鲜儿，去半坡店摘些新鲜蔬菜瓜果回来。为了证实自己的判断，在决定支锅之前，章兴旺专门窜到离城不远的半坡店，去验证一下自己的判断。果不其然，当他在李慈民那个哑巴叔叔种的那一片菜地里，发现了一小片绿茵茵的胡椒苗的时候，不由长舒了一口气，心里暗叹：乖乖咪，怪歹啊，这是要当祥符城里的汤锅头牌啊。

尽管章兴旺已经达到自己的目的，但做贼心虚是免不了的，他最担心的还是，有朝一日老日真要被国军打败，李慈民那个跟着艾三窜了的孬蛋儿子，回到了祥符城，能饶过自己吗？所以，他偷偷向老日透露李慈民那个孬蛋儿子是艾三的手下，四面钟老日的岗哨，有可能就是艾三一伙人干掉的。他在与老日做交易的时候，就强调一条，千万千万不能把四面钟老日岗哨被搦死的事儿，和李慈民家里的印度胡椒扯到一起，一旦有一天，让清平南北街上的人知，他是摊为得到印度胡椒才对李慈民下如此狠手，别说他在清平南北街上冇法再混，就连祥符城他也不可能再待下去。艾三是啥人啊？大混家，祥符城别说是回汉两教，就是各路的大小混家，谁敢不看艾少校的脸色啊，就连敢跟老日挺头的沙二哥都要给艾三面子。李慈民那个孬蛋儿子是艾三的手下，这要让那个孬蛋儿子知了是谁在背后做了他爹的活儿，那还不彻底去球，那个孬蛋儿子敢搦死日本人，再搦死个跟日本人做交易的人，那还不是松松的啊。老日把在李慈民家搜到的印度胡椒交到章兴旺手里的时候，冲他说了一串“这青蛙那青蛙”的日语，大概意思就是，让他把心搁在肚里，这件事儿，天知地知，你知我知，绝不会出叉劈。

就章兴旺本人来说，他也已经想好了，一旦有人怀疑他汤锅里的汤掌的就是李慈民手里的印度胡椒，他就会说：咋？印度胡椒只兴李慈民有，别人就不兴有吗？好几百年前，犹太人还能跑到咱祥符城来做买卖呢，再说，前些年祥符城寺门的穆斯林，还有好几十号人去耶路撒冷朝觐的，压西域那边捎回印度胡椒，也不是冇这种可能。对章兴旺来说，他最担心的并不是要把自己汤锅里的印度胡椒讲出个小鸡叨米来，他最担心的还是，李慈民被老日抓走冇两天的时候，自己就抢先把汤锅支在了黑墨胡同口跟儿。这种乘人之危的做法必将会加重别人对他的怀疑，且不论章家汤锅和李家汤锅的味道一样不一样，支锅的位置咋也会一样呢？这不是明装孬嘛。汤锅的味道相同还能辩解，瞎话只要能编圆，人们还是能接受的，大不了人们会说，章兴旺这货太不人物，瞅见黑墨胡同这地儿喝汤的人多，银子好挣，人家李慈民前脚落难，他后脚就占了人家的地盘。章兴旺觉得，落个见利忘义的名声是小，遭到祥符城所有支汤锅的人骂是大，要是再冒出个爱打抱不平的，或故意装他孬的，三天两头来汤锅找碴儿，那可就砰圈（完蛋）了。祥符城里可有这号人，白喝你的汤，喝罢后寻你的事儿，找个借口还会砸你的锅。不过有一点章兴旺可清亮，只要李慈民出不来，这种可能性有，但不大。不论印度胡椒还是支汤锅的位置，都只是李慈民的切身利益，一般人裹不着跟你撕破脸，就像李老鳖一这号人，再能蛋，也不会摊为一口汤锅，把自己缠搅到这种说不清道不明，谁是谁非的旋涡里来。

临近收摊的时候，章兴旺瞅见李老鳖一变了个模样，身上穿着和黑墨胡同里那帮来喝汤的人同样的大褂，拄着那根明光锃亮的拐杖，压黑墨胡同里走了出来，在汤锅前停住了脚，抬手用那根明光锃亮的拐杖，敲了敲木汤桌子的腿。

章兴旺迎上前，上下打量着李老鳖一，问道："呦，老头儿，咋换了身行头啊？"

李老鳖一得意地也打量了一下自己，问道："我这身新布衫咋样？"

章兴旺："中，不孬。咋？花钱买的？还是白饶（白给）的？"

李老鳖一："天下哪有免费的午餐，喝汤打汤钱，吃馍打馍钱，我在你这儿喝汤白饶了吗？"

章兴旺："哦，这布衫是你花钱买的啊。"

李老鳖一："就算是花钱买的吧。"

章兴旺："事儿办完了？"

李老鳖一瞅着木桌子，问道："汤呢？"

章兴旺不解地："啥，啥汤啊？"

李老鳖一："我那碗有喝完的汤呢？"

章兴旺不解地："你说的是刚才剩下那碗汤吧？"

李老鳖一："对啊，我还要接着喝呢？"

章兴旺面带惊讶地："啊？"

李老鳖一："啊啥啊，那碗汤我可是付罢钱的。"

章兴旺更加惊讶："我，我还以为你不喝了呢，已经倒罢了。"

李老鳖一："谁让你倒的？我说我不喝了吗？"

章兴旺："汤锅的规矩，不就是客人喝剩下的汤，在客人离开后，就倒掉嘛。"

李老鳖一："我是去办点事儿，办完事儿回来再把剩下的半碗喝了，你这倒好，把我的汤给倒了，你说吧，该咋办？"

章兴旺："老头儿，别装孬中不中，我把汤钱退给你中了吧。"

李老鳖一扑哧笑出了声，说道："那就退半碗的钱，咋着也不能让你吃亏啊。"

章兴旺也笑了，用手指头点着李老鳖一："瞅瞅，挺文气个老头儿，长得也怪排场，穿得也可展样，别吓唬人中不中啊。"

李老鳖一咯咯地又笑出了声，随当往木汤桌子旁一坐，把手里的拐杖往桌边一支，说道："中了，不跟你开玩笑了，咱俩说点正事儿吧。"

章兴旺："说点啥正事儿啊？"

李老鳖一:“压明个开始,我就要每天早起来你这儿喝汤,一天不卯。”

章兴旺眨巴俩眼,瞅着李老鳖一,似信非信地问道:“每天早起? 一天不卯?”

李老鳖一:“早起不喝就是晌午头喝,反正每天都要来喝。”

章兴旺:“啥情况啊,老头儿?”

李老鳖一抓起支在汤桌边那根明光锃亮的拐杖,抬起来,回身一指黑墨胡同里头,说道:“知我刚才去里头弄啥了吗?”

章兴旺:“俺哪能知你去弄啥了,别卖关子,说吧,咋回事儿?”

李老鳖一:“压明个开始,我就穿上这身和那群人一样的大褂,每天和他们一起来喝你的汤。”

章兴旺瞪大眼睛:“你来这里任职了?”

李老鳖一得意地点着头:“襄理。”

章兴旺的眼里带着疑惑:“襄理? 高级职员?”

李老鳖一:“咋啦,不像吗?”

章兴旺上下打量着李老鳖一:“不是,我的意思是说……”

李老鳖一:“你的意思是说,我咋会来这儿任襄理,对吧?”

章兴旺点了点头。

李老鳖一:“锅里还有汤冇?”

章兴旺:“有。”

李老鳖一:“再给我盛碗汤,别管恁章家的汤跟李家的汤,掌的是不是同一种胡椒,都是好汤,我保证每天喝得一滴儿不剩。”

这一回喝汤的李老鳖一,显得兴致很高,他并冇马上告诉章兴旺,他咋会又要到黑墨胡同里的银号去当襄理,而是一边喝汤,一边给章兴旺喷起了身旁这条书店街。他说他爷爷告诉他,犹太人北宋时期来到祥符城做买卖的时候,就有这条书店街了,那时候不叫书店街,叫高头街,紧挨着宋皇宫,黑间宫墙里头就是有人放个屁,住在高头街上的人都能听见。当时的高头街这一片,是北宋这座皇城里做买卖最繁华的街道,交易的商品主要有布衫、书籍、药材、字画和古玩之类，一直到了明代，这条街又改名叫大店街，祥符城里主要的店铺都在这里。书店街这个街名，是清代乾隆年间确定下来的，有一点可以肯定，自古以来这条街上，做的都是一些高雅的买卖，眼望儿跟每章儿不一样了，汤锅都能支在这条街上了。

听了李老鳖一的这番话，章兴旺很不服气地说："在这条街上支汤锅咋啦？这条街上还有妓院呢，你咋不说。"说罢一指街的斜对面："你瞅瞅，还有背着枕头的老日妓女。"

李老鳖一瞥了章兴旺一眼，说道："你懂啥，那是老日的慰安所，日本人开的。"

章兴旺："别管是谁开的，这条街已经不是每章儿的书店街了，别管做啥买卖，不都是为了活命嘛。"

李老鳖一："说这咱俩不抬杠，谁不知过舒服日子啊，要不是为了活命，我这个半截入土的人，也不至于来黑墨胡同当这个襄理。"

章兴旺："你来当襄理，跟俺卖胡辣汤可不一样啊，襄理是上等人，俺卖胡辣汤属于下等人。"

李老鳖一："啥上等人下等人，爱喝胡辣汤的都是普通人，不能只瞅见贼吃肉，冇瞅见贼挨打。要不是兜里不暖和，我也不会来黑墨胡同当这个襄理。"

一碗胡辣汤下肚的李老鳖一，开始给章兴旺批讲，他为啥要来信昌银号当这个襄理。

这个在黑墨胡同里头的信昌银号，是民国九年开业的，金融生意做得很大。该银号在开业之初，同时在郑县、南京、上海、徐州、济南、天津、汉口、西安等一些城市里都设有分号，职员将近二百人，可以说，在祥符城里属于名列前茅的银号，与祥符城里的河南农工银行及另一家同和裕银号，被共同誉为祥符城里的三大金融支柱。后来老日入侵中国，天下普遍不太平，接受银钱业较多放款的那些百货行当首当其冲，继而银行由于被积欠款项太多，纷纷倒闭。

信昌银号停业之后，给整个祥符城造成极大的恐慌，这下可把政府吓得不轻，银钱就是老百姓的命根子，这要是不把老百姓给稳住，很难预料接下来会发生点啥事儿。于是，在政府的戳哄下，社会各方的相关人士咬着牙鼎力相助，不管咋着，银钱这个行当要以信义为本，再难也要守住信义。就这，信昌银号于民国二十三年强撑着重新开业，在原有的字号上加了“兴记”俩字，改称“兴记信昌银号”，直到老日打进祥符城，总算把储户们的银子还清。眼望儿黑墨胡同里的那帮穿大褂的人，都是信昌银号的留守员工，之所以要留守有俩原因：一是信昌银号的金库里还存放着一些与银钱有关的物件，二是眼下的“兴记信昌银号”的牌子还在，别管时局变成啥样，不管谁来当这个城市爷，有银钱不说事儿吧，有能力管理银钱的人就更不说事儿。

别看人生大起大落的李老鳖一，眼望儿喝碗汤都要掂算掂算兜里的铜板是否宽裕，拄着根拐杖走在大街上也冇人搭理，但在祥符城的银钱行当里，还是有人惦记着他的。尤其是银钱行当里，那些对他知根把底的人，就像信昌银号总经理秦昆生那样的人，在这些人眼里，李老鳖一就像一颗能提神的人丹，含在嘴里能起到稳定情绪的作用。信昌银号自民国九年开业以来，因种种原因更换过两三个襄理，更名为“兴记信昌银号”以后，原先的那个襄理又另谋高就去了，襄理的位置空缺。银号别管大小，也别管兴衰，只要银号还在，哪怕是名存实亡，都不能空缺主管的位置。襄理的职能，是负责协助总经理管理整个银号的业务，俗话说，麻雀虽小五脏俱全，这个职位必不可少。就在秦昆生为襄理的位置空缺而发愁的时候，有人给他举荐了李老鳖一，秦昆生当然知道李老鳖一其人，用秦昆生的话说：就凭“李老鳖一”这个外号，此人就再合适做襄理不过。“老鳖一”在祥符人的眼里就是个老抠孙，视钱如命，斤斤计较，一个铜板恨不得掰开两半花，更何况李老鳖一又是个银钱行当里的老江湖。于是，秦昆生便约李老鳖一来信昌银号聊聊，俩人聊罢之后，秦昆生随即让人取来了一件大褂，让李老鳖一穿上，对他说道：“压明个开始，咱信昌银号又有襄理了。”

听罢了李老鳖一的讲述之后，章兴旺颇感惊喜地说：“中，老头儿，压明个开始，俺这口汤锅又多了一个靠盘来喝汤的老喝家。”

李老鳖一半花搅地对章兴旺说道：“我这个老喝家，可是个难缠的主儿啊，你的汤锅里掌的是啥，一搭嘴我就一清二楚，招呼点儿，我可是不大好打发啊。”

章兴旺也半花搅地说道：“兵来将挡水来土掩，冇这个金刚钻不揽这个瓷器活儿，冇好胡椒也不敢在这儿支汤锅。老头儿，你要是不信，就用你的拐棍敲敲我这口汤锅，它绝对是铁的。”

李老鳖一：“是福不是祸，是祸躲不过，来日方长，走一步说一步吧。你这口锅是不是铁的，我说了不算，你说了也不算。”他抬起手朝上指了指：“老天爷说了算。”

9.“我的锅要是被祥符人砸掉的，我认。被日本人砸掉，我能认吗？”

章兴旺支在黑墨胡同口跟儿的胡辣汤锅，名声越来越大，生意也越来越好了，原先一些认汤不认人的老喝家，就连寺门马老六汤锅的一些铁杆儿喝家，也转移到了黑墨胡同口跟儿。那些有着喝汤阅历、又能喝出名堂的老喝家，对章兴旺汤锅的基本评价就是，汤里胡椒的味道要比马老六汤锅的味道重。用老喝家们的话说，汤的味道重不见得是汤里胡椒掌得多，就像辣椒辣不辣不在于辣椒的大小，而在于品种。同样是这个道理，汤里胡椒味道重不重，不在于胡椒掌多掌少，而是在于胡椒的品种。用老喝家的话说，马老六汤锅里的胡椒掌得也不算少，就是掌得再多，也冇那种喝完汤之后浑身通透的爽气。

自打李老鳖一到信昌银号就职襄理之后，基本上都在每天临近晌午头的时候来喝汤，用他的话说，到他这把年纪，一碗汤，俩馍，基本上就能管一天。章兴旺也很识相，只要李老鳖一来喝汤，瞅见他汤碗里的汤喝得差不多的时候，就会主动上前接过他的汤碗，再往碗里面盛上半勺汤。有人瞅见不愿意了，说祥符城里只有羊肉汤和牛肉汤的汤锅可以添汤，有见过胡辣汤的汤锅添汤的，每碰到这号说邋撒话的主儿，年轻气盛的章兴旺，就会把牛眼一瞪，大声说道："他是俺爹，你要是俺爹我也给你添一勺！"

章兴旺瞅着自己的汤锅生意越来越兴隆，心里自然越来越舒坦，可那块心病却一直还在他心里窝着，时不时就会在心里闹和，时不时他也向别人打探着李慈民的消息，所有灌进他耳朵里的消息，几乎都是俩字儿——不知。

日子过得很快，转眼就到了第二年的夏天。每到天热的时候，喝汤人来得都比较早，趁着早起凉快，胃口好。喝汤人来得早，卖汤人起得更早，基本上要在天还冇亮的时候，就要把摊儿支好，按支汤锅人的老规矩，汤等客而不是客等汤。

这天早起，像以往一样，天麻麻亮章兴旺就已经把摊儿支好，趁着还冇来客，他坐在汤锅前卷了根纸烟，刚点着还冇抽上两口，就瞅见压书店街路东边河道街的胡同里，一瘸一拐走出一个人。起初，章兴旺并冇在意，当那个人一瘸一拐走到汤锅前、一屁股坐在木桌子旁凳子上的时候，章兴旺不由大吃一惊。

章兴旺："慈民？"

坐到凳子上的那个人正是李慈民。

章兴旺的话音有点磕巴了："你，你，咋，咋回，回来了……"

李慈民也不吭气儿，抬起手冲章兴旺勾了两下手指头，章兴旺明白是啥意思，急忙把手里刚点着的烟卷递了过去。

接过烟卷的李慈民也不吭气儿，用俩指头夹住烟卷吃力地抽着，那模样就像八辈子冇抽过烟卷似的，用祥符人的话说，可邋撒。

章兴旺在一阵慌乱中，极力稳定自己的情绪，装出啥都一无所知的样子，询问道："慈民哥，恁多天冇你的音儿，还以为老日把你咋着呢，你啥时候回来的？冇啥事儿了吧？”

李慈民还是冇接章兴旺的腔，直到把指头上捏着的烟卷吸完，把烟屁股往地上一扔，冲章兴旺开口说了一句：“给我盛碗汤。”

章兴旺不敢怠慢，急忙起身去盛汤，他把盛好的汤放到李慈民的眼前，李慈民端起碗先喝了一口，抬手冲着站在一旁有点犯傻的章兴旺勾了勾手指头。

章兴旺：“……啥，要啥？”

李慈民：“你说要啥？”

章兴旺立马反应过来：“哦，馍……”

有点乱了方寸的章兴旺，急忙压装馍的篮子里拿出俩馍递了过去：“够不够，不够再拿。”

李慈民接过章兴旺递给他的馍，三下两下全掰进了汤碗里，抓起筷子在汤碗里搅拌了两下，连汤带馍就往嘴里连扒带喝了起来。

章兴旺在一旁叹道：“慈民老哥哥，老日把你抓走，你肯定是遭大罪了，能活着回来是你命大，今个你能来喝汤，我可高兴。你也别怨老弟占了你的地儿，老弟我也是冇法儿，右司官口那口杂碎汤锅我实在是支不下去了，你也知，咱祥符人认的还是胡辣汤，可我又能把胡辣汤锅支在哪儿呢？支在寺门不是明显要跟马老六抢生意嘛。再说，我的汤也挺不过马老六的汤啊，想来想去，我就把汤锅支在这儿了……”

埋头喝汤的李慈民，抬起脸瞅瞅章兴旺，然后继续埋头喝汤。

章兴旺继续说道：“慈民老哥哥，你也别埋怨我，你要不出事儿，我也不会把汤锅支在这儿。我知这地儿是个支汤锅的好地儿，要不你也不会把汤锅支在这儿，这个地儿是你先来，道理我懂，说句难听话，蹲茅厕还有个先来后到呢。可话又说回来，你要不出事儿，我也不会来这儿啊……”

埋头喝汤的李慈民，眼都冇抬地说了一句：“你是不是约莫着我回不来？”

章兴旺慌忙地：“不是，我冇那个意思，我的意思是，既然你老哥哥的汤锅被老日砸了,这个地儿闲着也是闲着,咋着这也是个适合支锅的地儿吧,所以我才把汤锅支在了这儿。”

李慈民依旧冇抬头地说:“我明白了,你的意思是说,你先替我占着,我要是回来了,你就还给我,是这个意思吧?”

章兴旺愣怔了一下,忙说道:“不是不是,也不是这个意思。我的意思是,既然你的汤锅被砸了,咱祥符不是有个说法嘛,‘宁拆十座庙,不砸一口锅’,别管为啥被砸了锅,支锅的人都会改章儿,换作别的营生……”

李慈民把筷子往木桌子上一搁,抬起了脸说道:“那要看锅是被谁砸掉的,我的汤锅要是被祥符人砸掉的,我认。被日本人砸掉,我能认吗?”

章兴旺:“你是啥意思?是想让我把这个地儿再还给你?”

李慈民:“你老弟刚才不是说了嘛,蹲茅厕还有个先来后到。”

章兴旺正想反驳,瞅见已经有喝汤的人站在了汤锅前。

李慈民:“你先忙你的,我冇事儿,在这儿坐会儿,等你忙完咱俩再拆洗,既然我大难不死,今个咱就得说个小鸡叨米。”

此刻,汤锅开始上人,章兴旺阴沉着脸开始忙活,手里握着木勺子在汤锅和汤碗之间上下翻飞,虽然动作娴熟,却有点跑神儿,弄得汤碗边上淤出来的汤落落流(向下滴),遭到一些老喝家的埋怨和花搅。

“慢点中不中,瞅瞅这碗边的汤,咋端?”

“慌啥慌,得个外甥啊?当舅就当舅呗,不就是外甥似舅嘛。”

不管喝家们是埋怨还是花搅,章兴旺也不吭声,他心里清亮,李慈民是来者不善善者不来,今个恐怕要挺大瓤打架,打仗,他心里在盘算,咋着才能转危为安。有一点章兴旺心里可清亮,今个要是挺不住李慈民,他就彻底去球,即便是汤锅还能继续支在这儿,往后他也安生不了。忙碌中的章兴旺心里在琢磨,用个啥法儿才能打面(打败)李慈民……

整整几个时辰,李慈民坐在那儿一动不动,用貌似平静的目光瞅着书店街上南来北往的路人。

李慈民是夜个黄昏的时候,拖着疲惫不堪的身子回到家的。原以为他被老日抓走就不可能活着再回来，老日原本也冇打算让他活着回来。他儿子是国军，还搦死了四面钟站岗的老日哨兵，老日都快恼劈了，咋着也得把这口恶气出在他身上吧。老日冇杀他，有个很重要的原因，就是战事吃紧，要想取得战场主动，物资运输是扭转被动局面的关键，急需人手，老日便把李慈民和一些被抓的人，押到南郊修整那条通往飞机场的公路去了。老日对李慈民说，只要卖力干活，就可以留他一条性命，等公路修整完以后，便可以放他回家。自打老日占领祥符以来，摊为兵力缺乏，始终顾不得去修那条路，自花园口被扒开以后，那条路被水毁坏得厉害，坑坑洼洼的路面，老日始终顾不上去修整，都在凑合着用。眼望儿战事吃紧，老日有点着急了，虽说自抗战以来，国军的大部分机场已丧失，占领了全中国36个飞机场的老日，还是被繁忙的军需空运搞得焦头烂额。祥符这个飞机场，是中原地区最大的飞机场，老日必须赶紧把通往飞机场的路修平展，李慈民就是在这种情况下，被老日当成苦力去修那条路了。公路修罢之后，老日把李慈民给放了。老日也可孬孙，在临释放他之前撂给他一句话，说之所以要抓他，是跟一个叫章兴旺的人做了个交易，老日冇说是啥交易，只是在临释放他之前给他点细了一下，"你的胡辣汤，好喝的"。回家后的李慈民，一进家门啥都清亮了，他那个装满印度胡椒的罐子冇了，他老婆告诉他，全被来抄家的老日抄走了。又累又饿的李慈民，躺在床上气得几乎一宿冇睡，天还冇亮就压床上爬起来，直奔黑墨胡同口跟儿而来。当然，他已经想好咋跟章兴旺算这笔账。

汤锅前的人越来越多了，喝家们各个脸上带着快意，几乎能看出这是他们一天当中最得劲的事情。就在这个时候，李慈民瞅见，那帮一水穿着同样大褂的人，压黑墨胡同里走了出来，那帮子人里面还有手里拄着根明光锃亮的拐杖的李老鳖一。

早起喝家多，汤锅一圈站着坐着全是人，李老鳖一并冇在意坐在那里的李慈民，正当他在瞅有没有空座位的时候，李慈民站起了身，腾出了座位，说道："爷们儿，你坐着。"

李老鳖一吃惊道："乖乖，是你啊，我还以为这辈子再也见不着你了呢。"

李慈民上下打量着李老鳖一，问道："爷们儿，你这是……换行头了？"

"这不都是为了这张嘴要喝汤嘛，人家信昌银号不嫌弃我，就跟着混碗汤喝呗。"李老鳖一坐在了李慈民给他腾出的座位上，问道："先别说我，说说你，啥时候回来的？老日冇把你咋着吧？"

李慈民瞥了一眼正在一边给人盛汤，一边使眼睛往他身上瞄的章兴旺，对李老鳖一说道："大难不死，爷们儿，有没有后福我不知，老天爷瞪着俩眼瞅着呢，谁作恶都别想好受。"

李老鳖一当然明白李慈民寻到这儿来的目的，也不好多说啥，于是就把话题转开，说道："家里还好吧？有啥事儿的话，等我干完活儿，咱爷俩去寺后街的澡堂子泡泡，沏壶好茶，喷喷空（聊聊天），给你压压惊，不管咋着，咱姓李的是一家子，用常说的那句话就是，和尚不亲帽子亲。更何况，恁家祖上和俺家祖上，都是压耶路撒冷那边过来的。"

李慈民："爷们儿，别管咱是压哪儿过来的，一个祖宗的后代也不一定都是好人，不是我不认这壶酒钱，是有些货不看祖宗的面儿，光想别人的好事儿，就是同门兄弟又咋着，犹太教和伊斯兰教不就是同一个祖宗嘛，照样打得血糊淋剌。"

此刻的李老鳖一已经感觉到，李慈民这货今个是来者不善善者不来了，于是，李老鳖一对李慈民说道："爷们儿，你说的啥意思我都可清亮，你作为晚辈，听我一句劝，有啥不得劲不在这儿说，等兴旺收摊儿了再说。不想回清平南北街说，就去俺家说，不管咋着，都是一个七姓八家里的人，恁俩又是一块儿赤肚长大的，别让外人看咱的笑话。"

李慈民冷冷一笑："七姓八家咋着？一块儿赤肚长大的又咋着？说句难听话，要不是七姓八家，要不是一块儿赤肚长大的，还不会恁把底，照死里弄呢。"

李老鳖一："别别，别就这说……"

李慈民："就哪说？你老也是喝了一辈子汤的人，一搭嘴还不知这汤是咋回事儿吗？"

李老鳖一心知肚明地眨巴了一下眼，嘴里却继续劝说道："汤这个事儿不好说，我喝了一辈子汤，咱就先不说在汤的配料上会不会撞车，说句你可能不爱听的话，一个娘肚子里生出来的双生（双胞胎），长相也不可能一满似样，你说是不是啊？"

虽说李老鳖一这是一句劝说的话，但李慈民听出了另一层意思，也就是说，李老鳖一的言外之意就是，章家汤锅里的胡椒，和李家汤锅里的胡椒，都是印度胡椒，是一个妈生的。

李老鳖一接着又劝道："再说句难听话，鸡鸭尿尿各有便道，祥符这个地儿，自古以来就是个圣人蛋（能人）云集的地儿，你认识仨穿红的，他认识仨穿绿的，不定哪路豪豪（有实力的人，大角儿，英雄）压哪儿就会带来个稀罕物件，根本就说不清亮，还缠嘴。市面上的事儿，都是认理儿不认人，啥叫认理儿？认理儿就是眼见为实，就在那儿搁着，一眼就能瞅得见，一嘴就能说得清。"

李慈民听懂了李老鳖一这句带有暗示的话音儿，说白了就是，别在印度胡椒上纠缠，根本缠不清的瓤（事，麻烦），谁也冇眼见为实，就算把老日给他说的那些话撂出来，还是个缠不清的瓤。唯一能说清的就是眼见为实的，章家汤锅支的这个地儿，是章兴旺乘人之危霸占的，祥符城里的喝家们，都瞪着俩眼看得清清亮亮。想到这儿，李慈民心里更加清亮，自己今个要干啥了。

李慈民问正喝着汤的李老鳖一："爷们儿，我问你一句话，你要实话实说。"

李老鳖一："你问。"

李慈民："你觉得，是他章家的汤好，还是俺李家的汤好？"

李老鳖一抬起正在喝汤的脸，微笑着说道："我不是说了嘛，一个娘肚里生出来的双生，模样都一样，说不上谁好谁孬，要说好孬只有运气，就像同样的汤锅，要看支在啥地儿。再打个比方，信昌银号不是不中了嘛，可它待的地儿中，这不，加上俩字，又成了‘兴记信昌银号’，还让我这个糟老头子，穿上了这身展样的大褂。知了吧？”

“知了。”李慈民说罢站起了身，一把抓起李老鳖一搁在木桌子旁那根明光锃亮的拐杖，朝热气腾腾的汤锅走了过去。

“你要弄啥？”李老鳖一瞅见李慈民这架势不对，急忙站起了身，冲李慈民大声说道，“慈民，你不要胡来啊！”

李慈民根本不搭理李老鳖一，只见他走到热气腾腾的汤锅前，乘着正在盛汤的章兴旺还冇反应过来的那一瞬间，他俩手握住那根明光锃亮的拐杖，高高举起，狠狠地捣进了汤锅里，只听“嗵”的一声，那根镶着铁头的拐杖，一下子把汤锅捣了个窟窿，随着“刺啦”一声响之后，白烟四起，锅里的汤瞬间浇在了架锅的煤火上，顿时引起喝家们的一片惊恐。

“娘吔！这是弄啥啊……”

“砸锅啦啊……”

“掀摊儿啦……”

在一片吼叫声中，章兴旺怒不可遏地吼着：“李慈民！你个卖尻孙！你想弄啥……”

李慈民用那根明光锃亮的拐杖，指着章兴旺吼道：“卖尻孙是你的小名儿，你还有个大名儿叫不要脸孙！我想弄啥？我想弄啥你不知吗？我就想在喝家们最多的时候砸你的锅！”

…………

李慈民把章兴旺的汤锅砸了，一下子轰动了整个祥符城，所有支汤锅的人和老喝家，各种说法不一。正如李老鳖一预料的那样，印度胡椒的出处根本说不清，有人向着李慈民说话，有人向着章兴旺说话。清平南北街上的人，基本上是一水向着李慈民说话，尤其是马老六，一连兴奋了几天，每天早上在卖汤的时候，他都一边给喝家们盛汤，一边腌臜着章兴旺。

马老六：“得劲，砸得好，活该，恁瞅瞅他噎胀的，支了个汤锅就不是他了，我敢说，他汤里掌的胡椒，绝对是偷人家李慈民的！”

喝家：“你咋知的？他咋偷李慈民的啊？”

马老六：“他咋偷的我冇瞅见，但是我知，那货绝对不是个啥好东西，邋撒不说，还下三儿（不要脸）。”

喝家花搅道：“中了，老六，这一下你得兜（得实惠，占便宜，满意）了，祥符城里的喝家们，又得窜到寺门来喝马家的汤了。”

马老六：“我得兜，我得个屁兜，说句不打脸的话，黑墨胡同守着条书店街，就是地儿得劲，俺马家的汤锅要是支在那儿，照样！”

喝家：“眼望儿正是时候，李家的锅冇了，章家的锅砸了，老六，你赶紧去。”

马老六：“别戳着死猫上树了，我去？八抬大轿抬我去我都不去，说句难听话，祥符城里支汤锅最牢稳的地儿，就是寺门。老日多孬孙啊，也冇把寺门的咋样，沙家的牛肉照卖，白家的花生糕照卖，俺马家的汤锅照支！”

喝家：“老六这话说得照，汤好地儿还要好，要不支啥锅也长不了。”

马老六：“理儿是这个理儿，可那俩货为了黑墨胡同口那个地儿，算是死挺（死磕）上了，让他俩挺吧，最后挺到鱼死网破去球。”

可不是嘛，自打李慈民把章兴旺的汤锅砸掉以后，俩人就死挺上了，他俩人心里都清亮，自己是七姓八家里的人，最过激的行为也就是把汤锅砸了，谁也不可能掂着刀去砍谁。按理儿说，李慈民别说掂刀去砍章兴旺，就是把章家的房子拆喽，也不能解他心头之恨。尽管在李慈民被老日放出来之前，老日故意给他下了捻儿，暗示是章兴旺与老日做了交易，是章兴旺向老日举报，四面钟老日哨兵被人搦死，是艾三领着李慈民那个孬蛋儿子干的，老日抓了李慈民之后，就把李家藏着的印度胡椒给章兴旺。但是，老日不可能出来作证是一方面，李慈民也不可能拉着章兴旺去找老日对证，一旦老日不认账，最后吃家什的一定是李慈民。还是李老鳖一把握得准，只能拿章兴旺占了李慈民支锅的地儿说事儿，不能拿老日用印度胡椒跟章兴旺做交易说事儿。

眼望儿的状况是，被砸了锅的章兴旺说啥也不离开黑墨胡同口跟儿，你李慈民砸了我的锅，你也别想在黑墨胡同口跟儿再支锅，用祥符人的话说，“丢人不丢钱不算破财”。可这一回是，丢了支锅的好地儿就是丢钱破财。章兴旺不服，咋？老日砸了你李家的锅，你就来砸俺章家的锅？中，那咱就照死里挺。李慈民更是如此，咋？就是把印度胡椒的事儿搁一边不提，还是那句话，蹲茅坑还有个先来后到，李家的汤锅先支在黑墨胡同口跟儿的。俺李家的锅被老日砸了，算俺吃了个哑巴亏，眼望儿俺被老日放回来了，出卖同胞乘人之危的章兴旺你就得搞蛋，你不搞蛋咱就冇完！

李慈民想让章兴旺搞蛋，章兴旺又想让李慈民搞蛋，可这俩人扎出了谁都不会搞蛋的架子，但谁都又支不起来汤锅。白天，他俩各自掂了一把铁锤坐在黑墨胡同口跟儿，谁也不搭理谁，谁也不看谁一眼，俩人心里都可清亮，照这样挺下去，这口汤锅是去球了。去球就去球，人争一口气，佛争一炷香，这一回就是要死挺到底。

每天照常来黑墨胡同银号上班的李老鳖一，见到各自手里掂着大铁锤的俩人，也曾试图打破这俩人目前的僵局。不管咋着，就像同族人说的那样，只要俩人都认七姓八家这个说法，就摒弃前嫌，各退一步，都别在黑墨胡同口跟儿支锅了，想要证明谁家的汤好，另外找个地儿重新支上锅，也别管各自手里的印度胡椒是压哪儿来的，是骡子是马，各自遛各自的。可李慈民却说：“啥七姓八家不七姓八家，亲兄弟还得明算账呢。更何况，他章兴旺就不是兄弟，这个货，骂他是个见利忘义的小人都是轻的，他就是伊布里斯（魔鬼）生的孩儿，嘴里也能念《古兰经》，却是一肚子坏水！”瞅着冇法给他俩撮合，李老鳖一叹息了一句，说道：“唉，黑墨胡同口跟儿冇了汤锅，我也就不想那一口了……”

转眼夏天就要过去，掂着铁锤守候在黑墨胡同口跟儿的这俩人，显得筋疲力尽，他俩每天坐在路沿边，瞅着书店街上南来北往的路人，可冇局（无聊；尴尬）。这天一早，来银号上班的李老鳖一，面带兴奋地就冲他俩喊道:“中了,恁俩还挺个啥,苦日子马上就要到头了,要不几天老日就搞蛋啦!”

听罢李老鳖一这句话,李慈民腾地就站起身,瞪大俩眼问道:“真的假的?”

李老鳖一:“啥真的假的,有瞅见这两天书店街上,已经冇老日的兵溜达了吗?”

李慈民琢磨一下:“好像是……”

李老鳖一:“别好像是了,老日已经向咱国政府投降了,听说祥符的老日,最近几天要在华北体育场向国军投降,好日子马上就来了,还支啥汤锅啊,就凭你做买卖的经验,去西边弄点啥不中,弄点啥也比守在祥符支汤锅挣得多啊。”

憋屈了好些天的李慈民,脸上露出了兴奋,说道:“别管是在祥符支汤锅,还是去西边干我的老本行,老日投降不光是有大生意可以做,我也不用再替俺儿担心了……”

李老鳖一冲还坐在那里的章兴旺说道:“你呢,老日投降了,你有啥打算?”

“啊,啊……”章兴旺张着嘴,虽说脸上也带着一丝喜悦,嘴里却冇说出个啥来。

李老鳖一瞅了一眼兴奋中的李慈民,然后对章兴旺说道:“依我的判断,慈民不会再跟你争这块地皮,他的志向远大,老日投降后他一准会去做大生意。我说的对不对啊,慈民?”李老鳖一说罢后,又把目光转向了还处在兴奋之中的李慈民。

“对不对你都说了!”李慈民说罢这句话后,把大铁锤往肩上一扛,大声说道,“等俺儿一回来,我就走,去西边溜达溜达,西边可不只是有印度胡椒,好东西多着呢,随便捣腾捣腾都比支汤锅强,傻孙才会在支汤锅这一棵树上吊死!”说罢,他迈着大步,离开了黑墨胡同。

李老鳖一瞅着远去的李慈民,把带有诡异的眼睛转向了章兴旺:“中了，啥都不说了，黑墨胡同口跟儿归你了。”

章兴旺瞅着走进黑墨胡同的李老鳖一，直到瞅不见之后，慢慢又把眼睛投向了书店街南头的钟鼓楼。这时，他听见钟鼓楼的方向突然传来了一阵阵敲打盘鼓的声音，祥符人都知，只要听见有人敲打盘鼓，就一准是有啥喜庆事儿，今个的喜庆事儿，大概就是老日真的完蛋了……

按理说，老日完蛋了，章兴旺应该跟所有人一样高兴才是，再则就是李慈民已经敲明亮响(明确)地表态，不会再跟他争夺黑墨胡同口跟儿这个支锅的地儿。老日投降让他兴奋不起来的原因，除了他自己知道，再一个知道的就是李老鳖一，虽然李老鳖一冇明说，但那张诡异的脸却给章兴旺添了心事儿。章兴旺的心事儿就是，一旦李慈民那个孬蛋儿子回到祥符，那就不是在黑墨胡同口跟儿支汤锅不支汤锅的事儿了，那就是老账新账一起算的事儿了。即便是老日冇出卖他用印度胡椒跟老日做交易的事儿，只要李慈民在他那个孬蛋儿子回来以后，跟他那个孬蛋儿子叨叨两句，就会有大麻烦出现，别看他那个孬蛋儿子年纪不大，那可是跟着艾三混的人啊。

坐卧不安的章兴旺思来想去，也冇想出来该咋办，只有在心里对自己说，好歹李慈民那个孬蛋儿子回不来吧，不管回来回不来，黑墨胡同口跟儿的胡辣汤锅，自己是支不成了，还是老老实实回右司官口，去支自己那口杂碎汤锅吧。即便是李慈民那个孬蛋儿子真回来了，把自己打死，自己也不会承认，自己在黑墨胡同口跟儿支的胡辣汤锅，里头掌的印度胡椒跟老日有啥关系。

不两天，祥符城满大街上又响起了盘鼓声，已经在华北体育场向国军递罢降表的老日，离开了祥符城，这让章兴旺似乎又松了一口气，只要老日一搞蛋，印度胡椒的事儿就死无对证。也就在同一天，石老闷专门窜到右司官口来告诉他，说李慈民又把胡辣汤锅支回了黑墨胡同口跟儿，还放了火鞭，敲了盘鼓，听说是他那个孬蛋儿子跟着艾三也回来了，要不李慈民也不会恁快就把汤锅支回到黑墨胡同口跟儿。听罢石老闷的话，章兴旺的心立马又悬了起来。

当天晚上，章兴旺和老婆又是大半宿冇睡着，俩人商量来商量去，为了保险起见，章兴旺还是决定离开祥符一段时间，等到确实感到冇危险之后再回来，即使李慈民戳哄他那个孬蛋儿子来报复，也让他们找不着人，他们总不能把一个娘们儿支在右司官口的杂碎汤锅给砸掉吧。

10.“白叔，你要是条汉子，就跟小侄儿直说，你是不是共产党？”

就在章兴旺躲避出祥符城的第二天，石老闷在寺门碰见穿着一身可展样国军军装的艾三，艾三就冲石老闷喊道：“老闷，我问你个事儿。”

石老闷走到艾三跟儿：“啥事儿，三哥？”

艾三：“慈民的胡辣汤你喝过冇？”

石老闷：“喝过啊，咋啦？”

艾三：“兴旺的胡辣汤呢？”

石老闷：“也喝过啊。”

艾三：“你约莫着他俩的汤谁的好喝？”

石老闷：“都差不多。”

艾三：“差不多是差多少啊？”

石老闷憨笑道：“三哥，你想说啥你就直说，都是压小在一条街上赤肚长大的，谁的汤好，谁的汤孬，说这犯忌讳，喜欢喝谁的汤，别吭气儿，去喝就中了。”

艾三：“你爱喝谁的汤啊？”

石老闷：“我爱喝你的汤，凹腰村你熬的那锅汤，啥时候想起来啥时候得劲。”

艾三笑了起来，说道：“说句不打脸的话，我在凹腰村熬的那锅汤，跟慈民和兴旺那俩货熬的汤，是一个爹。”

石老闷：“一个爹是啥意思？”

艾三:“装迷瞪不是？别人装迷瞪是别人冇喝过我熬的汤,你喝过我熬的汤还装迷瞪,你这就不叫装迷瞪了。”

石老闷:“叫啥?”

艾三:“叫装孬。”

石老闷呵呵地笑了起来。

艾三:“中啦,别装孬了,这三锅汤只有你一个人都喝过,你说,是不是一个爹?”

石老闷笑着点头说道:“是一个爹,是一个爹。”

艾三又问道:“既然是一个爹,那你就说说,谁是老大,谁是老二,谁是老三。”

石老闷收起脸上的笑容:“当然你是老大,慈民是老二,兴旺是老三。”

艾三:“你是按喝汤的次序排的吧。”

石老闷:“是啊。”

艾三:“那我就告诉你,我不是老大,慈民应该是老大。我在凹腰村熬的那锅汤,里面掌的胡椒是慈民给俺的,虽然是一个胡椒爹,谁先有谁就是老大。至于兴旺压哪儿来的这个胡椒爹,俺不知,但俺有兴趣去帮他找找这个爹,续续这个家谱,都是七姓八家里的人,省得让别人看笑话。”

石老闷一点也不闷,他压艾三那种笑里藏刀的语气里,听出了一种杀气。章兴旺犯在艾三手里,这一回可去球了。

李慈民那个年纪不大的儿子,大名叫李小国,因为压小就在清平南北街上孬得出名,所以冇人叫他李小国,都管他叫李孬蛋。还不满十七岁的李孬蛋,个头高,又膀材,自打跟着艾三混以后,艾三让他穿上了军装,小小年纪就有了国军的名分,孬气就更大了。艾三赏识李孬蛋,也就是赏识他的那股子年少气盛、天不怕地不怕的孬气,四面钟老日的岗哨被人搦死,就是李孬蛋在艾三的授意下干的。眼望儿老日被打窜了,祥符城又回到国军的手里,李慈民在不在黑墨胡同口跟儿支汤锅,已经不算个啥事儿了，章兴旺该咋办就成了清平南北街上人人关心的一件大事儿。

且不说章兴旺与李慈民在支汤锅这件事儿上谁占理儿，也不说这俩人谁跟石老闷的关系更近，石老闷觉得还是应该去给章兴旺透个信，鸡蛋碰不过石头，让章兴旺在李慈民跟前服个软，大事儿化小，小事儿化了。不管咋着，都是一个门口的，不就是支一口汤锅嘛，又不是谁把谁的孩儿扔到了井里，有不共戴天的仇气。想到这儿，石老闷拐了个弯，就直奔右司官口的杂碎汤锅去了。

石老闷来到右司官口，冇瞅见章兴旺的影儿，章兴旺的媳妇高银枝告诉他，章兴旺出远门了，他问是去哪儿了，章兴旺媳妇高银枝摇头说不知，再问，便是一问三不知。出于好意，石老闷临离开时对章兴旺媳妇高银枝说了一句："不管兴旺啥时候回来，你告诉他，冤家宜解不宜结，都是七姓八家里的人，也冇啥谁低耷（低头）给谁那一说，啥是福啊？平安才是福，老日都搞蛋了，咱也该享享福了。"

章兴旺媳妇高银枝冇接腔，她瞅着石老闷离开的背影，重重地叹了一口气，自语了一句："唉，啥平安才是福啊，是福不是祸，是祸躲不过……"

今个一大早，章兴旺就窜了，他去哪儿还真冇跟他媳妇高银枝说，高银枝问，他只是说了一句"去西边"。去西边哪儿？章兴旺冇具体说，他媳妇高银枝也冇再问。祥符人有个习惯，只要遇见生死攸关的事儿，躲避的法儿，就是往西边窜，尤其是碰见兵荒马乱。俗话说"中原是兵家必争之地"，只要中原一打仗，兵家争的是哪儿？说句难听话，争的就是河南，河南争的是哪儿？争的就是省府祥符。老日占领了南京之后，一路向西挺进，不就为了占领中原，不就印证了那句"得中原者得天下"之说嘛。那时候的祥符人，对一路向祥符杀来的老日极端恐惧，至少有半拉城的祥符人，拖家带口，扶老携幼，沿着陇海铁路向西逃命。何止是祥符人，只要是挨着陇海铁路居住的河南人，能窜的都往西窜，一直窜进陕西，窜过潼关才停住了脚，因为潼关是一道天然屏障，一夫当关万夫莫开，后来也印证了这个说法，老日就是冇打过潼关。那些窜到陕西的河南人，大多拥进了西安城,一时间西安城里半拉城都能听见河南人说话,搞得河南话都快成了西安的官话,直到抗日战争结束,那些在西安把日子已经过舒坦的河南人,都不愿意回河南。所以啊,有人就说,只要河南人逢灾遇难,不是闯关东就是走西口,这俩地儿能保命。正是摊为这个原因,章兴旺说去西边,他媳妇高银枝也就冇多问。他媳妇高银枝心里可清亮,章兴旺这个货,可贼,不管窜到哪儿,不管做啥事儿,有一点可以完全放心,冇把握的事儿他绝不会干。别看他在祥符城里,在清平南北街上,有时候一副支里八叉(不可一世)的样子,离开了祥符城,他可老实,有毒的绝不会吃,更何况是去了西边。

章兴旺吓窜了,李慈民把胡辣汤锅又理直气壮地支在了黑墨胡同口跟儿。只要有喝家问起章兴旺的事儿,李慈民便会一口咬定章兴旺就是汉奸,一边给人盛着汤一边说:“那个卖尻孙是被吓窜了,心里冇鬼窜啥窜,有理走遍天下嘛,咋?老日被打窜他就被吓窜,恁说他不是汉奸是啥?秃子头上的跳蚤——明摆着。有种他别窜啊,继续在黑墨胡同口支汤锅跟我挺啊,要不再掂个锤子来砸我的汤锅,咋不敢继续跟我挺啊?他冇那个蛋子儿,他怕我寻他的事儿,俺儿是国军,是打老日的功臣,俺儿才不会跟他一般见识,是他自己心里有鬼,俺儿才冇空搭理他个卖尻孙呢……”尽管李慈民是这么说,但大家心里都可清亮,章兴旺就是摊为怯李慈民那个孬蛋儿子,怯国军,怯国民政府,才被吓窜的。

日子又趋于了正常,李老鳖一和信昌银号的人又恢复了每天一碗汤的作息。用李老鳖一的话说,黑墨胡同口跟儿这个汤锅,别管是李慈民掌勺,还是章兴旺掌勺,汤还是那个味儿,区别不大。李慈民那个孬蛋儿子是国军功臣也好,章兴旺是汉奸也罢,跟喝汤冇啥关系,只要汤的味道不变就中。就像自己供职的这个银号,叫“信昌银号”也好,叫“兴记信昌银号”也罢,只要自己是货真价实的襄理,自己不亏银子,储户不亏银子,就中。

冇几天,老日就被打窜了。解放军进城了。解放军是共产党的军队,跟国军凿(打)是中国人打中国人,城里的老百姓也用不着慌,该咋着咋着,不会影响祥符城里支着的各种汤锅。担心日子不好过的,是那些在省府大院里上班的人,那些人最担心的就是,皇粮吃不成了。

大早,李慈民瞅见,来喝头锅汤的李老鳖一,今个穿了一身浅颜色的新大褂。

正在忙活的李慈民瞅了一眼李老鳖一,花搅道:“哟,老头儿,今个穿恁展样,咋?喝罢汤要去拜天地吗?”

李老鳖一:“我光想。”

李慈民冇接着花搅,瞅着李老鳖一那张比以往神情严肃的脸,问道:“你老今个是有啥事儿?”

李老鳖一微微叹了口气,说道:“恐怕我这是喝你的最后一碗汤了。”

李慈民:“此话咋讲啊?”

李老鳖一:“我要走了。”

李慈民:“去哪儿?”

李老鳖一:“南边。”

李慈民:“南边?南边是哪儿啊?”

李老鳖一把话题岔开,瞅着咕嘟咕嘟散发着白蒸汽的汤锅,对李慈民说道:“今个多给我捞点木耳,你发的木耳,比章兴旺发的木耳好。可别小看这发木耳,发浅了,太筋道,发深了,就糊浓。可别小看这熬汤,学问大着呢,尤其是胡辣汤,除配料的比例之外,木耳和黄花菜下锅的时间也可重要,啥都要恰到好处。你说是吧?”

李慈民冇接李老鳖一的腔,用木勺子在汤锅里搅了搅,一边往碗里盛汤,一边捞着汤锅里的木耳,说道:“老爷子,你这辈子干错了行,你要是支个汤锅,祥符城里谁家的汤锅都挺不住你。”

李老鳖一轻叹了口气,瞅着李慈民手里的木勺子感叹道:“我要是真支了口汤锅,别管好孬,也不至于落到这五十岁出头,还要去颠沛流离……”

李慈民把盛好的一碗汤，端到了李老鳖一跟前，还想说点啥，瞅见已经陆陆续续开始上人，只好忙着去给别的喝家们盛汤去了。等到李慈民安顿住了几拨喝家之后，又压汤锅里捞出半碗木耳，准备送到李老鳖一汤碗里的时候，木桌子上只剩下了李老鳖一喝罢的空碗，和一枚铜板，抬眼望去，李老鳖一已经走进了黑墨胡同。直到这时候，李慈民才突然意识到，这两天银号里来喝汤的职员少了，也冇平时那么规律，不会是又有啥事儿了吧？李老鳖一今个穿的那身浅色新大褂和说话的神态，又浮现在李慈民眼前。李慈民决定收摊儿后，去银号找找李老鳖一，问问他到底出了啥事儿。

晌午头，李慈民刚腾出空，解下腰间的围裙，正准备进黑墨胡同去银号找李老鳖一，他的那个孬蛋儿子，匆匆朝汤锅走来。

李慈民："你咋来啦？"

李孬蛋："还有汤冇？爸。"

李慈民："锅里掉个底儿（剩一点儿）。"

李孬蛋："够我喝就中。"

"我问你，咋这会儿来了？"李慈民一边给孬蛋儿子盛汤一边问，"今个咋不穿军服？你还是穿军服支棱，不穿军服还是像个小蛋罩（小男孩儿）。"

李孬蛋："本来就是个小蛋罩。"

自打儿子跟着艾三干以后，见天一身军装绑在身上，李慈民就爱看儿子穿军装的模样。别看儿子年纪小，军装穿在身上支支棱棱的，走起路来也显得有模有样，显得老成，遮盖了小蛋罩的特点，特别是压清平南北街上走过的时候，街两边的老门老户，都会向他儿子投去羡慕的眼神。用沙二哥的话说，这个小蛋罩一穿上国军的军装，到嘴边骂他爹的话都咽了回去。沙二哥爱骂人，对他喜欢的人最亲近的表达方式就是骂，如果哪一天见到跟自己不外气的人，沙二哥不骂了，反而会让那个人感觉到不自在，心里会掂算，有啥地方得罪了沙二哥。李孬蛋冇穿军服之前，沙二哥每次遇见他，称呼一准是“蛋罩孩儿”，自打这个蛋罩孩儿穿上军装当上了国军，沙二哥嘴里的“蛋罩孩儿”变成了“乖乖儿”。这个乖乖儿有眼色也有礼数，不管在哪儿碰见沙二哥和清平南北街上的长辈，都是俩腿一并，抬起右手敬一个标准的军礼，嘴里说出一句“爷们儿好”。清平南北街上的老门老户，也经常摇着脑袋发出感叹：李慈民这货，哪辈子烧了高香，每章儿恁孬个儿子，眼望儿人模狗样的。老门老户们都清亮，物以类聚，人以群分，艾三看中李慈民这个儿子，将他收为爱将，也正是因为这孩儿压小就憨大胆，心狠手辣，要不艾三也不会把搦死四面钟老日岗哨的活儿，交给这个李孬蛋。把话说回来，章兴旺被吓窜，主要也是摊为这个李孬蛋。

虽说年纪不大的李孬蛋，穿上了国军军服，却跟艾三一样，除执行任务之外，每天都回家住。这些日子，自打能听到祥符城外的炮声，李孬蛋已经好几天冇回家了，李慈民知儿子很忙，并冇太在意，今个身穿便装的儿子，大早起跑来喝汤，一定是另有原因。

李慈民把盛好的汤搁在儿子面前：“乖，吃啥？菜角还是油饼？还是馍？”

李孬蛋：“都要。这顿吃罢，下顿哪个点儿吃还不知呢。”

李慈民把菜角和油饼，还有一个蒸馍，拾进小竹筐里，搁到儿子面前，问道：“今个为啥换了行头，能说说不？”

李孬蛋接过汤碗，呼啦啦喝了两口，说道：“爸，喝罢汤我得去那儿。”他用嘴向黑墨胡同里面努了努，然后使筷子叨起小竹筐里的菜角咬了一大口。

李慈民不解地朝黑墨胡同瞅了一眼，继续问：“去哪儿啊？”

李孬蛋大口嚼着菜角，又呼噜呼噜喝了口汤：“俺三叔给我派了个活儿。”

李慈民：“啥活儿？黑墨胡同里头能有啥活儿？”

李孬蛋警觉地朝四周瞅了瞅，压低声音说道：“黑墨胡同里头有解放军。”

李慈民顿时也警觉起来,低声问道:“有解放军?黑墨胡同里头咋会有解放军?”

李孬蛋:“这儿说话不方便,回头咱回到家,我再跟你说吧。”

李慈民仍旧有点不死心,继续问道:“咋回事儿啊,黑墨胡同里头咋会有解放军啊?信昌银号里吗?”

李孬蛋把话题引开:“爸,你是不是该收摊儿了?拾掇拾掇回家歇吧。”

儿子不想说,李慈民也就不再问,对儿子说道:“这不是正准备收摊儿,你来了嘛。等你吃罢我就收摊儿,收罢摊儿我还要去一趟信昌银号。”

李孬蛋一怔:“你去信昌银号弄啥?”

李慈民:“你不告诉我,我也不告诉你。”

李孬蛋:“爸,我去信昌银号是有正事儿。”

李慈民:“我去信昌银号也冇邪事儿啊。”

李孬蛋冇再说啥,三口两口呼啦完碗里的汤,把最后一小块油饼塞进嘴里,站起身对李慈民说:“爸,我就问你一句话,咱家在信昌银号里存的有钱冇?”

李慈民:“有点儿,咋啦?”

李孬蛋:“有多少?”

李慈民:“卖汤的钱,不多。这不是守着银号,图个方便嘛。”

李孬蛋:“别管多少,待会儿你把钱全部取出来,记住,不要再存到任何一家银号,就放在咱自己家里,一定要按我说的。”

李慈民:“为啥啊?”

李孬蛋:“别问为啥,你听我的就是。”

李慈民:“你这孩儿,有话就说,有屁就放,还跟恁爹背背藏藏的。”

“等我今个晚上回家再跟你说吧。”李孬蛋捞出腰间的毛巾,擦了擦头上的汗,说道,“咱家这汤真得劲,一喝就冒汗。”

就在儿子压腰间捞出毛巾的那一刻,李慈民瞅见了儿子腰里别着的小八音。

擦罢汗的李孬蛋把毛巾塞回了腰间，说道：“爸，我走了。记住我跟你说的话。”

李慈民瞅着儿子走进了黑墨胡同后，开始收摊儿，他一边干着手里的活儿，一边琢磨着儿子刚才说的话，尽管儿子冇把话挑明，但是他似乎已经感觉到了信昌银号的不妙。不管自家在那里存的钱有多少吧，这一点他可清亮，虽说儿子还是小蛋罩，但吃的是官饭，按儿子说的去做，冇错。

按照每天的习惯，收罢了摊儿的李慈民，先到寺后街的澡堂子里泡了个澡，在下午四点来钟，他压澡堂子里出来以后，才慢达似游地去了信昌银号。让李慈民感到奇怪的是，今个的信昌银号大门紧闭，一块“盘点”的牌子竖立在大门一侧。他心想，不该啊，信昌银号跟其他银号不一样，从来不在白天盘点啊。这家银号的营业时间，也跟别的银号不一样，这是祥符城里唯一一家晚上十点以后才打烊的银号，盘点的时间也都是在晚上。祥符城里的官太太们，和那些不愿意露富的主儿，都爱在晚上来信昌银号存钱取钱，尽量避免被别人瞅见，正是因为信昌银号有着这种与众不同、能为达官贵人避嫌的功能，才招揽了一些与众不同的储户。

李慈民扒着信昌银号一楼窗户上的铁栏杆，往玻璃窗里头瞅着，只瞅见银号内，那些穿大褂的职员都在忙碌，隔着窗户都能听见楼里面算盘打得噼啪乱响。他挨着一楼窗户的铁栏杆，一连看了好几扇玻璃窗户，想找到李老鳖一，可几个玻璃窗户瞅过来，也冇见里头有李老鳖一的身影。李慈民是想先找到李老鳖一，询问一下情况之后，然后再把自家存在银号里的那百十块大洋取走。

正当李慈民在窗户外面，还在为信昌银号大白天关门盘点疑惑不解的时候，他的肩膀头被人轻轻地拍了一下，他扭脸一瞅，是寺门白家的四哥白宝钧。

李慈民：“四哥……”

白宝钧：“瞅啥呢？”

“我还奇怪,咋冇瞅见一个熟人呢。”李慈民上下打量着眼前的白宝钧,问道,“四哥,你不是这儿的襄理吗?”

白宝钧:“咋?你不知吗?这儿的襄理已经换罢人了。”

李慈民:“我知,换成李老头儿了,那你这是……”

白宝钧也打量着李慈民,问道:“先别问我的事儿,你先回答我,跑到这儿来弄啥?”

李慈民支支吾吾地:“冇,冇,冇弄啥……”

白宝钧:“说瞎话,冇弄啥扒着个窗户往里头瞅啥呢?”

李慈民:“我,我就是瞅瞅李老头儿在不在。”

白宝钧:“找他啥事儿?”

李慈民又支支吾吾起来:“冇,冇,冇啥事儿……”

“中了,别再绕了,是不是听到啥消息,想把你存在这里的钱取走啊?”白宝钧笑了笑,又在李慈民的肩膀头上拍了一下,“我冇说错的话,当初是李襄理让你把钱存在这儿的吧?”

李慈民:“你,你咋知?”

白宝钧:“我咋知,别忘了,我也在这儿做过襄理。虽说眼望儿被李先生取代了,说句难听话,这信昌银号里头的人,谁吃几个馍,谁喝几碗汤,我还是门清。我要是冇猜错的话,这一会儿,你要找的那个李襄理,已经跟着信昌银号的总经理,坐在去南方的铁皮车上了。”

李慈民略带惊讶地:“他走了?”

白宝钧:“他不走在这儿等死吗?”

李慈民大为不解:“等死?等啥死啊?”

“咱俩别在这儿说。”白宝钧又拍了一下李慈民的肩膀头,“走,咱离这儿远点儿。”

李慈民跟在白宝钧的身后,朝书店街的方向走去,白宝钧一边走,一边把一个李慈民最不愿听到的事实告诉了他。

白宝钧说,自民国三十七年以来,全国战事变化日亟,人民军队势不可挡，极有马上拿下祥符城的可能。此时的信昌银号，倒不是为国民政府担心，一帮股东心里都在窃喜，巴不得国民政府赶紧完蛋，只要改朝换代，江山变色，所有堆积在银号的疑难问题，都可以一风吹了。于是，借着这个时机，股东们一致同意银号疏散资金，将银子转移到江南和四川等地，并将银号内的那些秘密账册，能销毁的全部销毁，不能销毁的档案账簿，由专人携带运往南方。那些居心不良的股东，为了混淆视听，浑水摸鱼，把持财产，杜绝后患，在把真账册付之一炬之后，又让银号夜以继日加班加点，制造出了假账册来以防后患。李老鳖一此次就是跟随着总经理，带着那些不能销毁的档案账簿，一起离开祥符去了南方，李老鳖一是总经理认为最能信得过、靠得住的人，才让他跟着去了南方。

听罢白宝钧的这一番话，李慈民彻底傻眼，张嘴说不出话来，但是，与此同时他也不由暗自庆幸，不管咋着，当初他把汤锅赚的钱存在信昌银号也就一百来块大洋。尽管被吓出一身冷汗，在深感庆幸的同时，李慈民心里也在狠狠骂着李老鳖一："你个老鳖孙，这要不是自己留个心眼儿，冇把卖汤赚的钱都存在信昌银号里，俺全家非得上吊不中。"想到这儿，李慈民嘴里不由自主地说了一句："怪不得……"

白宝钧："怪不得啥啊？"

李慈民："今个俺儿来喝汤的时候，也让我赶紧把存在信昌银号的钱取出来。"

白宝钧疑惑地瞅着李慈民："恁儿？他咋会知信昌银号的事儿？"

李慈民摇了摇头："反正听俺儿的话音儿，好像他已经知道信昌银号不保把了。"

白宝钧蹙起眉头，说道："慈民，我跟你说的这些事儿，目前社会上还冇人知，我就奇怪，恁儿咋会知的呢？"

李慈民："俺儿只是让我把钱取出来，别的啥也冇说。"

白宝钧思索着："恁儿是艾三的手下，难道说，军统也在操信昌银号的心？"

李慈民："操不操心我不知，反正俺儿今个穿着便服，腰里揣着小八音，喝罢汤去了信昌银号。执行啥任务我不知，但我瞅他那模样，就好像信昌银号里头有共产党似的。"

听罢李慈民说这话，白宝钧神色有点慌乱，对李慈民说道："中了，弟儿们，咱俩不能再喷了，我还有点急事儿要去办……"

还有等李慈民再开口，只听见不远处的街面上有人歇喝了一声："白叔！"

李慈民抬眼一瞅，街面上那个歇喝着叫白叔的人，不是别人，正是儿子李孬蛋。

"说曹操曹操到。"李慈民一把捞住了正准备走的白宝钧，说道，"你多少天冇见过俺家孬蛋了吧，瞅瞅这个货，是不是又长大了一点儿。"

白宝钧打量着走到跟前的李孬蛋，轻轻地摇着头，冲李慈民说道："你要不说，我还真不认识了，这货真是长大了。"

李慈民："可不，你压清平南北街搬走的时候，他才七八岁样子，这都多少年了。"

白宝钧上下打量着站在面前的李孬蛋，他把目光停留在了李孬蛋鼓鼓囊囊的腰间，他知那里面别着一把小八音。

李慈民对儿子说道："我去信昌银号了，正好碰见恁白叔，俺俩正说取钱的事儿呢。"

李孬蛋："咋样？"

李慈民："这不，恁白叔给我交了底儿，钱恐怕是取不出来了。"

"让俺白叔帮忙也取不出来？"李孬蛋俩眼紧紧盯着白宝钧。

李慈民："恁白叔已经不在信昌银号供职了。"

"怪不得，上午我也去了，瞅了老半天，也冇瞅见俺白叔的影儿。"李孬蛋俩眼依旧紧紧盯着白宝钧，把白宝钧盯得浑身不自在。

白宝钧对李慈民说道："恁爷俩我就不奉陪了，我还有事儿急着要办，改天我去清平南北街的时候，咱们再喷吧。"说罢转身就要走。

李孬蛋伸手把白宝钧捞住:“别走啊,爷们儿,咱爷俩还冇说说话呢。”

白宝钧:“我真的有点急事儿,还有人等着我呢,空闲,空闲了咱爷俩再说话。”

李孬蛋板着稚嫩的面孔,十分严肃地问:“谁等着你啊?爷们儿,不会是你一伙的吧?”

李慈民瞅着儿子有点不对劲,把脸一整,说道:“咋跟恁叔说话呢,冇礼数了不是!”

李孬蛋:“爸,你先别急,不是我冇礼数,今个见不着俺白叔也就罢了,既然见着了,我咋能轻易让俺爷们儿走呢?今个我要是让他走了,从今往后,我今个穿在身上的这身盘扣粗布衫,恐怕就脱不下来了。”

李慈民一头雾水:“啥?啥意思?”

李孬蛋:“这还不明白?我是说,今个碰见俺白叔,我就不能让他走,要是让他走了,我那身穿着恁都说可展样的军服,就再也穿不上了。”

儿子的这句话让李慈民一下子清亮了,他惊讶地瞅着白宝钧。此时此刻的白宝钧,也十分清亮自己的处境,他低头想了想,然后抬起头对李慈民说道:“慈民,咱都知儿子是在端谁的饭碗,我不能为难儿子,把儿子的饭碗砸了。恁看这样中不中,我可以跟儿子走,走之前我想提个小小的要求,总可以吧,咋着咱都是一条街上的老熟人,谁都把谁的底。”

听罢白宝钧这番话,李慈民把目光转向儿子李孬蛋,他心里清亮,白宝钧不管提啥样小小的要求,自己说了不算,儿子说了算。但有一点他心里已经清亮了,儿子今个冇穿军服穿便衣,就是冲着白宝钧来的。

冇错,在临近晌午头的时候,艾三给李孬蛋派了个活儿,让李孬蛋去一趟信昌银号,军统祥符站有情报说,信昌银号的前襄理白宝钧有共产党的嫌疑。原先艾三打算亲自去的,后来一想,白宝钧只是有嫌疑,自己去有诸多不便,白家是清平南北街上的老门老户,一旦搞错了,自己脸上不好看。于是,艾三就派李孬蛋去,穿上便服动静不大,关键是李孬蛋能认准白宝钧,而白宝钧却不一定能认准李孬蛋,虽说都是街坊,但白宝钧在清平南北街住的时候，李孬蛋还是个孩子，现如今长成了大人，白宝钧也不一定能认得出。再一个就是，就凭李孬蛋的身手，单挑抓回个白宝钧不在话下，即便是抓错了，自己再出来圆场也好办。李孬蛋接受任务临走之前，艾三对他嘱咐道："战事吃紧，祥符城里银号都跟着吃紧，信昌银号是有来头的，一定会留有后手，可别小看这些玩金融的，他们玩的花招不比咱军统差，他们会让那些储户打碎牙往肚子里咽……"别管白宝钧是不是共产党，艾三的这几句话却让李孬蛋暗自吃惊，艾三的言外之意不就是，别管战事谁胜谁负，银号亏损不亏损，真倒闭还是假倒闭，都可以拿当前的战事来说事儿，正因为艾三的这句话，李孬蛋才在喝汤的时候提醒他爹，把家里存在信昌银号里的钱取出来。

李孬蛋在他爹的汤锅喝罢汤之前，就去了信昌银号，敲开总经理秦昆生的房门后，直接亮明了身份。虽然李孬蛋看上去还是个孩子，总经理秦昆生却不敢怠慢，把白宝钧在信昌银号任职期间的点点滴滴认真回忆了一番，当说到为什么聘用李老鳖一替换下白宝钧的时候，总经理秦昆生讲出的理由，让李孬蛋在心里做出了判断。总经理秦昆生说，一年前，信昌银号鉴于西北为产麦地区，必有利可图，于是就在西安开设了面粉厂。为了配合管理，白宝钧主动要求，去了西安信昌银号的分号，待了一段时间，没想到，就是在这段时间里，本该盈利的面粉买卖，反而让信昌西安分号赔了本。于是总经理秦昆生亲自跑到西安调查，结果发现，面粉厂收购麦子的数量和价钱与经营的价格不符，其中有近三千斤的落差，而这近三千斤去了哪里谁也不说清。经过秦昆生一番细致入微的调查后，令人大吃一惊，那近三千斤的落差价便宜了一个姓胡的陕甘宁商人，不言而喻，谁都知陕甘宁那是个啥地方……水落石出之后，白宝钧一脸委屈地向秦昆生解释，说自己也是被那个姓胡的骗了，吃了个哑巴亏，不得不做了假账……

当总经理秦昆生讲出这件事儿后，李孬蛋立马做出了要抓捕白宝钧的决定，他询问白宝钧现在何处？秦昆生告诉他，自打把襄理的位置让给李老鳖一之后，白宝钧基本上是三天打鱼两天晒网，每周也就来银号点儿次卯。因是一起创办信昌银号的老人，秦昆生依旧发他银饷，他干活儿却已经是有一搭冇一搭，遇见人手不够的时候，他也会很自觉按点儿上下班。用总经理秦昆生的话来形容，白宝钧目前在信昌银号的状况就是“大年三十打只兔，有它冇它都过年”。

这两天信昌银号加班造假账，总经理秦昆生冇让白宝钧参加，是怕在这个节骨眼儿上白宝钧装孬，把银号资金转移的底儿给泄露出去。不让参与盘点，白宝钧起了疑心，他意识到，银号突然盘点，其中必有文章。这些从事金融行当的人心里都可透亮，对时局的变化最敏感的行当就是金融，像白宝钧这样的老江湖，且不说他是不是共产党，也且不说他是不是大年三十能打着的那只兔，有它冇它这个年反正都过不成了。倒不是摊为怕白宝钧泄露银号的私密，而是摊为总经理秦昆生在心里已经做出了判断，白宝钧的真实身份——共产党。

冇错，白宝钧的确是共产党，他是在接到指令后，才回到挂出盘点牌子的信昌银号一探究竟。他刚到银号门口，就瞅见了扒着窗户正朝里面张望的李慈民。当白宝钧拉着李慈民来到书店街上的时候，又恰巧被李孬蛋瞅见。

白宝钧向李孬蛋提出的那个小小要求，是在李孬蛋把他带走之前，他仨先去鼓楼街上的王大昌茶庄，喝一杯今年的新茶，李孬蛋冇接腔，脸上的神情显然是一副不答应。

“咋？这么一点面子也不给恁叔？”白宝钧把目光压李孬蛋的脸上转到了李慈民的脸上，“慈民，民国二十六年，也就是全国抗战开始那年，你要去西边做啥买卖，当时祥符城的大小银号，都在限制取钱的额度，你取出的钱不够数，找我借钱的时候，我连个磕都冇打，压家里给你取了二十块大洋，有这事儿吧？”

李慈民怔怔地瞅着白宝钧，点了点头。

白宝钧：“还有，民国二十九年……”

“中了中了，别说了，我啥都清亮。”李慈民抬手制止白宝钧，不让他再往下说，随后把脸转向李孬蛋，“孩子乖，咱祥符有句老话，‘亲不亲，钱上分’，我向恁白叔借钱，不管啥时候，恁白叔都冇打过磕。我不管恁白叔有啥不得劲的事儿，他就是得罪了老天爷，跟我也冇一两银子的关系，别说他提出个小小的要求，他就是提出个大大的要求，咱也得满足他。这叫人物对人物，咱不兴不人物，更不能忘恩负义！”

李孬蛋瞅他爹那个要恼的样子，也不敢再说啥，他心里可清亮，今个真要是把白宝钧带走，一旦确认他是共产党，后果真还不好说。白宝钧要是有个啥三长两短，就是把寺门的白家彻底得罪，搞不好在清平南北街都混不下去。那条街上的老门老户，他们格外讲人物不人物，用沙家二叔的话说，当汉奸冇法儿拆洗。

在一边已经不耐烦的李慈民，催促着儿子李孬蛋：“咋不说话啊？说话呀你，是不是觉得，在恁三叔跟儿交不了差？”

李孬蛋又憋了好一会儿后，抬起眼紧盯着白宝钧，直截了当地问道：“白叔，你要是条汉子，就跟小侄儿直说，你是不是共产党？”

白宝钧平静地回答道：“是，我是共产党。”

李孬蛋长舒了一口气，平静地说道：“中了，我要的就是这句话。”

吃惊中的李慈民瞅着儿子的脸问道：“咋着，你要绳他吗？”

李孬蛋：“绳不绳我说了不算。”

李慈民：“谁说了算？恁三叔？”

李孬蛋俩眼盯着他爹：“俺三叔说了也不算。”

李慈民不解地：“那谁说了算啊？”

李孬蛋：“俺爹你说了算。”

李慈民和白宝钧都愣住了。

11.“恁都是掂枪的人，我要不让恁喝汤，那不是‘老鼠日猫——找死’。”

李孬蛋满足了白宝钧小小的要求，他爷俩跟着白宝钧去到鼓楼街的王大昌茶庄，喝了几杯今年的新茶“清香雪”之后，各自离开。白宝钧去哪儿，他就是不说李家父子也知，估计是离开了祥符城。临走之前，白宝钧对李家爷俩说，让他们要有个思想准备，共产党很快就会拿下祥符城，尤其是跟着艾三干的李孬蛋，小小年纪，要尽早把后路想好，最好是不要再穿国军那套军装，别让家里人操心，还是跟着他爹支汤锅保把。

就在李孬蛋放了白宝钧之后有两天，祥符城外的炮声再次响起，这一回的炮声要比前几回炮声响得多，整个祥符城都在炮声中抖动，炮声的方向是在南边。

一早，去朱仙镇办事儿回来的石老闷，来李慈民汤锅喝汤时说，说夜个他在朱仙镇已经瞅见了共产党的先头部队。虽然人数不多，但他估计要不了一两天时间，共产党就会打进祥符城，到时候，李慈民支在黑墨胡同口跟儿的汤锅，恐怕就要支不成了。

李慈民斜愣着眼瞅着石老闷，满脸不在乎地：“为啥支不成？那年老日打进祥符城的时候，咱不是该弄啥还弄啥嘛。”

石老闷：“你听听这炮声，别发迷了。”

李慈民：“咋啦？咱小老百姓，支口汤锅碍谁的蛋疼了？不管是谁，都得喝汤。”

石老闷：“不一码事。共产党是中国人，就是不懂汤，他懂人。”

李慈民：“懂人？啥意思啊？”

石老闷：“啥意思那还用问吗？恁家孬蛋是弄啥的？明白了吧。”

李慈民：“俺儿是国军不假，总不能摊为俺儿是国军，他爹就不能支汤锅吧，祥符城里在国军供事的人多呢，又不像章兴旺那样，跟老日勾结，是汉奸，俺儿一小点儿就打日本人，咋？他爹就不能支口汤锅了吗？”

石老闷：“我的意思是，中国人跟老外不一样，中国人更把中国人的底。”

李慈民：“把底就把底呗，谁吃几个馍喝几碗汤那也是有数的。俺儿跟着艾三混不就是为了混口饭吃，那有啥，裹不着大惊小怪的。大不了我让俺儿把国军的布衫一脱，解放军进了城，我就让俺儿跟着我一起支汤锅，日子照样过，冇啥大不了的。”

石老闷：“依我看，恁儿那身国军布衫，要脱早点脱，别等到解放军进城之后再脱。”

李慈民冇再吱声，手里盛汤的木勺子在汤锅里慢慢游逛着。其实，石老闷这番话的意思，夜个晚上他已经跟他儿说起了，孬蛋的意思是，要等艾三的决定，艾三不发话，谁也当不了家。别看孬蛋岁数不大，某些方面跟艾三可像，孬归孬，却很讲义气。孬蛋说，目前的艾三也处在矛盾之中，知道共产党来了自己会是个啥样处境，不会有好果子吃，但艾三的何去何从，要由艾大大来决定，艾大大不愿意离开祥符的话，艾三也就走不了。用艾三的话说，走与不走各有利弊，走了可以暂时保命，但前途莫测；不走，危机四伏，但心里踏实，毕竟守着老娘和一座熟悉的城。

李慈民决定，晚上等儿子回家后仔细再商量一下，共产党要得天下的劲头已经势不可挡，不能把自己的命运跟艾三绑在一起，孬蛋跟艾三可不一样。别看他穿着一身支支棱棱的国军军装，咋说还是个乳臭未干、处世不深的小蛋罩，在国军里也挂不上个号，进退的余地很大，除了清平南北街上的人之外，有几个人知他是国军。用艾三的话说，孬蛋虽然端着国军的饭碗，身份还属于编外，也就是说，别看穿了身国军布衫耀武扬威的样子，军统的花名册里冇李孬蛋的名字。想到这儿，李慈民心里一下子就踏实了许多。

别说，自打听见城外解放军的炮声，汤锅的生意确实冇以前好了，除了那些铁杆儿认锅的喝家，每天照常来喝汤，走过路过的散客确实减少了许多。每章儿汤锅收摊儿都是在晌午头过罢，眼望儿不到晌午头基本上就冇啥喝家了，尤其是信昌银号的那些喝家，自打银号挂牌盘账以后，也见不着他们的人影。这条以往白天可热闹的黑墨胡同，突然变得冷清，只是偶尔能听到胡同深处传来储户撂出的高腔：“啥时候能盘点完啊？”每当听到储户撂着高腔的询问，李慈民都会用一种认命的表情默默地摇头，心里在说：“摧死人不偿命吧，解放军啥时候进城，啥时候就盘点完了……”

石老闷喝罢汤走了以后，李慈民摊为心里有事儿，也不想等到过罢晌午头再收摊儿，于是就开始收摊儿，他把锅里剩余的汤分给了一群衣衫褴褛、守候在摊儿旁边的叫花子，把桌凳摞在路边的棚檐下，用铁链子套牢锁住后，挑着俩空木桶回家了。

心神不定的李慈民回到家，一直等到吃罢晚饭，也冇等到儿子孬蛋回家。天已经渐渐黑了下来，这时，南边又响起隆隆的炮声，这炮声让李慈民有点惶惶不安。他压自家的房子里走出来，站在当街瞅着南边那随着一阵阵爆炸声泛红的夜空，他不由得为儿子担起了心，与此同时他也下定决心，等儿子孬蛋回来，不管愿不愿意，他都要让儿子脱掉那身国军军服，从今往后安安生生过平头百姓的日子，就凭自己手里有独一份的印度胡椒，别管祥符城又变成谁的天下，支起口汤锅就饿不死人。想到这里，李慈民的心似乎又放宽了许多。

可是，整整等了一晚上，儿子李孬蛋也冇回家。这一夜，李慈民两口子在床上辗转，备受煎熬，两口子相互安慰着，都在替儿子往好的方面想，并达成一个共识，儿子不回家也冇事儿，那就是跟着国军离开了祥符。这样也好，可以免遭危险。打仗嘛，就是拉锯，你拉过来，我拉过去，不定谁占上风呢。

天快明的时候，隆隆的炮声再次响起，冇多大一会儿，祥符城里枪声四起，李慈民紧忙压床上爬起来，把夜个晚上熬好的汤装进木桶里，挑起木桶和一筐碗筷，在老婆一路的埋怨和叨叨声中，在越来越密集的枪炮声中，两口子就奔了书店街。

像往常一样，李慈民两口子来到黑墨胡同口跟儿，把煤火炉子点着，支上铁锅，把事先熬好的汤倒进去，然后打开用铁链子拴住的桌子板凳，摆放好，就等着天明之后喝家们的到来。李慈民对一直哭丧着脸的老婆说："有事儿，老日打进祥符城的那天早起，不也是该咋着咋着嘛。不用担心，该吃吃，该喝喝，啥事儿别往心里搁。还是那句话，别管遇到啥事儿，咱小老百姓都是该死不能活，该瞎不能瘸，祥符人不会摊为打仗就不喝汤了。"

天大亮起来，让李慈民不解的是，整条书店街上瞅不见啥人，偶尔有人压汤锅前经过，也是匆匆忙忙的路人，难道那些喝家摊为打仗今个就真的不来喝汤吗？不会吧……

正当李慈民感到纳闷的时候，他老婆突然冲他说了一句："你快瞅那儿！"李慈民顺着老婆给他示意的方向朝南边一瞅，只见书店街南口，沿着街道东西两侧，有十来个扎着绑腿、全副武装的人，手里端着冲锋枪，贴着街两边的门面房，正小心翼翼地向书店街北边摸索前进。

李慈民瞪大俩眼仔细瞅了一会儿，惊讶地脱口而出："解放军！"

他这一声喊不当紧，吓得他老婆吓瑟着声音对他说："咱，咱还是赶紧窜吧……"

李慈民犹豫了一下，随后说道："咱还是坐这儿别动，咱要是一窜，有准解放军会朝咱开枪。"

两口子瞅着街两边全副武装的解放军警惕地朝书店街北头一点一点地摸索过来。此时此刻，李慈民满脑子里想的不是解放军会不会朝他们开枪，而是在想自己的儿子李孬蛋，他此时此刻会在哪儿？是跟着艾三他们一伙窜了？还是藏在了城里的啥地方？他心里暗自在祈祷，但愿儿子平安无事吧。

沿着街西边警惕前进的几个解放军，摸索到了黑墨胡同口跟儿，他们打量了一番坐在汤锅前一动也不敢动的李慈民两口子。这时，一个手里掂着小八音，皮肤晒得像个黑蛋皮，一看就是个领头的解放军，在汤锅前停住了脚,他在打量了一番李慈民两口子之后,把手里掂着的小八音放了下来。

“你们是干啥的?”领头的这个解放军操着外地口音问道。

李慈民用嘴朝支着的汤锅努了努。

领头的解放军凑到汤锅前瞅了瞅,问道:“这是什么东西?”

李慈民:“胡辣汤。”

领头的解放军:“这就是胡辣汤?”

李慈民:“你要是不信,我盛一碗你尝尝。”

领头的解放军冇吭气儿,眼里带着稀罕瞅着锅里冒着热气儿的胡辣汤。

另一个手里端着冲锋枪,个头瘦高的解放军,凑到汤锅前,勾着头瞅了瞅,又使鼻子闻了闻,然后操着一口河南腔,对领头的解放军说道:“嗯,冇错,连长,就是胡辣汤。”

领头的解放军朝四下瞅了瞅,问道:“老乡,我们在你这儿歇歇脚,可以吗?”

李慈民:“中,当然中,反正今个也冇生意。”

领头的解放军朝街东面的几个人招了招手,喊道:“都来这儿歇会儿!”

街东边的几个解放军战士跑过来后,一下子把李慈民的汤锅给围住。

瘦高个子解放军对领头的解放军说道,“这几个货都是河南人,瞅瞅,一个个那冇出息样儿,见了胡辣汤就走不动路。”

领头的解放军对瘦高个子解放军说道:“别说人家,你走动走不动路啊?”

瘦高个子解放军嘿嘿地憨笑着说道:“俺河南人都好这一口。”

“我当然知道你们河南人都好这一口。”领头的解放军把脸转向李慈民说道:“老乡,我们进祥符城的第一顿早饭就在你这儿吃了,行吗?”

李慈民爽快地:“当然中。”

领头的解放军:“咱把话先说在前头,吃归吃,钱没有,给你打个欠条。等我们在祥符安稳住了,一准把饭钱付给你,给个痛快话,用你们河南话说就是中不中吧。中,我们就吃;不中,我们就走。”

瘦高个子解放军:“连长,要是冇咱解放军,祥符城的老百姓还在水深火热中。再说了,俺河南人大方得很,喝碗胡辣汤算啥,有啥中不中的,你说这话就显得外气了。喝吧,我说中就中,保证中。”

此时,压恐惧中缓过劲儿的李慈民,斜愣着眼瞅着瘦高个子解放军,说道:“这是恁家汤锅啊,你说中就中?这汤锅是恁家的,你随便说中。”

瘦高个子解放军:“啥意思?你的意思是不中?”

李慈民面无表情地说道:“用俺祥符人的话说,吃饭打饭钱,住店打店钱,喝汤打欠条?俺是头一次听说,真要想喝汤恁就喝,恁都是掂枪的人,我要不让恁喝汤,那不是‘老鼠日猫——找死’。”

瘦高个子解放军冲李慈民把眼一瞪,厉声问道:“你骂谁呢?”

李慈民:“我谁也冇骂啊。”

瘦高个子解放军:“啥叫‘老鼠日猫——找死’,你这不是骂人吗?”

李慈民:“‘老鼠日猫——找死’是俺祥符的歇后语,老一辈少一辈都这么说。搁到喝汤这事儿上,意思就是,我要是不让恁这些手里掂枪的喝汤,那我就是‘老鼠日猫——找死’。”

瘦高个子解放军:“祥符人说话咋恁难听啊!”

李慈民沉着脸嘟囔了一句:“难听朝北听,越听越好听,恁要是不来,还听不着呢。”

瘦高个子解放军:“瞅你这副模样,是不愿意俺喝你的汤啊。”

李慈民:“汤谁喝都中,只要打钱。”

“说罢了,不打钱,打条!”瘦高个子解放军恼了,一把压李慈民的手里夺过盛汤的木勺子,“你的汤俺今个喝定了,来,弟兄们,拿碗,盛汤!”

“等等!”领头的解放军先制止住要强行盛汤的瘦高个子解放军,然后用平和的口气对李慈民说道,“祥符老乡,你刚才说的那些话,我都赞成,吃饭打饭钱，住店打店钱，包括‘老鼠日猫——找死’的歇后语。我要对你说的是，共产党的部队是正儿八经的部队，在条件允许的情况下，吃老百姓的饭都会打饭钱的。”

领头的解放军冲瘦高个子解放军：“先盛汤，喝完胡辣汤我给他打欠条。”

“遵令！”

瘦高个子解放军撂了一声高腔后，掂起木勺子，伸进汤锅里搅了搅，接过一个解放军士兵递上的碗，一碗汤还冇盛进碗里，就听见黑墨胡同里传来了一阵刺耳的枪响，随即那个正在盛汤的瘦高个子解放军中弹，一头栽倒在了汤锅旁边。

“卧倒！”随着领头的解放军一声高喊，那些正准备喝汤的解放军战士，瞬间扔掉了手里的空碗，全部卧倒在地面，吓得李慈民两口子也跟着趴在了地上，这时他们两口子发现，趴在地上那个领头的解放军，左胳膊也中了枪，满身血糊淋剌的。

这时，趴在地上的解放军士兵们，端起枪向黑墨胡同内还击，与此同时，那个领头的解放军，忍着左胳膊的伤痛，爬到了李慈民的身边，问道：“这条胡同里是什么地方？”

李慈民吓瑟着声音：“黑，黑墨胡同……”

领头的解放军：“黑墨胡同是什么地方，里面有啥？”

李慈民：“冇，冇啥，就，就有一个银号。”

领头的解放军：“啥银号？”

李慈民：“信昌银号。”

领头的解放军抬起冇受伤的右手，冲自己的手下做了两个手势之后，便忍着伤痛，站起身来，率领手下们，紧贴着黑墨胡同两边的墙根儿，一边射击，一边朝胡同里摸去……

待解放军的卫生兵赶到汤锅前的时候，瘦高个子解放军已经断了气。李慈民瞅着瘦高个子解放军被担架抬走之后，急忙对自己老婆说：“咱赶紧回家!”

李慈民的老婆瞅了一眼热气腾腾的汤锅,问道:“这锅汤咋办啊?”

李慈民吼道:“你个傻孙娘们儿,命要紧还是汤要紧,啥时候了,要汤不要命吗?!”

惊魂未定的李慈民两口子,回到清平南北街的时候,城里的枪声渐渐稀稀落落。

过罢晌午,李慈民决定返回黑墨胡同口跟儿,瞅瞅他的那锅汤是不是还在。当他走进书店街的时候,大轱远就瞅见,黑墨胡同口跟儿他的汤锅周围坐着许多解放军,他走到跟前一瞅,支在煤火上的那锅汤,还在冒着热气儿,熬干了许多,锅边厚厚一层被熬干的疙疤,汤锅下面的煤火已经奄奄一息。再瞅一旁的桌凳碗筷都还完好无损,冇使用过的任何痕迹。那些围坐在汤锅旁边的解放军,瞅见李慈民的到来,各个显得很平静,他们一边擦拭着手里的枪械,一边友好地冲李慈民微笑点头。

李慈民也不敢多说啥,草草收拾罢汤锅之后,就离开了书店街。在返回清平南北街的路上,他边走边在想,被打死在他汤锅前的那个瘦高个子解放军,一口汤冇喝到嘴里,就死在了汤锅前。与此同时他又在想,也不知自己那个孬蛋儿子,是已经离开了祥符?还是冇离开?不管离开还是冇离开,但愿都能平安无事。此时此刻的李慈民突然意识到,从今往后的祥符城,不可能再是别人的了,在那些一路上碰见他、并冲他微笑的解放军脸上,他看到了这个结论。

在清平南北街的北口,李慈民瞅见了行色匆匆压南口走来的石老闷。

李慈民:“老闷,弄啥去?”

石老闷停住了脚:“咦,我正说去找你呢。”

李慈民:“找我啥事儿?”

石老闷:“是三哥让我去找你。”

李慈民:“三哥?哪个三哥?”

石老闷怼了一句:“你说哪个三哥?咱这条街上有几个三哥?”

李慈民惊讶地："艾三冇走啊？"

石老闷四下瞅了瞅，压低嗓门说道："冇走，也走不了啦。"

李慈民也压低了嗓门："俺家孬蛋呢？"

石老闷："三哥说，恁家孬蛋夜个晚上，已经跟着国军走罢了。"

李慈民心里一块石头落地，随后接着又问："三哥为啥冇走？"

石老闷："你也别问他为啥冇走了，反正是冇走成。三哥说他出来不方便，让我找你问问，黑墨胡同口跟儿的汤锅，你准不准备再支下去。"

李慈民眨巴着俩眼，不解地问道："啥，啥准不准备再支下去？啥意思啊？"

石老闷："三哥的意思是，老蒋已经冇力再跟共产党争天下了，以后的天下肯定是共产党的了。如果你还是准备干老本行，去西边跑单帮，三哥他准备跟着你一起去西边，他的身份待在祥符城里太危险。"

听石老闷这么一说，李慈民清亮了，艾三这是要给自己留后路。别管他是摊为啥原因冇走，待在清平南北街对他来说依旧很危险，不定谁使个坏，到共产党那儿戳他一下，就冇他的好果子吃。

石老闷："你是咋打算的啊？"

李慈民冇吭气儿，心里在琢磨着啥。

"有啥说啥。"石老闷几乎有点猜到了李慈民的心事儿，说道，"你就跟我实话实说，咱俩之间冇啥不能说的。我也跟你实话实说，三哥对我不薄，艾家跟咱这条街上的人都有情有义，别人不知你还不知，没有艾家，你支在黑墨胡同口跟儿的那口汤锅，生意会恁好？再说句难听话，要不是国军，要不是三哥，能把章兴旺吓窜？你说是不是？"

李慈民："这个我认账。"

石老闷："认账就中，认账你就要在艾家不得劲的时候，帮三哥一把。"

李慈民："老闷，你说的这些理儿我都懂，我也不是个冇情冇意不懂礼数的人。只是，只是……"

石老闷："别吞吞吐吐的，有话就说有屁就放！"

李慈民想了想，对石老闷说道："好吧，既然你说了，有话就说有屁就放，我要是放了个臭屁，你也别见外，那也是压我肚子里出来的。"

石老闷："对嘛，朗利点儿。"

李慈民："前些年，我爱在外面瞎窜，挣点银子只是一方面，最重要的是，在外面自由自在，不愿意待在祥符这个城壳娄（小空间）里，抬眼低头都是那些熟脸。尤其是在咱清平南北街，好像离开吃就不说事儿，谁家的汤锅能置钱，谁家的汤锅不置钱，你腌臢我，我腌臢你，可烦。当然，在外面窜也有利有弊，跟支汤锅一样，窜对了地方就能置上钱，窜错了地方就置不上钱，还得赔钱，不管置钱还是赔钱，在外头窜，心里总是踏实不了。"

石老闷点头道："是这个理儿。要是再碰上点儿意外，还让人提心吊胆。"

李慈民："你说的冇错，就像老日打过来那一年，你去凹腰村买羊，谁能料到会出那事儿，幸亏是你命大，老天爷保佑你，才逃过那一劫，要不早就被水淹死在中牟个球了。"

石老闷："可不是嘛，要不是三哥在凹腰村支锅熬了那锅救命汤，淹不死，也得被饿死。"

李慈民："所以啊，我也把许多事儿给看透了，置钱不置钱只是一方面，能安安稳稳活着比啥都重要。钱这个东西，能置多多花，能置少少花，饿不死就中。我也算是四十岁的人了，二十多岁的时候不显，眼望儿是心有余力不足，再窜也窜不动了，想了一圈，祥符再不中，也是咱的家，守住家比啥都强。不管咋着，在外面窜了恁些年，手里还有点积蓄，干啥都不如守在家门口支个汤锅，赚多赚少另说，有口汤锅还是要比干别的买卖牢稳。"

石老闷："你的意思是不打算再往外窜了？"

李慈民："不是跟你说了嘛，要能窜动还说啥，要是我是俺儿那个岁数，能窜动，三哥俺俩搭着伴儿，我照顾着他，就凭三哥见多识广那么老到，不管去哪儿，俺俩都能酒肉豆腐汤。眼望儿不中了，说实话，年纪大窜不动只是一方面，还有一方面也很重要……”

石老闷：“啥？哪方面啊？”

李慈民俩眼朝四下里撒摸（看）了一圈，压低了嗓音：“我先问你，俺家孬蛋去哪儿了，三哥知不知？”

石老闷：“看你这话问的。你得去问三哥，我哪知三哥知不知啊。”

李慈民：“俺家孬蛋是三哥的手下，三哥恁大的角儿都冇窜，俺家孬蛋是跟着三哥混的，眼望儿却连个人影都瞅不着，就不说年龄，冇俺家孬蛋的消息，我也不可能再出去窜啊，你说是不是。”

石老闷想了想：“就这吧，我把你的想法转告给三哥，总而言之，你是不愿意再往外窜了，想过安稳日子。至于恁家孬蛋去哪儿了，我听听三哥咋说，一会儿我去恁家给你个音儿。”

“中中中，我等你的音儿。”李慈民又想起了啥，冲着已经转身要走的石老闷又说道，“你告诉三哥，如果他不想离开祥符，可以找个合适的地儿支汤锅，就凭咱手里的印度胡椒，在祥符城里还是独一份。”

李慈民回到家，压下午一直等到晚上，也冇等见石老闷来给他个音儿。上床睡觉前，早上受了刺激的老婆，心有余悸地劝他，明个还是不要出摊儿，万一黑墨胡同里头再有人打黑枪咋办？他老婆的意思是再等上两天，看看局势有没有变化。正在洗脚的李慈民，用手搓着脚盆里的脚丫子，头都不抬地说：“不出摊儿吃啥？坐吃山空吗？人的命天注定，该死脸朝上，死在祥符总比死在外面强吧。赶紧睡，明个出摊儿！”

李慈民嘴里是这么说，上了床后他根本就睡不着，翻来覆去，那个被打死的瘦高个子解放军，老是在他脑子里闪现。眼瞅着一个正准备喝汤的大活人，被打死在他的汤锅旁边，难怪他老婆对出摊儿那么怯气，甚至不想再把汤锅支在黑墨胡同口跟儿了。他脑子里很乱，胡想八想，又想到了艾三，为啥儿子孬蛋都不知窜到哪儿了？艾三为啥不窜？就不怕被解放军逮住？在把底的人眼里，艾三要是被解放军逮住，一准冇好，别说还敢待在祥符，就是跟着他窜到大西北，也是个碍噎（麻烦，碍事儿）。听寺门跟儿爱看报纸的封先生说,解放军占领全中国已经不在话下……李慈民想着想着,到出摊儿的时间了。

身边睡意蒙眬的老婆翻了个身,问道:“今个真要出摊儿啊?”

李慈民压床上爬起身来:“废话。咱该干啥还得干啥,要不然咱吃啥!”

一如既往,李慈民两口子按时按点来到黑墨胡同口,此时此刻的书店街上瞅不见一个人,两口子该弄啥弄啥,一直到锅里的汤开始咕嘟的时候,天光越来越亮,路面上稀稀落落出现了早起的行人。就在这时,书店街南面的鼓楼上,突然响起了大喇叭声,大喇叭里头在唱歌:“解放区的天是明朗的天,解放区的人民好喜欢,民主政府爱人民啊,共产党的恩情说不完啊,呀呼嗨嗨一个呀嗨……”

李慈民不满地嘟囔着:“呀呼嗨嗨个啥,别把来喝汤的人都吓窜喽……”

跟以往一样儿,只要枪炮声一停,祥符人该弄啥弄啥,尤其是那些熟悉的老喝家,即便是家里穷得快屌蛋精光,哪怕赊账,也不能少了这口汤。那些老喝家,压布衫口袋里掏出杂面馍,掰进热气腾腾的汤碗里,在他们的脸上,根本就瞅不见战争给他们留下的一丝恐惧。但是,这一回好像不大一样,祥符人脸上的表情除了固有的满不在乎,好像又增添了一层鼓楼上大喇叭里唱的那种“呀呼嗨嗨一个呀嗨……”

一锅汤,不到晌午头就快见底了,喝家们还是络绎不绝,正当李慈民两口子为此显得舒坦的时候,只见石老闷朝汤锅快步走来。

李慈民冲着石老闷大声说道:“你再来晚一步,连刷锅水都喝不上了。”

走过来的石老闷,并有坐到小木桌子旁,而是站在距离汤锅还有五六米的地方冲李慈民招了招手,神态显得有点儿紧张。

李慈民一瞅便知道了,慌慌张张而来的石老闷,不是来喝汤的,于是李慈民搁下手里的木勺子,走到了石老闷跟前,问道:“夜个晚上有见你去俺家,你是不是来告诉我三哥的事儿啊?”

石老闷把走到跟前的李慈民,又往一旁拉了拉,低声说道:“三哥被共产党抓走了。”

李慈民大惊:“抓走了? 恁快?”

石老闷:“你小点儿声中不中。”

李慈民立马压低了声音,问道:“咋回事儿? 你快说说。”

石老闷又把李慈民往路边上拉了一把,说道:“具体情况我也不大清楚,原先我是准备夜个晚上去找三哥的,家里有点事儿冇去成。今个一早,我刚压家里出来,马老六就冲着我招手,我去到他跟儿,他告诉我,夜个晚上,三哥被解放军五花大绑抓走了。”

李慈民有所不解地:“咋会恁快? 解放军咋会知三哥是国军? 咋会直接去他家里抓人?”

石老闷:“蹊跷就蹊跷在这儿。”

李慈民:“是不是有人点眼(告密,揭发)啊?”

石老闷:“我也觉得是。”

李慈民:“三哥孬归孬,可在清平南北街上跟大家伙的关系处得都不孬,不会是咱哪条街上有人故意装孬吧?”

石老闷:“难说。清平南北街咋啦? 照样人心隔肚皮。”

李慈民低头思考了片刻,说道:“老闷,我说句不该说的,你别介意,我知恁俩关系不错,那货也算是救过你的命。但是,如果怀疑是清平南北街上的人点眼,你说,最有可能是谁家的人?”

石老闷眨巴着俩眼瞅着李慈民,半晌冇吭声,但他心里可清亮李慈民指的是谁。

李慈民进一步说道:“那货可是知道三哥要收拾他啊……”

石老闷:“可是,可是……”

李慈民:“可是啥? 别可是,你仔细想想,我说的有点儿道理冇?”

石老闷:“有道理是有点儿道理,可是,可是那货不在清平南北街啊?”

李慈民:“不在清平南北街有可能,但他有没有可能在祥符呢?”

石老闷:“你的意思是说,他压外头回来了?”

李慈民:“我只是一个猜测,也可能不是他,祥符这地儿,水浅王八多,一切都很难说。不过有一点能肯定,三哥被抓,凶多吉少。”

石老闷嗯了一声,说道:“不过有一点儿你可以放心,那货真要是回来了,他也不敢把你咋着,他自己一屁股屎还擦不干净呢。”

李慈民:“明的他不敢把我咋着,暗的可就难说了……”

石老闷:“我想不会。”

李慈民:“那可不一定,虽然我跟他之间有杀父之仇夺妻之恨,在祥符城里,摊为支汤锅恨到骨子的家还少吗?”

石老闷:“他能把你咋着,还能使坏把你的汤锅给砸喽?他也不想想,他是摊为啥被吓窜的?俺俩虽然关系不错,他救过我的命,但我也得说实话,别管谁眼望儿在祥符得势,他都是一屁股屎,他都得夹着尾巴做人。”

李慈民:“他要是真在我这口锅上使坏,那倒也冇啥,大不了就是一口汤锅,我担心的是,他拿俺家孬蛋说事儿,俺家孬蛋是艾三的手下啊……”

石老闷:“艾三的手下又咋啦?祥符城里谁不知,恁家孬蛋是抗日英雄,在四面钟搦死过老日。”

李慈民叹道:“唉,此一时彼一时了,眼望儿是共产党的天下,他们已经不再隔意老日,用咱门口封先生的话说,共产党眼望儿最隔意的,是老蒋卷土重来……”

12.“不带馍的喝家才是真正的喝家。”

还真让李慈民给猜着了,在解放军拿下祥符的当天,一直冇敢露脸的章兴旺,就悄摸偷(悄悄,暗地里)地回到了祥符城,他冇敢直接回到清平南北街,而是藏在右司官口他老婆高银枝的杂碎汤铺子里。起先,当他压老婆嘴里得知艾三冇窜、还待在寺门家中的时候,他很费解,原因是艾三跟李慈民的儿子孬蛋可不一样，孬蛋还是个孩子，排气量（胆量）比起艾三差得多，共军占领祥符城，把孬蛋这号国军里的小蛋罩都吓窜，在国军里有头有脸的艾三，却还敢待在祥符，难道就不怕被解放军把他绳起来（抓起来）？但他很快就想透亮了，艾三冇窜的原因是艾大大冇法儿离开祥符。于是，章兴旺觉得报一箭之仇的时候到了。

章兴旺恨艾三的根儿，还是在李慈民送给艾家的那瓶印度胡椒上。要不是那瓶印度胡椒，自己也不会一门心思要支起一口能让人刮目相看的胡辣汤锅，尤其是想让清平南北街上的人心里闹和。当初摊为不让他在清平南北街上支杂碎汤锅，他被逼出了那条街，杂碎汤锅在那条街上居住的穆斯林的眼里，是破坏习俗，在其他人眼里是不入流，压他两口子把杂碎汤锅支在了右司官口以后，他心里始终埋藏着怨恨，杂碎汤锅咋啦？自打把杂碎汤锅支到右司官口之后，清平南北街上多少人去喝过，喝罢一抹嘴都冲他竖起大拇指说"中"。别管真中还是假中，清平南北街上的不少人去喝过他的杂碎汤，就在那些人喝罢都说好的时候，他满脸堆着得意微笑的同时，心里却在骂：卖尻孙，冇一个好货，当初支杂碎汤锅的时候，恁咋都说不中啊！

章兴旺除了有"人争一口气，佛争一炷香"的心理之外，他最大的心愿，还是想支一口正儿八经的汤锅，别管是羊肉汤锅，还是胡辣汤锅，在祥符人和清平南北街上的人眼里，才能算得上是一口名正言顺、底气十足、敲明亮响、不折不扣的汤锅。

费尽心机的章兴旺终于逮住机会，要报这一箭之仇，他不惜戴上一顶汉奸帽子，与老日做成了交易，偷偷向老日告密，揭发了李慈民孬蛋儿子是国军之后，才把印度胡椒弄到了手。起先，他是想把这口胡辣汤锅支在寺门的，后来一想，如果支在寺门，不光会把马老六得罪，还会得罪一大帮穆斯林。最终让他改变想法的，还是他担心，清平南北街上的老门老户，对他章家那种由来已久的成见，于是他才把目光盯准了书店街上的黑墨胡同，才有了与李慈民这一场你死我活的死掐。

在清平南北街上，章兴旺最怯气的就是艾三，当他听说共产党拿下了祥符城，艾三还冇窜的消息之后，他立马觉得报仇雪恨的机会到了。尽管自己跟老日合作，产生了那么一段见不得人的汉奸历史，就这他也要借着这次机会来消除艾三这个隐患，他不可能躲躲藏藏一辈子，老日被打窜了，只要能排除艾三这个隐患，自己谁都不怯。只要拿不出他当汉奸的证据，他就可以大摇大摆地在清平南北街上晃悠，他就可以名正言顺地再去和李慈民争夺黑墨胡同口跟儿的那口胡辣汤锅，即便是争不过，哪怕是两败俱伤，他也绝不能让李慈民好受。

别说，章兴旺这个孬招儿（坏手段）还真管用，尤其是在共产党刚得到政权的这个时段，祥符城里到处乱糟糟的，那些冇来得及逃离的国民党残余，和乘着混乱想占便宜的社会大孬蛋家，在祥符城里胡作非为，干点偷鸡摸狗的事儿也就罢了，竟然敢在光天化日之下，去抢劫暂时停放在书店街北口的军需物资，还把看守军车的解放军战士打成了重伤。这一下可把军管会给惹恼了，在祥符城里的各条主要干道上都张贴出告示，只要发现跟新政权过不去的暴徒，别管是国民党残余还是地皮流氓无赖，只要抓住，立即打头（枪毙）。也就是在这个当口，章兴旺让他老婆偷偷递到军管会的那封匿名举报信，起初并冇太引起军管会的重视，军管会觉得这封举报信很有可能是个人恩怨，后来，军管会负责调查举报工作的换了个新头儿，这个新头儿不是别人，正是解放军攻克祥符城那天早起，领着先头部队的士兵，在书店街上摸索前进的那个连长，此人因左胳膊受伤，冇随部队开拔，被组织上留在祥符军管会工作了。

这个解放军叫陈子丰，湖南人，虽然那天左胳膊中枪，到嘴的胡辣汤冇喝上，但他对黑墨胡同口跟儿李慈民的胡辣汤锅印象很深刻，若不是那口汤锅，他的左胳膊也不至于会挨那么一枪受伤，虽说伤势不重，冇要他的命，但他的那条左胳膊已经抬不起来，一直还缠着绷带。

陈子丰接手了军管会的举报工作，当他看到对李慈民儿子孬蛋的举报信时，一眼就被举报信开头的那行字儿给吸引住了，“黑墨胡同口跟儿卖胡辣汤的李慈民，他儿子李孬蛋，是国民党军官艾三的手下……”陈子丰一想，自己中枪受伤的地方，不就在黑墨胡同口跟儿的那口胡辣汤锅吗。或许正是被“黑墨胡同口跟儿卖胡辣汤的”给刺激住了。毕竟陈子丰当时为喝那口胡辣汤，自己胳膊受伤了不说，还牺牲了他的一名战士。

陈子丰看罢那封举报信后，决定下手调查举报信里提到的那口胡辣汤锅。他决定先不打草惊蛇，去书店街的黑墨胡同口跟儿摸摸底。于是，他换上了便装，来到了书店街的黑墨胡同口跟儿，恰巧碰上了压南方回来，好些天冇来喝汤的李老鳖一。

“来客了，给人家盛汤。”李老鳖一瞅了一眼在小木桌前坐下的陈子丰。

李慈民第一眼并冇认出，坐到小木桌子旁这个新来的喝家，就是解放军攻打祥符城那天早起，摸到书店街来的那个先头部队的领头解放军。陈子丰也不说话，端起李慈民给他搁在小木桌上的汤碗就喝了起来。

李慈民瞅见陈子丰是空着手来的，于是问道：“你要馍不要？”

陈子丰摇了摇头。

李老鳖一随口说了一句：“不带馍的喝家才是真正的喝家。”

李慈民感叹道：“话是这么说，咱祥符城里的喝家们，有几个不自己带馍的？你老说的冇错，真正的喝家，是你老这样的喝家，自己不带馍不说，不早不晚，还按时按点儿。用俺支汤锅人的话说，搭眼一瞅，你就是个老喝家。”

李老鳖一瞅了瞅陈子丰，说道：“这位可不像是个老喝家啊。”

李慈民：“你咋知？”

“老喝家，都是端起汤碗溜着边喝，嘴里还带着响，得有呼啦声儿，再烧的汤，进到老喝家的嘴里也看不出烧嘴。”李老鳖一又瞅了一眼陈子丰，对李慈民说道，“你再瞅瞅他，像个老喝家吗，汤进到嘴里，烧得他龇牙咧嘴，还一个劲儿地往汤碗里吹气儿。”

李慈民又瞅了一眼陈子丰，眨巴着俩眼，认可地冲李老鳖一点点头，说道："就是，压这上看，他不像是个老喝家。"

李老鳖一不单是个老喝家，还是个眼可毒的老江湖，他又搭眼瞅了瞅陈子丰，问道："伙计，你不是俺祥符人吧？"

陈子丰冇搭理李老鳖一，埋头喝着汤。

李慈民又眨巴着眼睛问李老鳖一："你老咋能看出他不是祥符人？我咋冇看出来啊？"

李老鳖一笑道："咱祥符人喝汤，不管啥季节，也不管穿啥布衫，喝舒坦了，一准解开布衫上的扣子，喝汤不是吃桌子（参加宴席），咋得劲咋来。你再瞅瞅这位，头上汗都被喝出来了，布衫的扣子还扣得严丝合缝。老杤冇猜错的话，这位喝家肯定不是咱祥符人。"

听李老鳖一这么一说，李慈民才开始认真打量起眼前这个喝家，越瞅越觉得眼熟，越瞅越觉得在啥地方见过面，他努力地想着。

此时，陈子丰把手里端着的汤碗搁在了小木桌上，扬起眼，一边用手擦着头上的汗，一边从容镇定地与李慈民对视着。

李慈民张大了嘴，瞪大了眼，他彻底回想起来了，于是他吓瑟着嗓音，说道："你，你，你是那个人……"

李老鳖一问道："恁俩认识？"

李慈民点着头，嗓音依然吓瑟："认，认识……"

李老鳖一："他是啥人啊？瞅把你给吓得。"

李慈民把带着惊讶的目光，转移到了陈子丰的左胳膊上。

李老鳖一对李慈民说道："瞅你这个样儿，恁俩好像不光是认识吧？"

这时，一直冇说话的陈子丰，开口说话了，声音很平静地说道："何止是认识，为喝这碗胡辣汤，还差一点要了我的命。"

李慈民用不可思议的眼神，打量着陈子丰这身扮相，问道："这，这位军爷，你这是……"

陈子丰："我咋变模样了是吧？"

李慈民点了点头。

陈子丰:“我这么跟你说吧,就是你这口胡辣汤锅,才把我留在了祥符,也算是天意吧。上次没喝上你的汤,这次让我来补上。”

坐在那里的李老鳖一,似乎已经感觉到了眼前这个喝家,不是一般二般的喝家,尤其压李慈民嘴里听到“军爷”俩字儿,他更加意识到必须马上离开这里,于是他站起身冲陈子丰拱手说道:“这位先生,你慢喝,慢聊,老朽还有事儿,先拔腿了。”

陈子丰随即拱手说道:“不好意思,老人家慢走。”

李老鳖一拄着手里那根明光锃亮的拐杖,走进了黑墨胡同,陈子丰的目光尾随着也进了黑墨胡同。

陈子丰:“看这位老先生的穿戴,不像是个一般人啊,他是……”

李慈民:“他是信昌银号的襄理。”

陈子丰默默地点了点头:“信昌银号……”

李慈民:“那天你被枪打中胳膊,恁解放军不是进黑墨胡同了吗,信昌银号就在胡同里的。后来我听说,恁还怀疑朝恁开枪的人就藏在银号里。”

陈子丰哼了一声,一语双关地说:“祥符城历史上有‘水城’之说,看来这里的水很深啊……”

李慈民冇去接陈子丰的话,而是始终不停地在打量着陈子丰。

陈子丰:“你老是看着我干吗?”

李慈民停顿了一下,谨慎地问道:“军爷,你今个这是……”

陈子丰马上就意识到了什么,说道:“你是不是看着我有点别扭?”

李慈民:“实话实说,你穿那一身比穿这一身精神,就是胳膊流血缠着纱布也可精神。”

陈子丰:“我知道了,你是想问我为啥换行头了,是吧?”

李慈民点了点头,说道:“你这一身,冇那一身瞅着顺眼。”

陈子丰:“知道我为啥换行头吗?”

李慈民摇摇头:“不知。”

陈子丰把目光又转向黑墨胡同深处："我今天换这身行头，是担心还穿那身行头来这里，会再挨上一枪，又喝不上你的这碗胡辣汤了。"

李慈民不敢吭声了，低着头把剩在锅底的汤，用木勺子一勺一勺掠进木桶里，开始收摊儿。

陈子丰："你先别急着收拾，用你们祥符的话说，咱俩喷喷，喷完再收拾不迟。"

李慈民停住手里的活儿："咱俩喷啥啊？"

陈子丰："喷喷你儿子。"

一听陈子丰提到儿子孬蛋，李慈民一下子就明白了，面前这个换上便衣来的解放军，他今个来这里的目的，不是奔着喝胡辣汤来的，而是奔着儿子孬蛋来的。

李慈民顿时有点儿上火，心里在想，反正自己也不知儿子在哪儿，才不怯，于是不带好气儿地说道："俺儿子有啥好喷的，要喷你去找俺儿，找我弄啥，我这儿只卖胡辣汤。"

陈子丰："子不教父之过，我不找你找谁？我要能找到你儿子，还来找你吗？"

李慈民更不愿意了："咋？你是不是觉摸着，你胳膊上挨的那一枪是俺儿打的？"

陈子丰："我可没这么说，你要这么说，是不是有点做贼心虚啊。"

李慈民："我冇做贼，心才不虚，我要是做贼心虚，我就不会还在这儿支锅摆摊儿。我说句不该说的话，我瞅着你倒是有点做贼心虚。"

陈子丰："我做啥贼，心虚啥了？"

李慈民："你不做贼心虚，那你换布衫弄啥？咋不穿着你军爷那件布衫来啊。咋？害怕黑墨胡同里还有人朝你打黑枪？胆儿也太小了吧，也不瞅瞅眼望儿的祥符城是谁的天下了。"

陈子丰："你的意思是说，我们共产党得了天下，天下就太平了？就没有小鬼小派了？贼心不死的多着呢。"

起初只是有点上火的李慈民，听罢陈子丰这么说，彻底恼了，他把手里的木勺子往锅里一扔，冲着陈子丰起了高腔："我知了，你今个是来问俺儿的事儿吧，那我就明人不做暗事，找俺儿你别来问我，去问艾三，俺儿是跟着艾三混的，俺儿去哪儿了，艾三最清楚，恁不是已经把艾三绳起来了吗，去问他呀！"

陈子丰也恼了，一拍小木桌："艾三要知道我就不会来问你！"

李慈民："问就问呗，还装扮成个喝汤的，装也有装像啊，搭眼一瞅你就不是个喝汤的人，你不是来喝汤的，是来装孬的！"

陈子丰轻蔑地一笑，说道："可让你给说对了，我又不是河南人，对胡辣汤没兴趣，只对你那个跟我们作对的儿子有兴趣！"

李慈民："俺儿咋跟恁作对了？你胳膊上那一枪又不是俺儿打的。"

陈子丰一拍小木桌子："我胳膊上这一枪，是国民党反动派打的！"

李慈民毫不示弱："国民党反动派打的，你去找国民党反动派，别来拍我的桌子！"

陈子丰："你儿子就是国民党反动派里的一员，我不找你找谁！"

李慈民："啥意思？不论理了是吧？你要是约莫着你胳膊上挨那一枪亏得慌，你也往我胳膊上来一枪，我知，你腰里别着小八音呢，今个你要是不往我胳膊上打一枪，错过这个村，可就冇那个店了！"

陈子丰涨红着脸："我们湖南有句话叫'爷有爷世界，崽有崽乾坤'，还有一句话叫'门板子挡不住，权扫把权不开'，你知道是啥意思吗？"

李慈民："恁的湖南话我听不懂，我也给你说两句俺的河南话，第一句叫'该死不能活，该瞎不能瘸'，第二句叫'压河南到湖南，难上加难'，反过来说就是，'压湖南到河南，反正都是个难'。今个俺是犯到你手里了，该死屌朝上，随你的便！"

此时此刻，在他俩互相撂着高腔的同时，李慈民心里已经明白，黑墨胡同口跟儿的这口汤锅，恐怕是要支不成了，今个来的这个解放军便衣南蛮子，是个小叫驴（暴脾气），已经跟自己较上劲了，别管他胳膊上那一枪是哪个国民党反动派打的，这笔账，都要算在黑墨胡同口跟儿李家的这口胡辣汤锅上。

在他俩互相撂着高腔的时候，围观的路人也越来越多，陈子丰一瞅，决定先撤离，他在临走时给李慈民撂下了一句话，大概意思就是：识时务者为俊杰，你要是想继续在黑墨胡同口跟儿支你的汤锅，你就去军管会，把你儿子李孬蛋的事情说清楚，共产党绝不会冤枉一个好人，更不会放过一个坏人，你李慈民是好人还是坏人，你自己最清亮！

陈子丰走了，围观的人也都散了，李慈民坐在已经收罢摊儿的汤锅旁边，半天也冇缓过劲儿来。这时，在俩男人互相撂高腔的时候，自始至终都冇说过一句话的李慈民老婆，坐到了李慈民身边，瞅着书店街上南来北往的路人，不轻不重地说了一句："有人装孬，汤锅别支了，咱还是搁家歇吧。"

李慈民冇吭气儿，他当然也想到是有人装孬，要不那个南蛮子解放军咋会知道儿子孬蛋是艾三的手下？要是冇人点这个眼，这个南蛮子解放军咋会二次回头又奔自己的汤锅？可是，李慈民就是把脑袋想劈，也想不到章兴旺身上去，章兴旺虽然有汉奸的嫌疑，可是，别管是共产党还是国民党，对汉奸都是一个态度，要不，老日投降之后，章兴旺也不会被吓窜，李慈民冇往章兴旺身上去想，也正是摊为这个原因。

整整一下午，李慈民坐在收罢摊儿的汤锅前冇挪窝，他老婆回家之前问他，明个到底还出不出摊儿？如果照常出摊儿的话，就要照常为明个做出摊儿的准备。李慈民对老婆说，为啥不出摊儿啊，即便那个解放军胳膊上的一枪就是孬蛋打的，让他们去抓孬蛋好了，跟咱的汤锅冇关系，除非是共产党不论理，祥符城里支汤锅的，都不能跟国民党有关系，有一点关系就砸你的锅。听李慈民这么一说，他老婆该弄啥弄啥去了。

李慈民在黑墨胡同口跟儿，一直坐到日头偏西，李老鳖一拄着拐杖压胡同里出来。

李老鳖一瞅见坐在那里的李慈民，有些惊讶地问道："咋还冇回家啊?”

李慈民:“我在等你。”

“等我?”李老鳖一不解地,“等我弄啥啊?”

李慈民站起身来,说道:“我等你,就是想问你一句话。”

李老鳖一:“你问。”

李慈民把他和陈子丰互相撂高腔的经过,原封不动地跟李老鳖一叙述了一遍,让李老鳖一帮着他做一个判断,他李家在黑墨胡同口跟儿的这口汤锅,还能不能继续支下去?

李老鳖一听罢李慈民的话后,憋气不吭,眨巴着俩眼瞅着鼓楼的方向,似乎在想着啥。

李慈民催促道:“说话啊,爷们儿,有啥说啥,我这也是在做两手准备。中,汤锅就继续支在这儿;不中,我就拍屁股走人。”

李老鳖一把投向鼓楼那边的目光,收回到了李慈民的脸上,问道:“我说中不中都白搭,中不中首先是你自己得有个判断。”

李慈民:“我这不是吃不准才问你的嘛。”

李老鳖一点了点头,说道:“按常理说,一码归一码,恁儿孬蛋是国军不假,但这也不能影响恁家今后的日子啊,寺门的沙玉山还教过国军武术呢,咋,摊为这沙家就不能卖牛肉了?中国改朝换代的事儿还少吗?咋,汉朝取代了秦朝,宋朝取代了唐朝,汉朝就要把秦朝的人杀光?还是宋朝就要把唐朝的人杀光?那不是扯淡的事儿嘛。眼望儿共产党得了江山,也不可能不让咱老百姓活啊,株连九族也得有个说道吧。那个解放军在你的汤锅跟儿挨了一枪,攻打祥符城的时候,挨枪的解放军多着呢,还死了恁多人,总不能把这个账都算在恁儿孬蛋头上吧。天时不如地利,地利不如人和,古人曰:‘己所不欲,勿施于人。礼之用,和为贵。’用咱祥符话讲就是,大面上过得去,谁也别再跟谁过不去,共产党眼望儿是和咱一个锅里捞稀稠,你敬我一尺,我敬你一丈,这日子才能往下过嘛。”

李慈民:“理儿是这么个理儿,我就担心那个胳膊上挨了一枪的解放军记仇，不拉倒，三天两天来寻我的事儿，那可就麻缠了……”

李老鳖一：“你有这种担心也可正常，但你想过冇，他真要是腻歪住你了，恁家的汤锅不管支在哪儿，只要是支在祥符城里，都冇你的跑。除非你改章儿，干你的老本行，去外面到处窜，他寻不着你拉倒，可你已经快四十岁了，你还能往哪儿窜啊，不是你不能窜，儿子情况不明，你也冇这个心情窜啊。”

李慈民低头不吭，李老鳖一说的这些话，其实他都已经想过了，只是不知下一步该咋办。李老鳖一似乎也猜到李慈民的心思，接着说道：“我就问你一句，你得给我实话实说，那个解放军胳膊上挨那一枪，跟恁家孬蛋有关系冇？”

李慈民一听这话顿时就炸了刺，撂着高腔说道：“他要是说，挨那一枪是俺儿打的，就不是俺儿打的也跟俺儿有关系的话，那解放军攻打祥符城战死了恁多的人，都跟俺儿有关系，都是俺儿打死的，谁让俺儿是国军呢。要这么论理，我有啥可说，我是国军他爹，别说砸了俺的汤锅，就是用枪打俺的头，俺也得认啊，谁让我是国军他爹呢！”

李老鳖一：“中了中了，较这个劲有啥用，得江山者得天下，眼望儿天下是共产党的，啥不都得按着共产党的规矩来嘛，不都是为了活命嘛。说句难听话，俺信昌银号还多亏了共产党，他们要不来，俺银号的那一大堆烂账还冇法儿弄呢。所以啊，也别把事情想得可糟，依我看，你的汤锅先别动势（不动），就支在这儿，可以做个风向标，如果汤锅被解放军给砸了，证明要株连九族，不管那个解放军胳膊上挨的那一枪跟恁儿有冇关系，你以后的日子都不会太好过。你的汤锅要是还能在这儿继续支下去，证明啥事儿都冇，即便是那个解放军胳膊上挨的那一枪是恁儿打的，共产党也能网开一面。你想想，是不是这个理儿？”

李慈民想了想，还真是这个理儿，万一共产党网开一面了，自己却放弃了这口汤锅，那不是关起门看吊死鬼——自己吓唬自己嘛。最重要的是，就像李老鳖一说的那样，这口汤锅就是一个风向标，日子过好过孬就看风向咋转了。

想到这儿,李慈民把手里抽了一半的纸烟往地上一摔,使脚踩了踩,说道:“还是那句话,该死不能活,该瞎不能瘸。中,我听你的,爷们儿!”

李老鳖一:“不是听我的,是听老天爷的,说句远一点儿的话,每章儿咱的先人压耶路撒冷来到祥符,跟眼望儿咱的处境有啥两样,七姓八家还是七姓八家,还是靠做买卖吃饭,不做买卖咱吃啥?大清完蛋了咱得吃饭,老日打窜了咱得吃饭,国民党倒台了咱还得吃饭。至于能不能吃饱饭,就看咱自己的本事了,当然还要靠运气,我说的运气就是命运,命运这个事儿,就是天意,自己根本就当不了自己的家。但是有一点儿,认命归认命,正确的选择是命运好孬的基础,你眼望儿面临的就是一个选择,这个选择就是你今后的命运。”

李慈民听明白了,李老鳖一的意思就是,命运掌握在自己手里,谁也帮不了你。

纠结中的李慈民,带着满脑瓜子对自己的疑问回到了家,他老婆问明个还出不出摊儿?他说先按出摊儿准备着。有一点儿他觉得李老鳖一说得很对,把锅支在那儿就是个风向标,真要是风向不对再说,如果共产党真要拿儿子孬蛋说事儿,一不做二不休,赶紧窜,不想窜也得窜,哪怕是七老八十也得往外窜,不管靠啥吃饭,总比成天提心吊胆过日子强吧。然而,最让他提心吊胆的还是儿子孬蛋,生死不明不说,就是活着,在共产党的天下,以后还能不能见着儿子的面都很难说。艾三冇跑被抓是摊为他的老娘,儿子孬蛋跑了同样是为了自己的爹妈,不管咋说,汤锅的买卖和儿子的性命比起来,还是不能并提。想到这儿,李慈民对大眼瞪小眼的老婆说:“听天由命,想恁多也冇用,早点睡,明个按点儿出摊儿。”

老话说,怕鬼鬼越来,一点儿都不假。就在李慈民两口子睡到二半夜的时候,先是听见隔壁赵家的那只狗在叫,接着听见自家窗户台上有响声,是有人在轻轻拍着木窗棂。

“谁呀?”李慈民冲着窗户问道。

窗户外传来低沉的声音:“我,孬蛋。”

一听见儿子孬蛋的声音,两口子同时压床上蹦了下来,李慈民急忙窜到门跟儿把门闩拉开后,孬蛋刺溜就压门外闪进了屋内。

孬蛋低声地:“别开灯。”

李慈民压低嗓音急切地问道:“孩子乖,你不是已经窜了吗?”

儿子孬蛋并冇马上接李慈民的腔,身子贴在门跟儿,警惕地朝门外张望着。

李慈民轻声地对老婆说:“去,你去院子里,瞅着点儿外面的动静。”

孬蛋又叮嘱了他妈一句:“操心院门外面,别让隔壁赵家的狗叫。”

待老婆出了屋门之后,李慈民接着问道:“快说说,咋回事儿啊?”

孬蛋:“咱家有剩汤冇? 要有让我先喝一碗。”

李慈民:“你傻啊,有冇剩汤你不知吗,谁家卖汤的剩隔夜汤啊。”

孬蛋:“冇就拉倒,多天冇喝咱家的汤,有点涝嘴(馋)。别的有啥可吃的冇?”

李慈民:“馍,芥疙瘩。”

孬蛋:“中,让我先吃点儿,饿孬了。”

李慈民掂起挑杆,挑下挂在房梁上的馍篮,压里面拿出一个杂面花卷馍和搁在馍篮里的半碗芥疙瘩菜,往桌子上一搁:“吃吧,边吃边说。”

孬蛋抓起杂面馍就咬了一大口,冇等李慈民把筷子递过来,下手捏起一撮碗里的芥疙瘩菜塞进嘴里。

李慈民:“乖乖,咋像饿死鬼托生的。”

孬蛋:“好些天都冇吃一顿饱饭了,今个压早起到眼望儿,这是第一个馍。”

李慈民带着心疼地说:“先吃,吃罢再说……”

孬蛋一边嚼咽着嘴里的杂面馍,一边把他这段时间东躲西藏的经历告诉了他爹。

13.“我是外乡人，喝不惯你们祥符的胡辣汤，请你理解。”

自打解放军攻占了祥符城第一天开始，孬蛋就跟其余几个艾三的手下，藏在了胭脂河街的一座民宅里。这座民宅的主人，是省政府的一个官职不太大的官员，他十分担心解放军拿下祥符城后收拾自己，便提前带着全家逃离了祥符。孬蛋这几个货本可以提前窜的，往哪儿窜却不知，他们的头儿艾三已经跟他们失去联系，脱下军装换上便衣的孬蛋，原先也可以回家的，但那几个货都不是祥符本地人，孬蛋这货讲人物，又不能撇下他几个同伙不管，即便是他几个同伙都换上便衣逃出祥符城，连个回家的盘缠都冇。于是，那几个货跟孬蛋一商量，先得弄点儿钱做盘缠，兜里只要有子儿，窜到哪儿都不怯气。孬蛋也想让这几个货赶紧离开祥符城，见天担惊受怕，躲躲藏藏总不是个事儿。去黑墨胡同抢信昌银号金库，这个主意是孬蛋提出来的，黑墨胡同那一片的地形孬蛋比较熟悉，他爹的汤锅就在黑墨胡同口跟儿支着，顺利的话，把银子抢到手后，还能弄碗胡辣汤喝喝。起先，这几个货最担心的是，在解放军兵临城下之前，信昌银号里头的银子已经都转移走了，提前侦查了一番之后，发现信昌银号的金库依然有人把守，金库要是空的，还把守它弄啥，即便里头的真金白银确实冇了，其他值钱的物件总还会有点儿吧，弄到手里也可以换成现洋，那么逃出祥符城就更有底气了。一番周密计划之后，这几个货开始动手了，但令他们冇想到的是，在对信昌银号下手的前一天，包围祥符城的解放军先对祥符城下手了。

在解放军攻城那一夜的枪炮声中，这几个要钱不要命的货商量来商量去，最后拿定主意，还是要去黑墨胡同赌上一把。于是，这几个货随着解放军攻城的枪炮声，乘着夜黑，就去到了黑墨胡同，捆绑住把守金库的四个武装守卫，打开金库的大门之后，这几个货统统傻眼了，金库内空空如也，啥值钱玩意儿都冇，他们又把信昌银号的二层楼从下到上翻了个底朝天,除了一堆堆四处散落的账本,连个钱毛也冇见到。这几个沮丧到不能再沮丧的货,只能怨自己点儿背。在天刚麻麻亮的时候,他们正准备撤离,解放军先头部队的士兵,在那个叫陈子丰的连长带领下,摸进了书店街,坐到了黑墨胡同口跟儿孬蛋他爹的汤锅前,一肚子怨气冇地儿撒的这几个货,不顾孬蛋的阻拦,朝解放军开了枪。

听孬蛋说到这儿,李慈民大惊:“啥?那枪还真是恁打的?”

孬蛋:“这不是冇准头嘛。”

李慈民:“要是有准头呢?恁爹恁娘不就去球了吗?”

孬蛋:“咋可能有准头,都是一帮受过特种训练的国军。”

李慈民骂道:“卖尻孙哎……”

孬蛋:“你老也别骂了,就是摊为这,我跟那几个货闹掰了。”

李慈民:“那几个货呢?”

孬蛋:“窜罢了。”

李慈民:“你咋不窜啊?”

孬蛋:“恁二老在祥符,我往哪儿窜啊?再说,我比那几个货的年纪都小,跟着他们,他们还嫌弃得碍噎,我不回家咋办?冇地儿去。”

李慈民埋怨道:“你个傻孩儿啊,往哪儿窜也比待在祥符保把啊,瞅瞅你三叔,就是摊为恋家才被共产党给抓起来的,他要是窜了,啥事儿也冇了,这可好,被共产党一抓,是死是活还都难说。”

孬蛋:“我这不是跟俺三叔一样,放不下家里的老人嘛,我要是窜了,恁咋办?俺三叔是孝顺才冇窜,我就不孝顺了吗?”

李慈民不吭声了,他心里完全能理解儿子冇窜是挂牵家里的爹妈,可爹妈最担心的是,怕儿子会像艾三那样,摊为孝顺、恋家,才落了个被抓的下场。

“爸,你也别瞎操心了,我已经想好罢了。”孬蛋胸有成竹地又啃了一口馍。

李慈民:“你想好啥了?”

孬蛋："跟那几个货闹掰脸以后，我冇马上回家，心想，我可不能连累家人，得找一个保把的地儿待着，既能养活自己，又离家不远，一旦家里有啥事儿抬脚就能回来。我就去了朱仙镇。"

李慈民："朱仙镇就保把了？离祥符恁近，你抬脚能回来不假，人家抬脚还能去呢。"

孬蛋："我在朱仙镇藏的那个地儿可保把。"

李慈民："你藏的啥地儿？"

孬蛋："朱仙镇的清真寺。"

李慈民不吭声了，他当然知那是个保把的地儿，朱仙镇清真寺里的那个大阿訇，是寺门白家的亲戚，李慈民跟着白家人去过那个清真寺，跟着白家也管那个大阿訇叫表佬，平时虽然交往不多，但每年的古尔邦节，朱仙镇那边都会指派人给白家送来牛肉，李慈民也跟着沾光。朱仙镇的牛肉可要比祥符城的牛肉好吃，用沙二哥的话说，跟扫街的牛肉有一拼，所谓的有一拼，其实也就是比扫街的牛肉还要好，只不过是朱仙镇要比扫街远一点儿，如果比扫街近，沙家做五香酱牛肉就会选择朱仙镇的牛。

李慈民瞅着大口啃杂面馍的儿子，说道："瞅你这副德行，可不像冇亏嘴的样子啊。"

孬蛋："早起天还冇亮，我就压朱仙镇窜出来了，大白天不敢进祥符城，我就在南郊的玉米地里窝了一整天，玉米刚长出穗穗，又不能吃。本想着回到家能喝上一口咱家的胡辣汤，看来只有等到明个了。明个一早，我去喝罢头锅汤后就回朱仙镇，等啥时候彻底安稳住了，我啥时候再回来。回来后我哪也不去，啥也不干，就守着咱家的汤锅，照样能吃香的喝辣的。"

李慈民瞅着儿子，神情黯淡了下来，带着沮丧说道："咱家这口汤锅，怕是支不成了……"

孬蛋不解地瞅着李慈民问道："为啥啊？"

李慈民冇吭气儿。就在孬蛋告诉他，那天向黑墨胡同口跟儿汤锅开枪的，是他们同伙的那一刻，李慈民顷刻就明白，李家的汤锅支不成了。不光是汤锅支不成，说不定还会有更大的麻烦，全家必须马上离开祥符城，如果不尽快离开，一旦有啥意外发生，哭都来不及。

孬蛋催促道："爸，说话啊，咱家的汤锅咋就不能支了？"

李慈民："孩子乖，你啥也别问了，听爸的话，趁着天还有亮，赶紧走，要不回朱仙镇，要不你跟爸妈一起走，反正这祥符城和这条清平南北街，咱们李家是不能再待下去了……"

孬蛋："赶紧走？不能再待下去了？为啥啊，总得说出个原因吧？"

李慈民极不耐烦地："啥原因不原因的，原因就是恁这些不要命的货，向咱家的汤锅开枪！"

孬蛋："我不是摊为开枪的事儿，跟那几个货翻脸了吗？"

李慈民："你跟那几个货翻脸冇球用，眼望儿是那些货在咱家的汤锅前，打死了解放军，共产党要跟咱翻脸！"

孬蛋："共产党不是不知吗？"

"已经怀疑了！"李慈民立马换了一种诚恳口气对儿子说，"孩子乖，听爸的话，不怕一万就怕万一，纸里包不住火，冇不透风的墙。那几个货一旦出叉劈，落到解放军的手里，咱家就彻底去球，晚窜不如早窜，早窜早安生。今个你回来要不说这，明个我跟恁妈还想按点儿出摊儿呢，听你这么一说，这摊儿不能再出了，而且必须马上离开祥符，越快越好！"

听自己爹这么一说，孬蛋也立马紧张起来。其实在艾三被解放军抓了以后，孬蛋和那几个货就如同惊弓之鸟，成天东躲西藏，要不是在信昌银号冇弄到钱，让那几个货沮丧，他们也不会恼羞成怒地朝黑墨胡同口跟儿的解放军开枪。事到如今，后悔也冇用，在自家汤锅前打死了解放军，这要让解放军知道是他们一伙干的，那还有好吗。想到这儿，孬蛋也不再往下想了，把最后一块馍塞进嘴里，果断地对李慈民说道："中了，爸，啥也别说了，我跟恁一块儿走！"

…………

李慈民一家连夜离开祥符，还真的是走对了。那个叫陈子丰的解放军，在汤锅前跟李慈民呛呛罢以后，回到军管会，心里咋想咋别扭，一个国民党反动派的爹，居然还敢那么嚣张，不就是支了口胡辣汤锅嘛。要不是那口胡辣汤锅，他和他的手下也不可能在那里停留，也不会付出牺牲的代价。先别管朝他们打黑枪的人是谁，反正是国民党反动派所为，打死打伤了解放军战士不说，支汤锅的那个国民党反动派的家属，没有一点愧疚不说，还那么理直气壮，难道就不明白，如今的祥符城已经不是国民党反派的天下了吗？想到这里，陈子丰气不打一处来，起身去请示军管会主任，要求调查黑墨胡同口跟儿那个支胡辣汤的家伙，是不是与国民党有勾结，因为已经有人举报，那个卖胡辣汤的儿子，是国民党军统局祥符站艾三的手下。陈子丰的请示很快就得到了军管会主任的批准，别管那个卖胡辣汤的李慈民是不是跟国民党有关系，先抓起来再说。自打祥符城被军事管制以来，像李慈民那样的浑不吝（刺头）货们还真不少，抓上他几个，也可以起到杀一儆百的作用，让那些明里暗里的国民党反动派的残余看看，跟共产党作对会是一个什么样的下场。

原先，陈子丰是要在接到命令后的当天下午就去抓李慈民的，转念一想，当天下午去抓，不胜第二天早上去抓，早上那个时段，正是祥符城所有汤锅的高峰时段，热闹、人多，关注度和传播度高，尤其像黑墨胡同口跟儿的汤锅，高峰时段都排大队，在那个时候去抓，无论是对反动派的打击震慑，还是对祥符市民的教育宣传，都可以起到良好作用。出于这个目的，陈子丰决定第二天早起去黑墨胡同口跟儿抓李慈民，也就是这个决定的失误，让陈子丰一行全副武装的解放军们跑了个空趟。陈子丰和那些大早来喝汤的喝家，站在黑墨胡同口跟儿，大眼瞪小眼，瞅着那口人去锅空的汤锅，彻底傻眼。

再说李慈民这一家，算是仓皇出逃，啥也冇顾上带，除了把家里现有的钱带了之外，唯一带走的一个包裹，里面装的全是已经碾成粉末的印度胡椒，好几大瓶子，用李慈民的话说，只要有它，不管走到哪儿都饿不死。

孬蛋却和他爹的看法不大一样，孬蛋说，根本就冇必要，眼望儿印度胡椒已经冇那么稀罕了，尤其是咱往西边走，印度胡椒有的是。虽说西边胡椒的用途很多，但西边的人爱不爱喝胡辣汤还两说，如果真准备跑到西边还是支锅卖胡辣汤，现时现刻去买就中，根本冇必要背着恁多瓶子，又沉，又碍事儿。李慈民当然也清亮，此一时彼一时，虽然中原一带还很稀罕印度胡椒，因为印度胡椒熬出来的汤确实好喝，至于西边好不好搞到印度胡椒他心里冇底，对他来说，要活命，还是需要有备无患，他不满地对儿子说："你要是觉得这些瓶子太沉，耽误事儿，这个包裹不用你背，我来背中了吧？"话是这么说，孬蛋咋可能让他爹背恁重的包裹，一出祥符城，孬蛋就把那个大布包裹压他爹的肩膀头上取下来，背在了自己的肩膀头上。

李慈民一家大早起逃离了祥符城，他们先去了杏花营，在杏花营雇了一辆马车窜到了郑州，在郑州搭上一辆往西安去的长途汽车之后，李慈民才把心放进肚里，长出了一口气，带着感叹对儿子说道："恁爹这辈子，跟西边缠不完的瓤，老了老了，还得往西边窜，谁让咱的祖宗是压西边来的呢。这一次咱再往西边窜，就难心再回祥符了……"

孬蛋却不以为然地说："不回来就不回来呗，哪的黄土不埋人啊。再说了，咱的老祖先能压西边窜过来，咱咋就不能再往西边窜回去啊。"

李慈民："走哪儿算哪儿吧，孩子乖，就像你说的，哪儿的黄土不埋人啊……"

李慈民带着全家往西边窜的那一天，正好是1949年的10月1日，中华人民共和国正式成立。

就在李慈民一家往西边窜罢冇十来天，冷清了好一段日子的黑墨胡同口跟儿，又热闹了起来。最扎人眼的就是，自老日被打败之后，一直躲着藏着冇敢露头的章兴旺，突然冒出了头，而且是满脸荡漾着春风，在他的脸上看不出一点儿怯气，就好像从来冇发生过他跟老日之间有那一板事儿一样。因为李慈民这么一窜，让章兴旺彻底把心放回了肚子里，用他对别人的话说："咋样，怀疑我是汉奸，勾结老日，他李慈民是好人别窜啊，汤锅咋不支了？不是要跟我死挺到底吗，挺啊，咋不挺了，还是心里有鬼，说句难听话，该是谁的生意就是谁的生意，该谁支的锅还是谁支，是儿不走，是财不散，黑墨胡同口跟儿这口汤锅，它就是我章兴旺命里的！”

章兴旺这话说的有毛病啊，李老鳖一摇着头冲章兴旺感叹道：“中，你办事儿，胜者王侯败者贼，别管你是不是跟老日有交集，慈民一窜，谁也说不清。你又把汤锅重新支在这儿，解放军冇来找你的事儿，说明你是王侯，慈民一窜，那他就是贼。对于俺这些喝家来说，王侯和贼与俺都不相干，俺就是喝汤，谁家的汤中俺喝谁家的。要我说，恁两家的汤都中，不过是一个品种的胡椒熬在两口锅里，就像一个娘生出的俩孩儿，通脉。”

章兴旺又把胡辣汤锅支在了黑墨胡同口跟儿，生意依旧火爆，正如李老鳖一说的那样，冇人去关心谁是汉奸，谁是国民党反动派，汤对胃口才是最重要的。但对某些人来说却不是这样，人对胃口，汤才能对胃口，正所谓，好者好，恶者恶。

这天，又在临近晌午的时候，军管会的陈子丰又来了，这次，他不但穿着军装，还带着一个二十啷当岁的姑娘。

瞅见身穿军装的陈子丰，章兴旺笑脸相迎地说道：“军爷来啦。”

陈子丰：“啥军爷？解放了，现在是新社会，不能还是旧社会和封建王朝那一套，我们是人民解放军，叫同志。”

章兴旺点着头：“是是，军爷同志。”

陈子丰再次纠正：“什么军爷同志，我姓陈，就叫我陈同志。”

章兴旺连连点头：“陈同志，陈同志，陈同志请坐，我给恁二位同志盛汤。”

陈子丰：“盛一碗汤就够了。”

章兴旺不解地：“盛一碗汤……”

陈子丰：“对，一碗，她喝我不喝。”

年轻姑娘脸上带着不悦地说道：“你不喝，那俺也不喝。”

陈子丰：“你不是说你喜欢喝胡辣汤嘛，我才把你领到这儿来的。”

年轻姑娘:“可你也冇说你不喝啊?”

陈子丰:“我是外乡人,喝不惯你们祥符的胡辣汤,请你理解。”

年轻姑娘:“你不早说,要知你不爱胡辣汤,咱去吃别的也中啊,俺祥符好吃的东西多着呢,又不是只有胡辣汤。”

陈子丰:“我知道你们祥符好吃的东西很多,我把你领到这里来,也不只是因为你说你爱喝胡辣汤,还有我自己的想法。”

年轻姑娘:“你的啥想法啊?”

陈子丰把目光转向黑墨胡同内,说道:“如果不是这条胡同,我也不会留在祥符,咱俩也不可能认识,更不可能有这样的关系。”

听到陈子丰这么一说,年轻姑娘有点恍然大悟,瞅了一眼黑墨胡同,说道:“我知了,你胳膊上那一枪,是不是就在这里挨的?”

陈子丰脸上带着一种复杂的表情,点头说道:“啥叫命运?啥叫缘分?命运和缘分,就是每个人一生中的那些在劫难逃……”

听了陈子丰这句话,年轻姑娘脸上带着不快地说道:“你别就这说,好像你可委屈似的,我又不是非得要嫁给你,眼望儿后悔你还来得及。”

陈子丰急忙解释说:“你千万别误会,我的意思是说,要不是进祥符城的那天早晨,要在这个地方喝胡辣汤,我也不会挨上一枪,留在了祥符,崔主任也不会给我当这个红娘,把咱俩的姻缘连在一起。今天我领你到这里喝胡辣汤,就是要感谢这个地方,感谢胡辣汤,我的意思你明白了吧。”

听罢这番话,笑容又回到年轻姑娘的脸上,她说:“你这么解释我就明白了,你的意思是说,能吃上咱俩大鲤鱼的不只是崔主任,还有胡辣汤。”

陈子丰冲年轻姑娘跷起了大拇指。

年轻姑娘心满意足地对章兴旺说:“老板,那就盛一碗胡辣汤吧。”

陈子丰向章兴旺一抬手,斩钉截铁地说道:“不,老板,盛两碗胡辣汤,我也喝,我倒要看看,今天在这里能不能再挨上一枪!”

站在一旁已经听明白个四六式(八八九九)的章兴旺,笑容满面地冲着陈子丰说道:“啥老板?别叫老板中不中,眼望儿已经解放了,不兴再叫老板了，应该叫同志，叫老板同志。”

章兴旺这么一说，仨人同时笑出了声。

这个陈子丰确实要感谢在这里挨的那一枪，在他留在祥符以后，再也冇喝过一次胡辣汤。有一天，军管会食堂给大家改善伙食，熬了一大锅胡辣汤，开饭的时候，军管会崔主任瞅见大家都喝得津津有味，唯独陈子丰坐在角落里，啃着干馍，喝着剩稀饭。崔主任走到陈子丰跟前，对他说：“喝不惯俺祥符的胡辣汤是吧，中，不喝就不喝吧，不喝谁也不能强迫你喝。这样吧，我知你还是单挑，我给你介绍个祥符媳妇，看你喜欢不喜欢。”第二天，崔主任给陈子丰布置了一项任务，派他去城隍庙街上的一个剧场里，那里有个二夹弦戏班子，正在排练慰问部队的节目。二夹弦戏班子里有一个叫于倩倩的年轻女艺人，与陈子丰岁数相仿，此女也是这个戏班子的班主，负责这次慰问部队的节目排练。崔主任嘱咐陈子丰，这次去检查排练节目是一方面，另一方面，是让他瞅瞅于倩倩的模样，看陈子丰能不能愣中，如果愣中了，崔主任一句话，他俩就能成为夫妻，以后陈子丰就可以吃于倩倩做的饭，不用再为改善伙食就是喝胡辣汤发愁了。

去到城隍庙街的陈子丰，第一眼就愣中比自己还大上两岁的于倩倩了，与其说这个于倩倩是个年轻姑娘，不如说是个懂人情世故、会说话又招人待见的成熟女人。二夹弦唱得好孬陈子丰根本听不懂，但于倩倩的待人接物却让陈子丰很舒服，热情大方还不做作。陈子丰压城隍庙街回到军管会后，立马三刻就向崔主任表态，即便是以后转业他也愿意留在祥符，只要于倩倩愿意和他结婚。崔主任微笑着对陈子丰说：“你可要想好，因为你受伤的这条胳膊，组织上还真有这个意思让你转业。”其实，就是崔主任不说，陈子丰心里也可清亮，他这只受伤的胳膊已经决定了他转业的命运。尽管他的家乡湘西洪江对他的诱惑力很大，可于倩倩对他的诱惑力更大。在陈子丰向崔主任表达完自己的意愿之后，崔主任始终挂在脸上的微笑消失了，严肃认真、毫无保留地把于倩倩的全部情况告诉了陈子丰。

于倩倩曾经有过一次短暂的婚史。祥符还有被解放之前，崔主任在祥符城搞地下工作的时候，认识了一个叫李小周的进步小青年，之后便把这个李小周也发展成了地下党员。李小周和于倩倩刚结婚不到半年，在解放军攻打祥符城前夕，李小周被叛徒出卖不幸牺牲。崔主任对陈子丰说："你要是真愣中她了，一定要对她好，你明白我的意思吗？"听罢崔主任这话，陈子丰冲崔主任一个立正敬军礼说道："请主任放心，她真是要能成我的堂客（湖南话"老婆"），就是让我在祥符捡垃圾，我都干！"

于倩倩就是在崔主任的撮合下，同意跟陈子丰成为两口子。俩人确定关系的头一天，陈子丰提出要给于倩倩改善伙食，他问于倩倩喜欢吃啥，于倩倩顺口就说出最喜欢喝胡辣汤，于倩倩问他喜不喜欢喝胡辣汤？陈子丰丝毫不带犹豫地，学着祥符话说道："喜欢，可得劲，可得劲地喜欢。"

起初，他俩是准备去寺门，于倩倩说寺门马老六家的胡辣汤好喝，当他俩走到鼓楼的时候，陈子丰往书店街扫了一眼，突然向于倩倩提出，能不能去喝黑墨胡同口跟儿的胡辣汤。一来可以喝汤，二来他是想告诉于倩倩他的英雄事迹，再一个就是，他听说黑墨胡同口跟儿的汤锅又换了新主家，他有一种好奇心，当然，这种好奇心与胡辣汤关系不大，他好奇的是，前一个支汤锅的与眼望儿这个支汤锅的，到底摊为啥成了死对头，他在黑墨胡同口跟儿挨的那一枪，到底跟那个李慈民有没有关联？要不那个李慈民咋会逃跑呢？

正津津有味喝汤的于倩倩，瞅了一眼陈子丰，问道："咋？这家的汤不对你胃口？"

陈子丰一怔，忙说道："好喝，好喝，可得劲。"

于倩倩："好喝，可得劲，你咋喝两口就不喝了。"

陈子丰："喝着呢。"

于倩倩："喝啥喝，我一碗汤都快喝一半了，瞅瞅你，半天还有见你喝上几口呢。"

陈子丰:“我在想事儿。”

于倩倩:“想啥事儿?”

陈子丰冇接于倩倩的话茬,眨巴着俩眼还在想着什么,然后端起汤碗,喝了一口,停顿了一下,又喝了一口,咂巴咂巴嘴,把脸转向了章兴旺,问道:“我是外乡人,不懂胡辣汤,但我周围的祥符人,都喜欢喝胡辣汤,我听他们说,你家的胡辣汤,和逃跑那个人的胡辣汤是一个配方,也不知是谁偷谁的,听说你们两个人各执一词,互不相让,还用大铁锤互相砸对方的汤锅,有这事儿吗?”

章兴旺不卑不亢,支棱起脖颈,大声说道:“冇错,有这事儿!”

陈子丰:“你说给我听听。”

章兴旺:“这么跟你说吧,别说祥符城,就是整个河南,胡辣汤一千口锅,一万种味儿,说到底还是百客对百味儿。按理说,各家是各家的汤锅,不可能有同样的味儿,就像人的长相,别管是中国人还是外国人,男人还是女人,一个人长一个模样,哪怕是双胞胎,也不可能长得一满似样,你说我说的对不对?”

陈子丰:“你说的对,接着说。”

章兴旺:“也就是说,不可能在配方上撞车,说句难听话,即便是在配方上撞车了,汤熬出来的味道还是有所不同,老喝家们一搭嘴就能喝出来。”

陈子丰:“我明白你说的,你的意思是说,就像饭馆里的厨子,炒菜用的配料是同样的油盐酱醋葱姜蒜,炒出来的菜味儿却不一样,是这个道理吧?”

章兴旺重重地点了一下头:“是这是这,你说得很对,就是这个理儿。”

陈子丰:“你认为,你们两家的胡辣汤像一个锅里熬出来的吗?”

章兴旺:“我认为不但像,而且很像,非常像,用俺祥符话说,亲不溜溜地像。”

陈子丰:“怎么会是这样呢?你分析过其中的原因了吗?”

章兴旺:“这还用分析原因吗？这不是秃子头上的跳蚤,明摆着嘛。”

陈子丰:“他偷你的?”

章兴旺:“我可冇说他偷我的。”

陈子丰:“你就明说,别绕来绕去的。”

章兴旺:“明说也可简单,就一句话,冇做亏心事儿跑啥跑,做贼心虚才吓窜了呢。”

陈子丰:“据我所知,他逃跑的原因好像不是因为胡辣汤,是因为他儿子是国民党吧。”

章兴旺:“他儿子是国民党跟他有啥关系,他卖他的汤,既不碍国民党的事儿,又不碍共产党的事儿,再说了,祥符城里跟国民党有瓜葛的家多着呢,也冇见有几个窜的。右司官口就有一家做招牌的,袁世凯称帝的时候,他家门口挂出的招牌都带有‘中华帝国’的字样儿,孙中山当总统的时候,他家门口挂出的招牌又换成了‘中华民国’的字样儿,再去瞅瞅眼望儿,他家门口挂出的招牌,不是就换成了‘中华人民共和国’的字样儿了嘛。我说的意思是,别管你挂啥样的招牌,明眼人一瞅就清亮是咋回事儿。话说回来,胡辣汤锅挂不挂国号更无所谓,咋？不挂国号就不喝汤了吗？也裹不着啊,咋？国号一变你就不支锅卖汤了？这是不可能的。”

陈子丰:“我知道你要说的意思了,你的意思是说,那个李慈民不是因为害怕改朝换代才跑的,而是因为他的胡辣汤不如你的胡辣汤才跑的,是这样的吗?”

章兴旺硬着脖颈斩钉截铁地说:“错！他就是摊为改朝换代才跑的,他是怕共产党坐稳江山之后,他那口汤锅被共产党砸喽!”

陈子丰不解地说:“共产党为啥要砸他的汤锅啊?”

章兴旺:“这还用问吗？做贼心虚,他怕我告他是个贼!”

听到这里,陈子丰扑哧笑出了声:“共产党才不会管你们这号闲事儿。自古以来,不管哪个朝代,都是民不告官不究,你要认为他偷了你的配方,中华民国的时候你咋不去告他呢?”

章兴旺："中华民国那不是国民党反动派的政府嘛，我哪里敢告，他儿子又是国军，我就是告也告不赢啊。不但告不赢，小命还难保，惹不起我还躲不起嘛，要不我也不会几年都不敢露脸。"

这时，埋头喝汤的于倩倩仰起脸来："哇，这汤真好喝。"

陈子丰："我说的没错吧。"

于倩倩："我觉得比寺门马老六的汤好喝。"

章兴旺："过瘾冇？要不要再来一碗？"

"留个想头吧。"于倩倩瞅了一眼陈子丰的汤碗，"瞅瞅你，光顾着说话，赶紧喝吧，胡辣汤不能凉，一凉就不好喝了。"

陈子丰端起了汤碗，喝了一口，说道："我以后喝汤的机会多着呢，只要想喝，天天都能喝。"

于倩倩："天天来喝他家的汤？"

陈子丰笑了笑，不再往下说。

章兴旺："中啊，军爷同志，你要是真的天天来喝俺家的汤，别管了，能喝两碗我饶（送）你一碗，馍和锅盔你随便吃。"

陈子丰："那我要是天天带着夫人来喝，不就是喝两碗汤花了一碗汤的钱吗？"

章兴旺："就是这个意思。"

陈子丰："说话算话？"

章兴旺："谁要是说话不算话，谁就是妞生的。"

于倩倩咯咯地笑道："你也成不了妞生的，再好喝的汤，我也不能每天跑二里地来喝，搭不起这个时间，还是留个想头吧。"

14."大实话不假，可我咋觉得，你这个大实话里头，咋带着一种让我心里可不踏实的感觉啊？"

那天，喝罢黑墨胡同口跟儿章家的胡辣汤后，于倩倩一路上都在跟陈子丰叨叨着胡辣汤。她告诉陈子丰，她爹每章儿是拉坠胡的，当年她跟着爷爷奶奶压西华县来到祥符城，在相国寺后面撂地摊，相国寺后面有一个胡辣汤摊儿，汤好喝，还便宜，生意可好，每天压早起一直卖到过罢晌午，两个大瓦缸里的汤卖得精光，可遭人羡慕。虽说撂地摊唱坠子也饿不死人，但于倩倩她爹老拔她爷爷的气门芯，说唱坠子不如卖胡辣汤。起先，她爷爷耐着性子对她爹说，别羡慕别人的生意好，各是各的手艺，各是各的行当，人该吃啥饭吃啥饭，祥符城里生意好的行当多着呢，隔行如隔山，别这山瞅着那山高，安生拉好自己的坠胡。后来，她爹还是在她爷跟前叨叨，想改行去做胡辣汤的买卖，这一下子把她爷给叨叨恼了，第二天就背着坠胡，捞着她奶奶离开祥符回西华县了。再后来，她爹和她娘就在祥符城支起了汤锅，也不知是运气不中，还是做汤的手艺不中，两口子支的那口汤锅始终不温不火，勉强支撑，如果遇上一连几天不是好天气，出不了摊儿，还真不如唱坠子。不管咋说，唱坠子遇上孬天气，还可以挪到相国寺后面的大棚里去唱，相国寺后面那个大棚，说书卖艺唱曲儿的可以进，卖有烟火的吃食儿的统统不让进。后来，她爹找了一个算卦瞎子给算了一卦，算卦的瞎子问她爹把汤锅支在哪儿了？算卦的瞎子听她爹说罢之后，呵呵了几声，她爹问算卦的瞎子咋啦？是不是支锅的地方不对？算卦的瞎子说何止是不对，恁这锅胡辣汤再要支下去，非出大叉劈不中。

陈子丰："算卦瞎子的意思是，让你爹的汤锅换个地方？"

于倩倩："是这个意思。"

陈子丰问："那你爹又把胡辣汤锅支在哪儿了？"

于倩倩："你猜。"

陈子丰："我哪能猜得到，祥符城我又不熟悉。"

于倩倩："你肯定能猜到，你去过。"

陈子丰："我去过？"

于倩倩："你还对我说过，解放军攻打祥符的时候，在那里牺牲的人最多。"

陈子丰:“你说的不会是龙亭吧?”

于倩倩咯咯地笑道:“就是龙亭。”

陈子丰瞪起眼惊讶地:“你爹把胡辣汤锅支到龙亭顶上去了?”

于倩倩:“不是龙亭顶上,支到龙亭顶上谁上去喝?喝碗汤还要去爬龙亭啊,俺爹是把汤锅支在了龙亭前面的午朝门。”

陈子丰:“那不是挺好的嘛,午朝门地方宽敞,再多的人去喝汤也没问题啊。”

于倩倩:“问题就出在你说的没问题上。”

陈子丰:“咋回事儿?”

于倩倩:“龙亭那是啥地儿?每章儿朝觐皇帝的地儿。午朝门那是啥地儿?龙亭的正门,神灵气十足,能让你随随便便在那儿支上个胡辣汤锅?生意要能好那才叫怪。”

陈子丰眨巴着俩眼,似信非信地说道:“封建迷信吧?”

于倩倩:“你还别不信这个封建迷信,那龙亭跟儿弄啥啥不成,可多做买卖的人,都看中龙亭前面午朝门那片宽敞地儿了,奇怪的是,啥生意搁到那儿都不中,冇一家生意好的。祥符的炒凉粉吃过吧?”

陈子丰:“那是我来祥符最爱吃的东西,豌豆粉、绿豆粉、山芋粉的炒凉粉全吃过,用豆酱和葱姜蒜炒出来的凉粉,那叫一个绝。”

于倩倩:“是啊,祥符城里的街头巷尾,不管在啥地儿,只要是支个炒凉粉摊儿的,都围满了吃家。就这,有人在午朝门前也支了个炒凉粉摊儿,你猜咋着?照死。”

陈子丰眨巴着俩眼:“我知道了,那个给你爹算卦的瞎子,意思是说,龙亭那个地方是皇家的,平民百姓不能在那儿支摊儿做买卖。”

于倩倩点了点头:“你说邪不邪,你说是迷信吧,可不信还不中,它就这么邪气儿。”

陈子丰嘴里用半生不熟的祥符话说道:“不服不中,不服尿一裤。”

于倩倩咯咯地笑了起来,用手指头点着陈子丰鼻子说道:“你这个货,来俺祥符好的你冇学会，孬的不用教，一学就会。”

陈子丰跟了一句：“自学成才。”

俩人放声大笑了起来。

命运这东西吧，真是很奇怪，就好像冥冥之中早就安排好的，让陈子丰冇想到的是，在黑墨胡同口跟儿挨了那一枪之后，就注定让他和祥符城结下了不解之缘。他和于倩倩结罢婚冇多长时间，崔主任把他叫到办公室，就征求他的意见，崔主任对他说，经过组织上的再三考虑，在他脱下军装后，给他提供了三个转业后的去向，可供他参考和选择。第一个去向是教育系统，第二个去向是金融系统，第三个去向是工业系统，这三个去向都很重要，也都很不错。

崔主任语重心长地说：“子丰啊，我觉得你去教育系统比较合适，祥符城里的老牌学校也比较多，跟受过教育的人打交道，相对还是容易一些；金融行业好像跟咱这些扛过枪的人有距离，那些跟钱打交道的人，各个猴精猴精的，说句难听话，他们把你卖了你还帮着他们数钱呢；工业系统不错是不错，但工作量太大，你想吧，新中国刚成立，百废待兴，国家最当紧是要发展工业，工业强大了，国家才能强大。相对教育和金融来说，工业系统会很累，你负过伤，让你转业就是考虑到你的身体，要不是这，你也雄赳赳气昂昂去跨鸭绿江了。你是因祸得福，转业在了祥符，还讨上个祥符的媳妇，按我的意思，安安生生过日子，也别太累，这三个去向里选一个稍微轻松一点的工作，你觉得呢？”

崔主任的这番话让陈子丰很感动，他知崔主任这是为自己好，说的也都是大实话，可他一时半会儿还不能做出一个选择。崔主任似乎看出了他的举棋不定，于是让他回家先征求一下于倩倩的意见，决定去哪个系统之后再给回话。

回到家的陈子丰，把组织上给的三项选择对于倩倩这么一说，于倩倩蹙起了眉头，她觉得崔主任说的都挺在理儿，可她觉得这三个方向的选择，冇一个适合陈子丰的。

于倩倩:“除了这仨,就冇别的选择了吗?”

陈子丰:“冇。”

于倩倩:“你又问崔主任了吗?”

陈子丰:“冇。”

于倩倩:“那我问你,这仨选择中,有你感兴趣的地方吗?”

陈子丰:“冇。”

“冇,冇,冇,祥符话你就会说个冇,可眼望儿说冇管啥用,眼望儿你得压这三个行当里选一个,你约莫着可能有发展前途的行当,或者对咱今后过日子有好处的行当。”于倩倩用手轻轻拍了拍自己撅起的肚子,“眼光得长远一点儿,咱的孩儿快来了,我总不能唱一辈子二夹弦吧。我的意思是,等你先安置住了,也给我安置个有生活保障的地儿。”

陈子丰:“那你说,我去哪儿,听你的。”

于倩倩:“哪儿发钱多去哪儿。”

陈子丰:“你的意思是让我去金融系统。”

于倩倩:“银行有钱啊,咱别说眼望儿解放了,就是在解放前,你瞅瞅那些在银行里当差的人,一个个都是穿着可展样的大褂,脸上油红似白(生活条件好,健康)的,一看就是衣食无忧的样子。”

陈子丰:“去金融系统当然可以,但我怕不懂那个行业,露怯,被人笑话。”

于倩倩:“露啥怯?笑话啥?你装模作样去审查俺的节目就不露怯了?我看你往剧场里一坐,姿势拿捏得还可好�。”

陈子丰:“可,可我连个算盘都不会打啊。”

于倩倩:“你说这就是外行话,戏班子里的班主都会唱戏吗?乡里的地主都会种田吗?你呀,就是个猪脑子。”

经老婆这么一点拨,陈子丰做出了转业去金融系统的决定。崔主任对陈子丰要去干金融也表示了支持,他提醒陈子丰,眼下祥符城里各行各业都不容易,抗美援朝战争在进行中,国内还在实行军管,金融行业主要的任务就是,各家银号尽快解决旧社会的遗留问题,主要是清理旧账目,债权人进行重新登记,以存款凭证换发股票,原先的银号股东拿取定息,债务人解脱债务责任,为公私合营做好准备。对陈子丰来说,当务之急就是尽快熟悉业务,最起码得像那么回事儿,具体业务工作有专业人员来干,陈子丰的工作就是,去把公私合营之前的所有准备工作都做好。

崔主任说了一大通之后,语重心长地对陈子丰说道:“子丰同志,经祥符市军事管制委员会决定,组织上把祥符城里最棘手的一个银号交给你,希望你不要辜负组织的信任。”

陈子丰:“哪个银号?”

崔主任:“信昌银号。”

压崔主任嘴里听到“信昌银号”这四个字儿时,陈子丰脑袋里一阵晕眩,心里暗自嘀咕,祥符城里大小银号恁多,咋就偏偏把他派去了信昌银号?这个疑问在他脑子里只是一闪而过,心里也只暗暗说了一句话:“啥叫命?这就叫命。”也就是在这一瞬间,他的耳边仿佛又听到了黑墨胡同口跟儿传来的枪声,和那个一头栽倒在他身旁的瘦高个子战友……

崔主任:“中了,子丰同志,我也不再多说啥了,你表个态吧。”

已经脱下军装的陈子丰,向面前的崔主任行了一个标准的军礼:“保证完成任务!”

陈子丰回到家,把自己要前往信昌银号任职的消息告诉了于倩倩,令他冇想到的是,瞪大了眼睛的于倩倩,做出的第一反应和说出的第一句话就是:“乖乖咪,天天都可以喝章家的胡辣汤了!”

去黑墨胡同里的信昌银号上班,已经有些日子了,每天到该吃晌午饭的点儿,大部分职员去右司官口跟儿喝章家胡辣汤了,陈子丰却很少去。尽管来祥符有两年了,可他还是习惯不了胡辣汤的那种滋味儿,晌午饭基本上都是压家里随便带上一点儿,将就一顿,晚上回家再做点可口的吃食。信昌银号的同僚们,每到晌午头要拉他去喝汤的时候,他总是会以这样或那样的理由,婉言谢绝。

这天晌午头，同僚们都去口跟儿喝汤的时候，陈子丰发现，除了自己冇去，还有一个冇去的人，就是李老鳖一。只见李老鳖一不动势坐在那里，似乎在思考着啥事儿。

陈子丰走到李老鳖一跟前，问道："老李同志，你咋不去喝汤啊？"

李老鳖一抬眼瞅了瞅陈子丰，问道："你吃罢冇？"

陈子丰："我吃罢了。"

李老鳖一："我想跟你咨询个问题。"

"啥问题，你说。"陈子丰坐在了李老鳖一身旁的椅子上。

李老鳖一："我说到哪儿算哪儿，说错了你也别介意，就算大人不计小人过。"

陈子丰操着半生不熟的祥符话，说道："看你老说的这是啥话，啥大人不记小人过啊，咱爷俩谁的岁数大啊？"

李老鳖一："你这不是领导嘛，按民国旧社会的称呼，你就是董事长，我说的对吧。"

陈子丰："别管啥称呼，你老在咱们信昌银号，是德高望重的老前辈，在你老跟前，无论是在信昌银号，还是在其他地方，我都是个晚辈，有啥话你老只管说，别有啥顾虑。"

李老鳖一点了点头，说道："陈领导，你来的天也不算少了，有个问题始终我冇弄清亮，你说咱们眼望儿做的这些工作，都是在为日后的公私合营做准备，对吧？"

陈子丰："对呀。"

李老鳖一："我的理解就是，政府是公，信昌银号是私，按民国旧社会的说法，合营就是合股，政府是股东之一，对吧？"

陈子丰："你说的冇错。"

李老鳖一："我不清亮的是，政府拿啥来入这个股，拿钱？还是拿企业的产品？还是房产？或是其他的啥东西？"

陈子丰笑了："你老的意思是说，新中国刚成立，政府啥都冇，入股其实就是控股,对吧?”

李老鳖一:“是这个意思。”

陈子丰:“恕我直言,老李同志,政府必须是控股,原因很简单,国民党反动派是被我们打败的,新政府是我们建立的。我们虽说穷,拿不出现钱,但我们可以这么说,祥符城里的龙亭、铁塔都是我们的财产,一草一木,一砖一瓦,都是我们的钱,祥符城我们说了算。公私合营的那个‘公’字,就是我们共产党的‘共’字,你说,我们不控股,难道还要把国民党反动派压台湾岛上请回来,让他们来控股不成?”

李老鳖一有点慌,忙说:“不、不,陈领导,我,我不是这个意思。”

陈子丰:“我知道你不是这个意思,你心里也可清亮,只不过一时半会儿转不过这个弯来,是吧?”

李老鳖一连连点头:“是的是的,眼望儿已经转过这个弯来了,转过来了……”

陈子丰笑着说:“老李同志,好好干,你的业务水平有目共睹,谁都会给你竖大拇指,说句实在话,你才是咱们信昌银号的头把交椅。”

李老鳖一:“不敢当,可不敢当……”

陈子丰:“敢当不敢当你也得当,我正在考虑向上级机关打报告,给你老薪水再往上调整呢。”

李老鳖一连连摆手说道:“可不敢,可不敢,老朽正准备跟你说呢……”

慌乱中的李老鳖一把正要往下说的话停在了嘴里,眼神里流露出一丝不知所措。

陈子丰:“说啊,你正准备跟我说啥啊?”

李老鳖一犹豫着,微微蹙着眉头,在他那张满是皱纹的脸上,和他混沌模糊的眼睛里,能看出他内心此时此刻的复杂。

陈子丰:“老李同志,如果你相信我的话,你该说啥说啥,想咋说咋说,不必有啥顾虑,你就是说了我不爱听的话,我也听着,你说吧。”

李老鳖一低下头，思考了好大一会儿，慢慢把头抬起来，说道："陈领导，那我可就说了？"

陈子丰："说吧，我听着呢。"

李老鳖一："陈领导，咱银号里的旧账清理得也差不多了，我想，等旧账全部清理完以后，我能不能就告退？"

陈子丰带着一丝惊讶："告退？"

李老鳖一："年纪大了，精力也跟不上了。你瞅瞅，去胡同口跟儿喝碗胡辣汤，就这两步路，都不想迈腿，每天压双龙巷地奔儿（徒步）来，虽说也不是太远，但老朽还是感到力不从心……"

陈子丰抬手制止住李老鳖一下面要说的话，脸上一直很温和的表情消失了，他冇说话，把目光转到李老鳖一桌面摆放的算盘上。

李老鳖一："老朽还要请陈领导多多谅解，我这也是不得已而为之。"

陈子丰的目光压桌面的算盘又移到了李老鳖一脸上，说道："老李同志，这么对你说吧，我在信昌银号这个位置，谁都有能力坐，而你在信昌银号这个位置，只有你能坐，谁都坐不了。你的年事已高，腿脚不便，这是事实，大家也都看在眼里。我正式告诉你，从明天开始，公家给你雇一辆人力三轮车，每天按时按点接送你上下班。别的我不想多说，用你们祥符话说就是：事儿不大，你看着办。"

听着陈子丰嘴里最后那一句带着湖南口音的祥符话，瞅着陈子丰说罢就站起身离开，李老鳖一不敢再吭气儿了，他心里清亮，此一时彼一时，眼望儿的信昌银号已经不是每章儿的信昌银号了，别看共产党冇钱，说话却要比资本家算数。

果不其然，第二天大早，李老鳖一走出院门，就瞅见一辆人力三轮车在自家的院门口卧着，蹬三轮的伙计瞅见压院门内走出的李老鳖一，急忙迎上前把李老鳖一扶上了人力三轮车。

李老鳖一："来得怪早啊。"

三轮车夫："恁的领导交代了，说你老早起可能要去喝汤，让俺赶早不赶晚。”

李老鳖一鼻子里哼哼了两声，说道：“俺领导怪操心啊。”

人力三轮车很快就把李老鳖一拉到了黑墨胡同口跟儿，下了车后的李老鳖一，瞅了瞅章兴旺热气腾腾的汤锅，他正准备往胡同里走，被正在汤锅跟儿盛汤的章兴旺一眼瞅见。

章兴旺吆喝道：“爷们儿，咋啦，老不见你来喝汤了？是不是俺的汤不胜李慈民那货的汤啊？”

李老鳖一：“看你说的是啥话，你这儿喝家太多，我是怕给你添乱。”

章兴旺：“看你说的是啥话，我这儿的喝家再多，也不差你那一碗汤啊，你老是喝不中我的汤了？还是对我有啥意见了？”

李老鳖一：“中了，别瞎胡想了，好好卖汤吧。多卖一天是一天，多卖一碗是一碗，喝汤的喝到肚里都是本，卖汤的收了银子也都是本。”

章兴旺感觉到李老鳖一的话音儿有点不对劲，像是话里有话，他正要接着问一句，只瞅见李老鳖一拄着拐杖已经走进了黑墨胡同。

下午，信昌银号下班，李老鳖一拄着明光锃亮的拐杖，走出了黑墨胡同，正准备坐上等候在胡同口跟儿的人力三轮，这时，紧挨着汤锅的房檐下，股蹲（蹲）在那里的章兴旺站起身来，冲着一条腿已经跨上人力三轮的李老鳖一喊道：“爷们儿！”

李老鳖一扭过脸，问道：“你这儿不是已经收摊儿了吗，你咋还冇走啊？”

章兴旺：“我这不是在恭候你老人家嘛。”

李老鳖一：“咋啦？有啥事儿？”

章兴旺冲人力三轮说道：“你走吧，俺爷俩要喝杯小酒，待会儿我送老先生回家。”

李老鳖一更加不解地问：“喝酒也得有个名头啊，不年不节的，喝啥酒啊？”

章兴旺：“不年不节就不能请你老喝酒吗？啥名头也冇，就是想跟你老喝两杯。”

李老鳖一心里可清亮，章兴旺要请自己喝酒一定是有啥事儿，章兴旺这货跟李慈民不大一样，虽说祖宗都是犹太后裔，都是压西边来的，除了在做生意上有祖宗遗传的那种精明之外，这俩人最大的不同就是，章兴旺要比李慈民滑头，要比李慈民更会算计。在印度胡椒那件公说公有理婆说婆有理的事儿上，众说纷纭，但李老鳖一更倾向于李慈民的原因，就是章兴旺在为人做事儿上，心眼儿更多一些。

俩人拐了个弯，去到徐府街上的一家小酒馆，要了一壶酒，俩凉俩热四个菜，开喝。

两杯酒喝下肚后，章兴旺对李老鳖一说：“爷们儿，你今个早起说的那句话是啥意思啊？”

李老鳖一：“哪句话啊？”

章兴旺：“你说，让我好好卖汤，多卖一天是一天，多卖一碗是一碗，收了银子都是本。”

李老鳖一：“有啥意思啊，这不是大实话吗？”

章兴旺：“大实话不假，可我咋觉得，你这个大实话里头，咋带着一种让我心里可不踏实的感觉啊？”

李老鳖一：“你心里犯啥隔意，有啥不踏实的？”

章兴旺：“我也说不上来。”

李老鳖一花搅道：“怪破本（舍得）啊，为了一句话就请我喝顿酒，你可亏大发了。”

章兴旺：“看你老说的这是啥话，咋？我卖汤钱挣得不多，就请不起你老喝杯小酒了？说句难听话，卖汤挣得再不多，也不比恁这些打算盘的人挣得少吧。看不起人不是。”

别管章兴旺为啥要请李老鳖一喝这顿酒，压李老鳖一内心来说，他是不太愿意来喝章兴旺这顿酒的。虽说自己跟章兴旺的关系也不算孬，但在李慈民逃离祥符这件事儿上，李老鳖一心里总约莫着蹊跷，李慈民跟章兴旺摊为黑墨胡同口跟儿这口汤锅，死挺头，俩人掂着大铁锤，恨不得挺到血海里。先是李慈民把章兴旺给挺窜了，李慈民冇干上两年又被共产党吓窜了，李老鳖一总觉得这里头有旁人不知的内情，倒不如借着这顿酒，套套章兴旺的话，摸摸他的底儿。想到这儿，李老鳖一准备借坡下驴。

两杯酒下肚，李老鳖一用手抹了一把嘴，说道："兴旺啊，既然咱爷俩的关系不错，我也就对你实话实说，不管真的假的，是我自己一个判断，你也别当真，有些事儿，你当真也冇用，我的意思，就是让你先做个心理准备，别管会发生啥事儿，有个心理准备，还是完全有必要的。"

一听李老鳖一说这话，章兴旺端正了一下坐姿，说道："咱爷俩不是外人，有啥说啥，就像你说的，有个心理准备总比冇准备强。你说吧，爷们儿。"

李老鳖一："那我就直截了当说了。"

章兴旺："说吧，我洗耳恭听。"

李老鳖一思考了一下，说道："你要做好思想准备，黑墨胡同口跟儿的汤锅，有可能你快支不成了。"

"啥？"章兴旺满脸惊讶地，"为啥啊？摊为啥快支不成了？"

李老鳖一："别说你的汤锅，搞不好俺信昌银号的下场，也会跟你的汤锅一样。"

章兴旺："信昌银号也开不成了吗？"

李老鳖一微微点头："一根绳上的蚂蚱啊。"

章兴旺瞪大了俩眼："你说的恁吓人，到底摊为啥啊？"

"小点声儿。"李老鳖一往四下里瞅了瞅，确认小酒馆里其他喝酒的人冇在意他俩，低声说道，"这一泛儿（一段时间里）你瞅见满大街贴的标语冇？"

章兴旺："天天忙得跟啥一样，哪有空去瞅它啊，无非就是'抗美援朝，保家卫国'的口号嘛。咋啦？又有新标语了？"

李老鳖一："抗美援朝战争还冇打完，你说的那些口号当然还有，新标语你就冇注意?”

章兴旺:“冇,啥新标语啊?”

李老鳖一扳着手指头数道:“人民当家做主人,一切权利归人民,社会主义不需要资本家,生产资料由人民政府统一调配……可多,我也记不太清了。”

章兴旺:“这有啥?不是挺好的吗?”

李老鳖一:“是不错,是挺好的,社会主义不需要资本家,俺信昌银号已经冇资本家了,眼望儿当家人是政府派来的陈领导。对俺信昌银号来说,生产资料就更不用说,当然是新成立的人民政府统一调配,俺信昌银号已经在祥符起了表率作用,接下来就是一种模式,只要有资本家的地儿,都要按这种统一模式来办事儿,一个不卯。”

章兴旺:“你老说的这些我都懂,可我不明白的是,跟俺有啥关系?俺就是个支汤锅卖胡辣汤的,又不是资本家,又冇啥生产资料,俺的生产资料,无非就是俺支的那口胡辣汤锅。”

李老鳖一端起小酒碗,喝了一口酒,然后抬起手,用手指头点着章兴旺,说道:“你呀,鼠目寸光,我也只能说你是鼠目寸光。”

章兴旺:“俺除了家里有两间破房子,黑墨胡同口跟儿有一口汤锅,挣个辛苦钱,吃个牢稳饭,像我这样的人,祥符城里满大街都是。俺要算资本家,那咱祥符城里的资本家可不少,远的不说,清平南北街上一个不卯,沙家牛肉、白家花生糕、闫家羊肉汤、赵家火烧,还有马老六的胡辣汤,全都是资本家了。爷们儿,咱别关着门看吊死鬼,自己吓唬自己中不中?”

李老鳖一的脸上依旧挂着微笑,说道:“咱俩不抬杠,我今个把话撂这儿,你要听我的,就把黑墨胡同口跟儿的汤锅给撤喽,做好去吃公家饭的准备,选择一个好饭碗,挣钱多少无所谓,图个快乐就中。你要不信我说的,我也冇法儿,到时候公家来找你的麻烦,可比李慈民回来找你麻烦厉害得多。”

章兴旺:“别在我跟儿提李慈民那个卖尻孙中不中?今个喝点酒,我也跟你老实话实说，我不隔意新成立的人民政府，我就隔意那个窜冇影儿的李慈民，他要是想害我，才真正能要我的命！不过我相信，只要有人民政府在，李慈民那个卖尻孙借他八个胆，他也不敢回祥符城！”

李老鳖一：“恁俩咋就恁大的仇气？说句我不该说的话，他李慈民就是回来，把印度胡椒的官司打赢，照样不能再把汤锅支到黑墨胡同口跟儿去。他挣不着钱，你就更别想挣着钱……拉倒，我不说了，说多了净得罪人。拉倒，不说了，不说了。”

章兴旺不干了，酒劲也上头了，大声说道：“你说不说就不说了？他李慈民回来能把我的蛋给咬喽？还打官司呢，打官司你当我怯他？说句难听话，就算我偷了他的印度胡椒，你不是说了嘛，黑墨胡同口跟儿的汤锅俺俩谁也支不成了，可共产党和人民政府能饶过他吗？再说句难听话，就是人民政府饶过他，恁信昌银号的陈领导也饶不过他，要不是他那口汤锅，恁陈领导那条胳膊也不会拆坏（残疾）！”

李老鳖一趁势说道：“中，就按你说的，即便是俺陈领导胳膊上那一枪，就是为了喝李慈民的胡辣汤被打，就算打那一枪的人是李慈民他儿子，可这跟印度胡椒也不裊（不搅，两回事）啊？在印度胡椒这件事儿上，人家可是占着理儿呢。”

章兴旺一脸满不在乎，还带着一丝微笑得意地说道：“他占啥理儿，胜者王侯败者贼，眼望儿是共产党的天下，人民政府说了算！”

话说到这儿，李老鳖一不再往下说了，印度胡椒的事儿已经在他心里清清亮亮。他端起酒碗轻轻抿了一口，自言自语地说了一句：“铁塔不是铁的啊。”

章兴旺：“当然不是铁的，只不过是铁的颜色。”

李老鳖一：“咱也不是希伯来人，只不过咱的祖宗是闪米特人，是一千年前压耶路撒冷那边过来的。”

章兴旺：“爷们儿，你这话说得不对，就是一万年前压那边来的，咱也是希伯来人。”

李老鳖一摇了摇脑袋，笑道："此言差矣啊。"

章兴旺："此言咋差矣了？"

李老鳖一："那我问你，你卖的汤为啥叫胡辣汤？"

章兴旺："用胡椒熬出来的汤，不叫胡辣汤叫啥汤啊？"

李老鳖一："也就是说汤里的主料是胡椒呗，胡辣汤、胡辣汤，胡椒熬的汤。"

章兴旺："冇错。"

李老鳖一："我再问你，你汤里的胡椒是压哪儿来的？"

章兴旺："印度胡椒，当然是压印度来的啊。"

李老鳖一："这不妥了嘛，你支的那口汤锅，应该叫印度胡辣汤锅才对。就像咱的铁塔，不能因为是铁的颜色，就叫它铁塔，这不是一个理儿嘛。"

章兴旺："老头儿，你这是抬杠。"

李老鳖一："我一点儿也不抬杠，既要论这个理儿，咱就论个清亮，该是啥就是啥。你说你汤锅里掌的是印度胡椒，李慈民说他的汤锅里掌的也是印度胡椒，摊为这恁俩才掐得血糊淋刺，都是想证明自己是正宗，其实恁俩都不正宗。我说句得罪人的话，祥符城里汤锅支得到处都是，都叫胡辣汤，依我看，只要带上个'胡'字儿的汤，就不应该是咱的特产。"

章兴旺："看你说的这是啥话，带个'胡'字儿为啥就不是咱的特产了？胡辣汤不带'胡'字儿带啥？"

李老鳖一："那是一般人的理解。"

章兴旺花搅道："二般人的理解是啥？"

李老鳖一："胡辣汤、胡辣汤，是胡人喝的汤，而不是胡椒熬成的汤。这跟咱的铁塔是一个理儿，不能摊为它颜色像铁就叫铁塔，认祖归宗，铁塔建于北宋皇祐元年，当年盖在了开宝寺内，叫开宝寺塔。人们叫它铁塔，是摊为塔身全部用褐色琉璃瓦砌成，远看近似铁色，其实它的前身是一座木塔。我跟你说这，就是想让你明白，胡辣汤只是一种约定俗成的称呼而已，跟称呼铁塔是一个理儿。不同的是，铁塔也好，开宝寺塔也罢，它都是咱中国的，胡辣汤是不是咱中国的？是不是变种了？两说。就像咱七姓八家，论祖宗是希伯来人，论眼望儿是中国人，祥符人。"

"你这话我听着咋恁别扭呢！"章兴旺脸上挂着不悦，端起小酒碗一口闷进嘴里后，把酒碗往桌子上重重一顿，说道："听话听音儿，你的话音儿我听出来了，你的意思是说，这印度胡椒别管是李慈民偷我的，还是我偷他的，俺俩都是偷印度的，是吧？"

"本是同根生，相煎何太急啊……"李老鳖一说罢，伸手抓过竖在桌边那根明光锃亮的拐杖，站起身说道，"中了，天也不早了，明个你还要支锅，我还要上班。谢谢你的酒，告辞。"

章兴旺坐在那儿冇动势，似乎还冇压李老鳖一刚才那番话的意思里挣扎出来，他眼瞅着拄着拐杖朝小酒馆门外走去的李老鳖一，猛然反应过来，喊了一声："哎，爷们儿……"

李老鳖一停住脚，转过身来问道："咋？还有啥事儿吗？"

章兴旺脑袋一晃，癔症了一下，说道："冇，冇事儿，我去给你叫辆人力三轮。"

李老鳖一："人力三轮徐府街上都成了，别操我的心，把我今个给你说的话好好想想。"

章兴旺眨巴着俩眼儿，瞅着李老鳖一坐上了停在小酒馆门外的一辆人力三轮，思绪好像也被那辆人力三轮一起拉走了。李老鳖一的话在他耳边萦绕着，他抓起酒壶给自己斟满一杯，一饮而尽，喝罢后一抹嘴自言自语道："管他个孬孙谁是胡辣汤的祖宗，我才不信政府不让俺支这口汤锅，俺又不是资本家……"

再说李老鳖一，喝罢酒回到家后，独自坐在台灯下泛定（稳定）了好一会儿，然后铺上毛边信纸，用毛笔在信纸上写下：

辞　　呈

陈领导：

蒙降天缘，惠与恩助，荣入信昌，已近数载；承蒙领导，委以重任，栽培教诲，感怀无尽。任职期间，吾志拳拳，劳心伤神，尽事权力，披以肝胆，以报知遇之恩。因年事已高，身体有恙，力不从心，不宜于社会大潮中拼搏，有误事业，辜负领导厚爱期望，恳请原谅，在此请辞，期与准许。惟愿吾银号司日益强大，飞黄腾达，词不达意，万望纳言。

李宏寿

中部

新中国成立初期至改革开放

扫码查看
•天下胡辣汤
•中原美食汇
•中华文化谈
•走近王少华

15.“不是我不想告诉你，我是不想让你跟着我一起担惊受怕。”

不能不说，有学问的人脑子确实灵光，就在李老鳖一递交辞呈冇多久，这天一早，陈子丰领着好几个穿戴可展样的人来章兴旺这里喝汤。章兴旺压陈子丰对待这几个人的态度上就能看出，这几个穿戴可展样的人，都是比陈子丰官大的上级领导。然而，他们之间的对话，一下子让章兴旺想起了李老鳖一在徐府街小酒馆里跟他说的那些话。

陈子丰问这帮人中那个头发冇几根却梳得可光碾（光溜、干净）、正埋头喝汤的矮个子男人：“刘处长，这汤咋样儿？”

矮个子男人头也冇抬地说：“地道，可地道，我头一次喝这么地道的汤。”

陈子丰：“刘处长，我听说，咱祥符城里的好几家老字号，都已经表态要和公家共同经营了。”

矮个子男人：“有这事儿。不过，都冇信昌银号朗利，不用表态，直接就归了公家。”

陈子丰：“听说常香玉给志愿军捐了一架飞机之后，把自己的剧团也归公了？”

矮个子男人：“常香玉不算啥，苟华亭知道吧？”

陈子丰:“知道啊,不就是鼓楼街王大昌茶庄的老板吗?”

矮个子男人:“那可是一个比常香玉的脑瓜子更清亮的人啊。”

陈子丰:“他咋啦?也同意把王大昌茶庄归公了?”

矮个子男人:“何止同意归公。我问你,常香玉给志愿军捐了啥?”

陈子丰:“一架飞机啊。”

矮个子男人:“人家苟华亭给志愿军捐了三架半飞机。”

陈子丰:“是三架半飞机的钱吧。”

矮个子男人:“那还了得,三架半飞机可不是小钱啊,全祥符市你查查,有几个能捐三架半飞机钱的。”

陈子丰:“那真不是小钱。但是,咱把话说回来,要说贡献大,还应该是秦昆生,不吭不哈就把信昌银号给归公了。”

矮个子男人:“这好像有啥可比性吧。”

陈子丰:“咋有啥可比性啊,一个银号不比一个剧团、一个茶庄有实力嘛。”

矮个子男人:“组织上派你到信昌银号来,从某种意义上讲,是让你来接手信昌银号这个烂摊子,秦昆生他巴不得呢,剧团也好,茶庄也罢,给社会造成的影响都冇银号大,因为银号里是存银子的地方,银子要是出事儿,你想吧。”

陈子丰:“可不是嘛,要不是我们的人民政府,就信昌银号的那一大堆烂账,早就让秦昆生吃不了兜着走了。”

矮个子男人:“所以啊,个人的能力再大,也不可能有组织的能力大。别的不说,就说祥符城里这些支汤锅的,别管你是胡辣汤、羊肉汤、牛肉汤、杂碎汤,还是别的啥汤,你就是生意再好,再受人欢迎,谁敢保证你碰不到一点事儿,一旦碰到像抗美援朝保家卫国这样的大事儿,冇国家出头那能中?美帝国主义还不打到鸭绿江这边来呀,人民的生活咋能不受侵害,别说支汤锅,连命都难保,你说对不对?”

陈子丰颇有感慨地说:“这不假,公私合了营,不管咋着,对私营者都是有好处的。”

矮个子男人:“可不是嘛,所以啊,咱这次要把信昌银号所有的遗留问题都处理好,不能留有后患,让党和人民都放心。”

陈子丰:“放心吧,刘处长,你们这次来做善后工作,这个阵容,就已经能让大家放心了。”

“嗯,这汤真不孬,开胃。”矮个子男人点着头冲章兴旺说道,“老兄,再给我拿个馍。”

章兴旺急忙压馍筐里拿出个馍递了过去,问道:“够不够? 不够再来一个。”

矮个子男人笑道:“要不是你的汤好,我哪能吃俩馍,还再来一个,撑死人不偿命啊你。”

章兴旺趁机问道:“这位领导,别嫌我多嘴,我想请教一个问题,中不?”

矮个子男人:“你说。”

章兴旺:“恁说的这个公私合营,是不是也要包括俺啊?”

矮个子男人用手捋了捋低头喝汤时滑落下来的那一缕头发,反问道:“你约莫着呢?”

章兴旺:“我约莫着,跟俺关系不大吧。”

矮个子男人反问:“为啥?”

章兴旺:“俺支这一口汤锅,算不上资本家吧?”

陈子丰冇等矮个子男人开口,先开口说道:“资本有大有小,资本家可不是就指像荀华亭那样能捐三架半飞机的人,像你这样的小资本也是资本家啊,麻雀虽小五脏俱全,这个道理你应该懂。”

矮个子男人把馍掰进汤里,点着头赞同道:“是这个理儿。”

章兴旺不吭声了,脸色也不太对了。

就在陈子丰带着这几位穿戴可展样的领导,来章兴旺的汤锅喝罢汤后的一段日子,章兴旺几乎每天都能瞅见一些人在黑墨胡同里倒腾,往里往外搬运着东西。原先信昌银号那些常来喝汤的熟面孔，几乎都瞅不见了，又出现了许多新面孔，这些新面孔里出现最多的就是陈子丰那个唱二夹弦的媳妇于倩倩。

几乎每天都来喝章家胡辣汤的于倩倩，又来喝汤时告诉章兴旺，信昌银号已经不复存在了，眼望儿已经变成了祥符市百货公司的批发部，她调到这个批发部当了主任。压于倩倩来喝汤时的话音儿里，章兴旺彻底明白，他压李慈民手里夺回来的这口汤锅，好景也不会长了。他问于倩倩，咋不见陈子丰来喝汤了，于倩倩告诉他，信昌银号关闭之后，陈子丰被上级调到文化部门去工作，当听说新成立的祥符市百货公司，要把批发部安置在信昌银号的旧址，陈子丰让崔主任帮忙，把于倩倩调进了百货公司，如愿以偿当上了这个批发部的主任。

于倩倩笑着对章兴旺说："说句不该说的话，你也别笑话我，我要求来批发部上班，就是冲着恁章家这口汤锅来的。"

章兴旺："你的二夹弦不唱了？"

于倩倩："戏班子是旧社会的私有产物，还是交给公家比较合适。"

章兴旺："算不算公私合营？"

于倩倩："要说算也算，要说不算也不算。对我来说，算不算都无所谓，有家有口的人了，操不了恁多心，女人嘛，有个幸福的家庭，安稳的工作，再有口滋腻（得劲；滋润）的胡辣汤喝，比啥都强。"

章兴旺叹道："唉，就怕是，你爱喝的俺章家这口胡辣汤，也快公私合营喽……"

于倩倩："老兄，我问你，要是真把你这口胡辣汤锅给公私合营了，你愿意不愿意？"

章兴旺反问了一句："你说我愿意不愿意？"

于倩倩："我觉摸着你不愿意。"

章兴旺："为啥？"

于倩倩："胡辣汤跟二夹弦可不一样。打个比方，买一碗胡辣汤的钱，和买一张二夹弦的门票是一个价钱，在饿肚子的时候，你说，人们是去听二夹弦呢，还是来喝胡辣汤？"

章兴旺："民以食为天，当然是来喝胡辣汤。"

于倩倩："这不妥了嘛，胡辣汤比二夹弦挣钱容易吧。所以说，钱难挣的行当是最愿意公私合营的，就像信昌银号，亏损成那个样，巴不得赶紧公私合营呢，让人民政府给它擦屁股。"

章兴旺："理儿是这么个理儿啊，说句难听话，挣钱不挣钱咱能当咱的家，可公私合不合营咱可当不了自己的家啊。"

于倩倩："管他公私合不合营，你老兄这口汤锅反正我已经是认定了，要不，我也不会改行来黑墨胡同上班。"

章兴旺："那我问你，我要是不合营，这口汤锅我不支了呢？"

于倩倩："别打哩戏（玩笑，胡弄）了，这不可能。"

章兴旺："咋不可能，公私合营政府说了算，汤锅支不支我说了算。"

于倩倩："你是不愿意政府跟你一起分账吧。"

章兴旺："不是钱的问题。"

于倩倩："不是钱的问题是啥问题啊？"

章兴旺憋气不吭声了。

于倩倩紧逼一句："不是钱的问题是啥问题啊？你说话呀！"

章兴旺："反正，反正不是钱的问题。"

于倩倩已经压章兴旺的脸上看出，这货不可能把他真实的想法说出来，于是带着调侃地说："唉，你这口汤锅真要是不支了，我不是白调到黑墨胡同来了嘛，费恁大的劲，不就是要喝你章家这口汤嘛。"

章兴旺不想把自己真实的想法告诉于倩倩，是他真的不能说。正像他说的那样，不是怕公私合营以后公家跟他一起分账，挣再多的钱都是二一添作五，让自己觉得太吃亏，而是因为他心里藏着最大的一个隐痛，就是自己这碗胡辣汤的配方会保不住，尤其是印度胡椒在配方里的作用，一旦泄露出去，可以说就冇他啥事儿了。自打李慈民窜了以后，章兴旺心里暗自窃喜的原因有两个：第一，印度胡椒只有他和李慈民能弄到，李慈民窜罢了，除了自己，就不可能再有第二个人知道印度胡椒的秘密；第二，即便是有朝一日李慈民回来了，也冇法再和自己掰扯汉奸不汉奸的事儿了，再掰扯那事儿，人家会说是李慈民想争回黑墨胡同口跟儿这个支汤锅的风水宝地。

瞅着津津有味喝着汤的于倩倩，章兴旺已经预料到自己的章家汤锅快支不成了。

深秋已过，在立冬之前，祥符市工商业改造领导组，在相国寺剧场召开了全市动员大会。那天，整个祥符城，标语满墙，彩旗飞舞，盘鼓震天，高跷秧歌满大街，祥符市公私合营的大幕徐徐拉开……

公私合营动员大会开罢的第二天，政府的工作人员就来到了黑墨胡同口跟儿的章家汤锅，工作人员刚把话说了个开头，正在给喝家们盛汤的章兴旺，就打断了工作人员继续往下说。

章兴旺一脸皮笑肉不笑地对工作人员说："中了，别耽误瞌睡了，夜个晚上我一夜都冇睡好，等这锅汤卖完我就回家，上床睡觉，造孩儿。我还冇个孩儿，对我来说，造孩儿比卖汤重要，等俺造出的孩儿长大了，估计共产主义也就实现了。啥公私合营不合营啊，等到实现共产主义那一天，吃馍喝汤统统不要钱，恁说对吧？恁也别在我这儿瞎耽误工夫了，赶紧去寺门，去做马老六那些不愿意公私合营货的工作吧，俺这口章家汤锅，就是不公私合营，我也不会再支下去，今个这锅汤，就是俺章家汤锅的最后一锅汤！"

工作人员一听这，可高兴，立马拿出事先已经预备好的大红花，就给章兴旺挂在了胸前……

章兴旺说到做到，第二天就掂着大铁锤，自己把自己的汤锅给砸了，一边砸一边向在一旁围观的人说："恁就等着喝更好的汤吧，公家支的汤锅，肯定比俺章家的汤锅要好……"

说话算话，章兴旺回家造孩儿去了，他的儿子章童出生于 1955 年，那年是羊年，也是公私合营正式拉开大幕的前夕。压1953年工商业改造到1956年完成公私合营这整整三年内，祥符城可以说是变化不小，最能让祥符人感受到的变化，就是东大寺门前的清平南北街上，彻底瞅不见卖吃食儿的了，啥马老六的胡辣汤，沙家的酱牛肉，统统都被改造掉了。沙二哥进到了国营的牛羊肉加工厂，给国家支锅煮沙家的五香酱牛肉；马老六去到了州桥胡辣汤馆，也成了国家的正式职工，给国家熬胡辣汤。表面上看着都很兴高采烈，工作热情也很高涨，但他们到底是清平南北街上的老街坊，心里都可清亮，他们绝对不会冇一点私心，在煮肉熬汤的时候都会留一手。用马老六的话说："傻屌才会把料放全，汤能喝就中了，除了州桥胡辣汤馆，祥符城里又冇第二家专门卖胡辣汤的。"听到这话的沙二哥笑着说："俺牛羊肉加工厂煮肉锅里放的料，可是俺家实打实的配方啊。"听到沙二哥这话，马老六立马花搅道："中了，我的二哥，你不是在卤猪肉吧？"清平南北街上的人听罢都哈哈大笑起来，沙二哥笑得最狠，唯一冇笑的就是章兴旺，他心里当然也可清亮，别管是马老六还是沙二哥，或是清平南北街其他卖吃食儿的人，都不可能把自家的秘方泄露给公家，都会留着一手，似乎心里都埋藏着有朝一日给自家挣钱的欲望。

春夏秋冬在一眨眼的工夫轮回着。

就在章兴旺的儿子章童二十四岁那年春天的某一个早晨，章兴旺冲着赖床不起的儿子吼道："太阳都快晒到腚沟了，你今个不上班了吗？"

章童翻了个身，半烦地哼唧了一句："上午是最后一节课，急啥。"

"你这个货，早晚得被学校开除！"章兴旺说罢这一句后，摇着脑袋离开。

章童是理事厅街小学的体育教师，属于代课老师。所谓的代课老师，不是正式工，啥时候有指标啥时候转正。章童代课已经代了快两年，转正遥遥无期，几次萌发了不想继续代课的想法，都遭到章兴旺的臭骂。好在章童谈的那个女朋友，也是理事厅街小学的代课老师，算是有个伴儿。每天放学以后，章童在外面过恋爱生活，回家都很晚，照常早上爬不起来，要是第二天上午有课，那也是屎憋到屁股门才匆忙压床上爬起来，日急慌忙蹬着自行车往学校窜。夜个晚上，他和那个叫周洁的女代课老师，去相国寺剧场看电影了，周洁好不容易排队买了两张《少林寺》的电影票，是晚上的最后一场，看到夜里十二点多才回家。《少林寺》电影可真叫火爆，相国寺剧场一天能放映十多场，压早场七点到晚上十二点不歇气儿，放映员能在放映过程中用喇叭告诉观众，因持续放映时间太长的原因，电影放映机的温度过高，必须降温后才能继续放映，就这，一降温降到了夜里十二点多。章童把周洁送回家后，自己回到家已经是二半夜了，那部《少林寺》让章童难以入眠的原因，跟他压小在东大寺前院，跟着沙义孩儿练过武术有关。沙义孩儿是沙二哥的儿子，岁数要比章童大，清平南北街上的男孩们几乎都跟着沙义孩儿练过武术。

章童压小练武术，是章兴旺逼他练的。在章童出生之前，就是章兴旺两口子在右司官口支杂碎汤锅的时候，曾经生过一个男孩儿，在那个男孩儿不到两岁的时候，摊为汤锅生意太忙，那个儿子得病冇及时看医生，死了。再后来，章兴旺摊为汉奸的事儿东躲西藏，回到祥符后，又为黑墨胡同口跟儿的汤锅忙得不识闲（停不下来），根本顾不上再要个孩儿，直到公私合营不支汤锅之后，才得空要了这么个孩儿。章童出生罢，章兴旺两口子生怕这个孩儿重蹈覆辙，便让章童压小就跟着沙义孩儿练武术，用章兴旺的话说：练玩意儿是小，把身体锻炼好是大，说不准把身体练好了，长大还能指望武术混口饭吃。尽管沙义孩儿不止一次打章兴旺的兴头，说恁家这孩儿，就不是个练武术的材料，你瞅瞅，踢个腿还冇人家小妞儿踢得高。后来章兴旺也意识到章童不是块练武术的材料，待章童长成了大小伙子之后，就四处托人给儿子找工作，好不容易进到理事厅街小学当了个代课老师。头一天上班，理事厅街小学的校长就对章童说，只要好好干，以后转正的机会很多，可是，代课都快两年了，章童越来越觉得校长那句话是在画饼，根本就看不到转正的希望。

在章兴旺的再次吼叫中，章童终于压床上爬了起来，章兴旺瞅着正匆匆忙忙刷牙洗脸的儿子，气就不打一处来，在一旁冲着儿子唠叨着："不想代课，想弄啥？这要是每章儿，那中，咱家俩汤锅，右司官口，黑墨胡同，任你挑，别管是卖杂碎汤还是卖胡辣汤，都饿不死人。眼望儿啥汤锅都不让支了，咋办？咱家就是个小老百姓，冇权冇势，看在你是独生子女的份儿上，冇让你上山下乡已经够便宜你的了。说句难听话，恁那个哥哥要是活到眼望儿，恁俩都得当知识青年到乡里去修几年地球，要不是华主席粉碎了'四人帮'，还不定咋着呢。发迷，代课老师咋啦？为了让你能当上这个代课老师，恁爹恨不得给沙义孩儿他爹磕头，走后门压牛羊肉加工厂买了五斤卤牛肉，送到恁校长家，要不是这，你连个代课老师都当不上……"

章童吐出满嘴的牙膏沫："别叨叨了中不中，烦不烦啊！一弄就提每章儿咱家支过俩汤锅，你的意思不就是想说眼望儿不胜每章儿嘛。不胜每章儿，眼望儿又不让支锅啊，说那管啥用。"

章兴旺："不管啥用不啥用，你好好在学校干，等着转正，就你这不按时上下班，学校能对你有个好印象那才叫怪！"

"啥好印象不好印象，别听俺校长瞎摧，我就是按时上下班，干得再好，也难转正，不信咱走着瞧。"章童说着走进了厨屋棚，压馍篮里拿出个杂面馍，一边啃一边推自行车往院子外面走，"我把话撂这，在理事厅街小学我要能转正，我倒立着走路。"

"乖乖儿，你要是能倒立着走路，恁爹我也省心了，你也算有个一技之长了，去街边撂个地摊儿也饿不死了！看把你给能的，还倒立着走路，不倒立走路你都能一头栽那儿……"章兴旺的吼叫声撵出了院子门。

章童蹬着自行车日急慌忙地赶到了学校，正准备进校门的时候，就瞅见周洁满面春风地推着自行车正往校门外走。

章童："你去哪儿？上午你不是也有课吗？"

周洁兴奋地说："天上掉馅饼，砸到我头上了。"

章童眨巴着俩眼问道："就这一夜冇见，天上就掉馅饼砸到你头上了，啥馅饼啊？"

抑制不住兴奋的周洁告诉章童，夜个晚上看罢电影回到家，原以为家里人都睡了，冇想到家里灯火通明，全家人都在等她回来。她刚一进屋，只见她爹手里就晃动着一张纸，眼里闪着泪花，激动地吓瑟着嗓音说，重工局拨乱反正，给他平反了，这是他的平反通知书，并对周洁说，重工局的领导答应，立马就给他的女儿安排工作，去高压阀门厂上班。高压阀门厂那是个啥单位啊，祥符为数不多的重工业工厂，是直属国家工业部的单位，在祥符人眼里，只要说在高压阀门厂上班，都会被人高看一眼。周洁她爹原先是高压阀门厂的一个技术员，就摊为说了一句"中央领导里面邓小平最懂高压阀门"，就被高压阀门厂给开除了，不但被开除，还吃了几年牢饭。眼望儿好了，因祸得福，被平反了不说，还让他妞儿进高压阀门厂上班，这真是个压天上掉下来的大馅饼，重重砸在了周洁头上。

章童有点儿蒙，眨巴着俩眼瞅着满面春风的周洁，半晌说不出话来，周洁似乎看出了点什么，对章童安慰道："是有点突然，冇思想准备是吧。其实，我也不想离开学校，不想离开你，可当这个代课老师总不是个事儿啊，你说是吧？"

章童连连点头说道："我知，我知，好事儿，当然是好事儿。"

周洁瞅着章童，问道："你冇不高兴吧？"

章童："高兴，当然高兴……"

周洁："高兴就中，我就怕你心里有啥想法。"

章童："想法当然有，有想法。"

周洁："啥想法？是不是担心我攀上高压阀门厂的高枝儿，会把你给甩了呀？"

章童："这倒不是。"

周洁："那是啥？"

章童正要准备说，这时，校园里的预备铃响了起来，他忙对周洁说："下班后咱俩老地方见吧，见面我再对你说。"

章童说"老地方见"的那个老地方，可真叫老，是位于祥符城南偏东一点儿的繁塔,这座繁塔是祥符城内屈指可数的宋代建筑之一,因当年修建在北宋皇家寺院的天清寺内的繁台之上,被俗称为繁塔,也是祥符地区最原始的佛塔。之所以这座繁塔成了这俩年轻人约会的老地方,并非其他原因,而是周洁她家就住在繁塔下面的那条繁塔西街上。周洁的妈妈在祥符卷烟厂上班,繁塔西街那个大杂院里大多数住户都在祥符卷烟厂上班,别看这个大杂院里的住家生活条件一般,有的家庭还经常缺吃少喝的,但这个院子里唯一不缺的只有两样东西:一样是环境优美,不但有繁塔,还有一个禹王台公园;另一样就是住家户都不缺烟抽,男人们各个抽烟,而且抽的都是一个牌子的烟,都是烟厂发的福利烟。大杂院在祥符名气很大,就是因为男人们抽烟从来不花钱。

原先周洁她家住在东郊的高压阀门厂家属院,她爹出事儿以后,她娘不想看见家属院里那一张张带有歧视的面孔,毅然决然地搬到了繁塔西街卷烟厂的家属院里。不管咋着,卷烟厂的人不像高压阀门厂的那些人狗眼看人低,卷烟厂家属院里的人政治觉悟冇那么高,祥符的老门老户比较多,不像高压阀门厂家属院里的那些人,说普通话的外来户多,好像一说普通话就高人一等,就成了大城市的人。说到底,周洁家搬到繁塔西街,就是摊为她爹的事儿。眼望儿她爹平反了,高压阀门厂的领导在把平反通知书交到她爹手里的同时,说厂里又盖了新家属院,有周洁她爹的房子,周洁她爹在感谢领导关怀的同时,说他们家在繁塔西街已经住习惯了,每天看着繁塔抽着烟,心里不闹和。周洁她妈听说周洁她爹谢绝新家属院,可不高兴,两口子顶撞了几句。周洁回到家后她爹对她说:"激动归激动,高兴归高兴,可心里要清亮,这个世界上,啥是你的啊?啥也不是你的,说是你的就是你的,说不是你的啥都不是你的,啥正式工临时工,人活着都是临时工,啥时候一蹬腿啥时候才是真正的转正。"说罢压烟盒里抽出一支烟,点着,深深地抽了一大口,满脸惬意地说了一句:"还是抽烟实惠,得劲儿……"

当小学代课教师的章童,每月工资少得可怜,给家里交罢伙食费以后，就剩不了俩钱。压学会抽烟以后，自己掏腰包买烟都按计划，不敢超标，基本上是三天买两包烟，自打跟周洁好上以后，他好像就冇花过自己的钱买烟，周洁随便压家里踅摸两包她爹存放在家里的烟，就足够章童抽的了。章童经常在兜里的烟接不上气儿的时候，就会跑到繁塔下面，等着周洁压家里把她爹的烟踅摸出来，俩人在繁塔下面，一手交烟，一手交人，一嘴抽烟，一嘴亲嘴，就这章童得了便宜还卖乖，说跑恁远就是为了抽一包不花钱的烟。周洁却说，把烟带到学校可省事儿，光想呢，想抽不花钱的烟就得来繁塔，这叫革命生产两不误。就这，繁塔成了俩人约会碰头的老地方。

今个在繁塔俩人的见面，可以说对章童的刺激很大，受刺激的原因，倒不是因为周洁有了一个不错的正式工作，而是让章童觉得，自己应该结束这种靠女朋友踅摸家里的香烟施舍自己的日子了。自己已经是一个要个头有个头，要模样有模样的大男人了，吃喝玩乐要靠自己，才能真正像个男人，才能有尊严地生活，一个男人要想让自己看得起自己，就必须在经济上能保障自己。可是，就这么在理事厅街小学干耗着，遥遥无期地盼望着指标转正，何年何月才是个头啊？当周洁表达完自己有了正式工作的心情以后，把踅摸她爹的一包香烟塞进了章童手里，却冇料想，倒被章童攥在手心里狠狠地捏成了一坨。

周洁惊讶地："你这是弄啥？"

章童面带平静地："不弄啥。"

周洁掰开章童的手指头，压他手心里拿出被搦成一坨的香烟："不弄啥你这是弄啥？心里有啥毒气出不来啊！"

章童冇吭气儿，俩眼盯着身旁的繁塔。

周洁："我问你话呢，是不是你觉得我有正式工作了，你心理不平衡啊？"

章童依旧瞅着繁塔，半晌才说道："俺爹说过，'铁塔高，铁塔高，铁塔只到繁塔腰'，要不是元朝那会儿，摊为打雷把九层繁塔给毁了，今天咱看到的繁塔要比那个号称‘天下第一塔’的铁塔高得多。”

周洁:“你说这是啥意思啊?”

章童:“俺爹说,俺家每章儿卖过胡辣汤,俺家支在书店街黑墨胡同口跟儿的那口汤锅,祥符城里的汤锅冇家能比,每章儿那会儿,虽说比不上那些做大生意的,但俺家吃喝不愁。眼望儿可好,抽包烟都要掂算抽起抽不起,这样下去可冇法办啊。我在想,是不是也离开理事厅街小学,给自己找个正式工作,铁塔就是铁塔,繁塔就是繁塔,别老说铁塔只到繁塔腰,我要让自己这个‘繁塔’超过铁塔!”

周洁瞪大了眼瞅着章童,问道:“离开学校,那你准备干啥啊?”

章童:“干啥我先不跟你说,我也不能跟俺家里人说,等我开始干,恁就知了。”

周洁:“你可不要干违法乱纪的事儿啊?”

章童明白周洁说的违法乱纪的事儿是啥事儿,鄙视地瞄了周洁一眼,说道:“你以为我会跑到广东那边,去倒腾邓丽君的磁带啊?那是傻屌干的事儿,我要干就干一劳永逸的事儿。”

周洁:“啥一劳永逸的事儿?你说说。”

章童:“我不说。”

周洁:“跟我说都不中吗?”

章童:“不中。”

周洁恼了:“不跟我说你今个不能走!”

章童:“不走我住恁家啊?”

“你光想住俺家呢。”周洁指着章童的鼻子,满脸严肃一丝不苟地说道,“章童,我告诉你,今个你要是不说你准备干啥,咱俩就拉倒,我说到做到!”

一看周洁真恼了,章童也有点怯气,声音缓和地说道:“不是我不想告诉你,我是不想让你跟着我一起担惊受怕。”

周洁正着脸说:“别说恁多,给个朗利话,你说不说吧,不说眼望儿你就走。”

一瞅周洁是真的恼了，章童不得不把自己真实的想法说了出来。章童告诉周洁，他不准备继续在理事厅街小学这么无休无止耗下去，他准备自己干，把他家做胡辣汤那门手艺再拾起来。说句难听话，只要能把章家的汤锅重新支起来，别说让他当个小学体育教师，给他个教育局长他都不换。前两天他听别人说，教他练武术的沙义孩儿，就重新拾起了他们沙家做牛肉的手艺，在宋门里租了个小院儿，支了口煮牛肉的锅，生意可好。结果冇支两天，工商局的人就找上了门，不让支锅煮牛肉，沙义孩儿不挺，跟工商局的人争吵，两边撕拽了起来。沙义孩儿他爹沙玉山，人称沙二哥，在抗日战争的时候连日本人都敢挺，沙义孩儿压小就跟着他爹练玩意儿，三十啷当岁，身板正是强壮的时候，工商局去端他煮牛肉锅的那五六个货们，根本不是沙义孩儿的对手，被打得连滚带爬地窜了。私家跟公家挺瓤，最后倒霉的肯定是私家，宋门派出所的老警（警察）去了，煮牛肉的锅不让支了不说，还把沙义孩儿弄进了派出所，要不是沙义孩儿他爹出面，不把沙义孩儿送进强劳场强劳两年才怪。

周洁：“就是啊，沙义孩儿能锵实也挺不过公家啊，他煮牛肉的锅都支不起来，咋，你是三头六臂啊。”

章童：“沙义孩儿他是拉硬弓，当然不中。”

周洁：“咋？你拉软弓？别发迷了，政府不让弄的事儿，你拉啥弓都不中。”

章童：“错！沙义孩儿那是不得法，他要是得法喽，他那口煮牛肉的锅照样能支。”

周洁撇着嘴：“瞅把你给能的，他支煮牛肉的锅不得法，你支熬胡辣汤的锅就有法了？咋？你比人家沙义孩儿尿得高啊？”

章童：“瞅瞅你，一个女孩子家，说话恁难听，文气一点儿中不中。”

周洁把眼一瞪：“不中！我把丑话给你说头里，你安安生生给我在理事厅街小学待着，啥临时工正式工，我不在乎，你要是胡摧六弄（胡来），我可不答应,一旦出了事儿,我可跟你丢不起那个人!”

尽管周洁把话说得很死,此时此刻的章童已经在心里拿定了主意,他要靠自己的能力来改变命运的最佳途径,就是把他爹每章儿支胡辣汤锅的手艺拾起来,只要能置(挣)上大钱,哪怕被爱情抛弃也值。

决心已定的章童,开始做起了准备工作,只要得空,就凑到他爹章兴旺跟前,问这问那。章兴旺也怪,只要他儿问起当年在黑墨胡同口跟儿支汤锅的事儿,都会显得格外亢奋,前三皇后五帝地喷章家那口汤锅是多么传奇。直到有一天,章兴旺突然觉得不对劲,问他儿道:“你见天问咱家汤锅的事儿,想弄啥?是不是也想支汤锅啊?我可告诉你,眼望儿跟每章儿可不一样,压公私合营以后,谁敢搞自己的买卖谁就是投机倒把,这要是让政府逮住,吃不了都得兜着走。”尽管章兴旺这样吓唬儿子,可这个当爹的打死也想不到,自己的儿子已经在暗自准备,要把他章家的那口胡辣汤锅,重新再支起来。

16.“快拉你的鳖孙倒吧,还给个县长也不换,给俺儿一个正式教师指标咱都换,谁不换谁是孬孙。”

对章童来说,该准备的都已经准备得差不多了,至于他爹和周洁担心政府方面的问题,他觉得不是主要问题,沙义孩儿支煮牛肉的锅被政府拾掇,是摊为沙义孩儿无所顾忌,敲明亮响在干政府忌讳的事儿。而章童却不是这样,用祥符话说,这货可贼,在还有正式实施他的计划之前,他已经想好了用啥招儿来对付政府,不但要把这口汤锅支起来,还要确保这口汤锅的万无一失。眼下对他来说,是万事俱备只欠东风,这个东风也就是最最关键的一步——咋样才能让他爹把章家胡辣汤的配料秘方告诉他。

阴历十三是章兴旺的生日,章童觉得机会来了,在他爹生日的前一天,他就问他爹:“明个你老要过生儿了,说吧,明个想吃点啥?想吃啥我给你买啥。”

章兴旺:“嗨,有啥过头啊,你不说我都忘了,弄碗长寿面一吃妥了。”

章童:“那可不中,恁儿虽然挣钱不多,你老过生儿也不能凑合啊,长寿面一定要吃,别的还想吃点儿啥?我给你买。”

章兴旺:“买啥买,你钱多啊?随便在家做点儿吃吃就妥了。”

章童心中暗喜,约莫着他爹要上套,于是接着说:“中啊,那就在家做着吃呗,你老想吃点儿啥啊?我给你做。”

章兴旺带着一丝惊讶,瞅着儿子问道:“你给我做?你会做啥啊?”

章童:“别瞧不起人啊,门里出身,自会三分,我会做胡辣汤。”

章兴旺:“啥?你会做胡辣汤?看把你给能的。胡辣汤里都掌些啥配料,你说给我听听。”

章童:“我说不全乎。”

章兴旺:“别打麻缠(胡说)了,掌啥料都说不全乎,还做啥胡辣汤啊。”

章童:“说不全乎咋啦,鼻子底下长了张嘴,我不会问你老人家嘛。”

章兴旺:“那胜我自己做啊。”

章童:“你做和我做是两种性质,你做是自娱自乐,我做表达孝心。咋?你老是不是害怕,恁儿做的胡辣汤会把你老给喝唠(吐)了?”

章兴旺咯咯地笑出了声,说道:“就冲你这份孝心,别说把我给喝唠了,就是把我给喝翻肚,我也得认啊。孩子乖,你别把胡辣汤熬成咸汤了,咱祥符家家户户都会熬咸汤,傻屌都会。”

章童:“看你说的,我要是傻屌,你不就成了傻屌他爹。老话说,龙生龙凤生凤,老鼠生儿会打洞,也不瞅瞅恁儿他爹是弄啥的,恁儿他爹是卖胡辣汤的,他儿咋着也是门里出身自会三分啊。”

章兴旺笑道:“中中,孩子乖,明个恁爹就喝喝你熬的胡辣汤,瞅瞅你是不是个门里出身。”

章童:“爸,我是撂大的留小的,汤熬得要是不中,你老凑合着喝,当儿子的,我就是想表达一个孝心而已。”

章兴旺被儿子的话感动,说道:“别管了,孩子乖,恁爹明个过生儿,你就是把胡辣汤熬成一锅咸汤，恁爹也得喝上两大碗。”

章童：“熬成咸汤那可不中。要不，你老给我指导着，咋样？”

“中，冇问题。”章兴旺欣然答应。

章童心里又是一阵暗喜。

章兴旺给章童列出了一个熬汤需要的料单子，上面详细写着所需要的主料有：牛肉丁、花生、豆筋、海带。辅料有：干黄花菜、粉条。调料有：生姜粉、茴香粉、盐淀粉、味精、小磨香油。

章童仔细瞅罢他爹写出的这张料单子之后，蹙起眉头，眨巴着俩眼问道：“爸，这料单子上是不是少了一味料啊？”

章兴旺：“你别问恁多，就照着这张料单子把料准备齐就中了。”

章童：“我是说，这料单子上少最重要的调料，冇胡椒咋能熬成胡辣汤啊？”

章兴旺：“咱家熬胡辣汤，啥料都可以用街上买的，就是这胡椒咱不用，咱用咱自己家的。”

章童：“咱家的胡椒不是压街上买的？”

章兴旺脸上带着诡异的表情，说道：“啥都可以压街上买，也都能买到，唯独这胡椒不能用街上买来的。想当年，咱家在黑墨胡同口跟儿支汤锅的时候，生意好得冇法儿，为啥？就是因为咱家汤锅的胡椒，跟别人汤锅里的胡椒不一样。”

说到这儿，章童突然想到，他爹一年四季在屋里养的那十来盆胡椒了，章童压记事开始，他爹就在自家屋里用花盆儿把胡椒当花养。在章童刚上小学的时候，有一回手贱，薅（拔）掉了一个盆儿里的胡椒苗，被他爹劈头盖脸就是一巴掌，他哭得嗷嗷叫，后来他娘教育他说，咱家花盆儿里栽的那些胡椒是恁爹的命，你就是把他脸上留着的胡子薅掉，也不能去薅咱家花盆儿里养的胡椒。

此刻的章童心里清亮了，他爹熬胡辣汤的秘诀在自家花盆儿里养的那些胡椒上。

章童:“爸,咱家种的胡椒跟外面卖的胡椒,有啥不一样吗?”

章兴旺:“胡辣汤、胡辣汤,为啥叫胡辣汤啊?关键就在胡椒上。咱家的胡椒,祥符城里是不是独一份我不敢说,但想要找到第二家,难。”

章童:“为啥?”

章兴旺:“孩子乖,你记不记得前两年,有几个美国人来咱祥符访问的时候,恨不得把咱祥符人都给搞惊了?”

章童想了想,说道:“你说的是尼克松访华,咱中国同美国建立了外交关系以后,咱祥符来的那几个美国人吧?”

章兴旺:“对啊,那天咱全家都跟着去看热闹,想瞅瞅美国人长得啥样儿。”

那年是1973年,也就是尼克松访华之后的第二年,祥符城的主要街道中山路两边挤满了看稀罕的人,都想瞅瞅压美帝国主义国家来的人是个啥模样,就连那些在中山路上负责执勤的老警,都稀罕得不得了。在那几个美国人乘坐交通车经过的时候,执勤的老警当中有一个老警,只顾仰着头瞅交通车上的老美,一不留神被马路沿儿绊倒,引得围观人群的一片笑声。眼望儿想想,不就是几个美国人嘛,裹不着稀罕成那样,后来沙义孩儿说了一句实在话:不吃猪肉的人,还有见过猪啥样?还有听过猪咋叫啊?瞅瞅咱祥符人各个那有出息样儿,不就是有见过老外,想瞅瞅长得跟咱中国人有啥不一样嘛。压那以后,祥符城偶尔也能见到高鼻子蓝眼睛的老外了,尽管这样,祥符人只要瞅见个别走在祥符大街上的老外,还是稀罕得不行,冲人家老外指指点点的。

爷俩共同回忆罢那次看热闹的经历之后,章童顿时恍然大悟地说道:“外国人、中国人、西方人、东方人,都是人,稀罕的原因是见得少,人以稀为贵,物也以稀为贵。爸,我知你为啥不让买街上的胡椒了。”

章兴旺:“为啥啊?”

章童:“大街上卖的胡椒,就跟大街上走的祥符人一样,全都是一个味儿,咱家花盆儿里种的胡椒,跟人家不是一个味儿。”

章兴旺满意地夸了儿子一句:“能蛋崩(能力超强)。”

章童:“我说咱家熬胡辣汤咋恁好喝呢,一准不是咱国产的胡椒吧?”

章兴旺:“话不能这么说,胡椒的老祖宗不在中国,只不过咱家用的胡椒,跟别人家的不一样罢了。当年,都说马老六家熬的胡辣汤好喝,但只要喝罢咱章家的胡辣汤,马老六家的汤就被甩到八股道上去了。”

章童:“咱家花盆儿里种的是啥胡椒啊?”

章兴旺:“中了,你也别打破砂锅问到底了,赶紧去把单子上的料买齐,想要熬出好胡辣汤,还需要时间,今个就得提前下手,要不明个我过生儿,可就喝不上你熬的汤了。”

章童也冇再多问,他知他爹可贼,问多了不定哪句话露馅儿,他爹就会怀疑他是别有用心。于是,他按照他爹给他开出的那张料单子,上街买了那些料。

回到家后,章兴旺像个作坊里的师傅,开始对儿子发号施令。

章兴旺:“先把锅里的水烧开,把切成丁的牛肉煮熟,再把花生仁掌里。”

章童:“花生仁的皮不用开水去掉吗?”

章兴旺:“傻孙,那可不能去掉,一来花生皮的营养价值高,二来胡辣汤的红颜色全靠花生仁的红色外皮,既有营养又好看。”

章童:“花生仁要煮多长时间啊?”

章兴旺:“煮到花生仁颗粒饱满才中,这样花生仁吃起来才能脆。”

章童:“然后呢?”

章兴旺:“然后下里海带丝、豆筋丝、黄花菜,煮上个十来分钟以后,再放入粉条。要记住,想吃面(软)一点儿的花生仁,就晚一点儿下海带丝,豆筋丝,还有黄花菜。”

章童:“为啥?”

章兴旺:“海带丝、豆筋丝、黄花菜这些东西下早了,会影响花生仁的饱满。”

章童:“那些作料啥时候下啊?”

章兴旺:“下作料是胡辣汤最关键的一个步骤,这些作料下锅时间的长短,才是胡辣汤好喝不好喝的关键,也是熬胡辣汤学问最大的地方。”

章童又问道:“爸,这些作料,先放啥后放啥,有啥讲究吗?”

章兴旺:“讲究大了去。这么跟你说吧,就像一个人,该吃饭时你去睡觉,该睡觉时你去干活,身体能健康吗?这是一个道理,吃喝拉撒睡不能乱,身体才能健康,下作料同样是这个道理,汤才能好喝。”

章童:“那这些作料先放啥后放啥呀?”

章兴旺:“先放胡椒粉,再放生姜粉,接着再放盐和淀粉,最后放味精。记住,这些作料一定要在出锅前放,放早了就煮死了,作料的味道散发不出来,就会直接影响汤的味道。还是那句话,同样一个人,生活有规律才能健康,作料下得有规律,汤才能可口,这是同样的道理。”

章童:“我还有一点不太清亮。”

章兴旺:“啥?你说。”

章童:“在这些作料中,为啥要先放胡椒?”

章兴旺:“你这个问题问得好。我不是说了嘛,胡辣汤、胡辣汤,胡椒熬成的汤,也就是说胡椒是老大,一个家庭,一个单位,谁说了算啊,当然是老大。所以说,放作料就要先放老大,说句更确切的话就是,一锅胡辣汤熬得好孬,胡椒就是定海神针。”

章童:“爸,我还有个问题想问。”

章兴旺:“你问。”

章童:“你刚才说的这些,是不是咱祥符所有支汤锅的人都知啊?”

章兴旺:“这是最基本的,也是支汤锅的一代一代传下来的,如果有人不是按照这个规律,不是白脖,就是傻屌。”

章童连连点着头,大有所悟地说道:“我知了,知了……”

章兴旺瞅着儿子那大有所悟的脸,问道:“你知啥了?”

章童:“反正我知了。”

章兴旺:“反正你知啥了? 说啊你。”

章童:“胡辣汤最根本的就是胡椒,除了你老刚才说的那些之外,胡椒品种的好孬,以及胡椒的产地是重中之重。就像那年去中山路看老外,人家老外高鼻子蓝眼睛,皮肤白,个头高,就是人高马大的好品种,所以遭人稀罕,咱那个老警不摔倒才怪。”

章兴旺:“别绕来绕去又绕到老外身上去了,你的意思是不是要说,咱章家胡辣汤里下的胡椒,就像被祥符人稀罕的老外?”

章童笑着说道:“打的比方也许不对,但就是这个意思吧。”

章兴旺的脸色有点不对,半晌冇吭气儿。

章童:“爸,我说错啥话了?”

章兴旺低沉着声音说:“中了,话就先说到这儿,你按照我说的法儿熬汤吧。有些话,不是我不想说,而是眼望儿还不能说,不能说的原因是,当年咱家的那个仇人……”

章童瞪大了眼睛,问道:“咱家的仇人? 谁是咱家的仇人啊?”

章兴旺点了点头,说道:“当年摊为支汤锅结下的仇。”

章童:“谁啊,哪儿的?”

章兴旺:“清平南北街上的。”

章童更加惊讶,他知他爹平时的一些做派,在清平南北街上有时不太遭人待见,但大面上还都算说得过去,就连最不喜欢他爹的马老六,见着面还懂礼数,大面上还有个客套话,冇听说他爹在清平南北街上,有啥反贴门神不对脸的仇家啊? 今个他爹咋突然冒出这么一句,他们章家在清平南北街上还有仇家。

看到儿子一脸蒙圈的样子,章兴旺说道:“已经是每章儿的事儿了,那个卖尻孙已经不在清平南北街上住了,要不是你要给我做胡辣汤,我还想不起那个卖尻孙呢。该弄啥弄啥吧,我还等着看,你能不能熬出让老子喝着满意的胡辣汤呢。”

尽管他爹不愿意在胡椒上扯来扯去,章童心里已经清亮,他爹栽在那十几个花盆儿里的胡椒,是不是“老外”他不能确定,但是,他爹熬胡辣汤的胡椒,绝对和祥符城里其他熬汤人用的胡椒不是一个品种。可不知咋的,此时此刻,章童的心思已经压他爹的胡椒,转到了他爹说的仇家身上去了。

还真是门里出生自会三分,章童这小子在他老子过生日这一天熬出的那锅汤,喝得章兴旺两口子一个劲儿地点头,章童他娘高银枝又说起那句老话:“一点儿都不假,龙生龙凤生凤,老鼠生儿会打洞,熬汤的生儿会熬汤。这汤熬得,给个县长也不换。”

章兴旺冲老婆高银枝说道:“快拉你的鳖孙倒吧,还给个县长也不换,给俺儿一个正式教师指标咱都换,谁不换谁是孬孙。”说罢把脸转向章童:“儿子,我说得对吧?”

章童冇接腔,心里已经拿定主意,这口胡辣汤锅他是支定了。

就在章兴旺过罢生日的第二天,章童就给学校递交了辞职报告,校长还假惺惺地挽留,说两年都熬过来了,不差再熬上些日子嘛。章童毫不遮掩地对校长说,两年都熬过来了,要是熬上两年的胡辣汤,别说一个校长,就是教育局长也冇他挣得多。

…………

至于沙义孩儿在宋门支摊儿卖牛肉、被工商局砸摊儿的前车之鉴,章童在产生支锅卖胡辣汤的时候,就已经想好罢了,他绝不会像沙义孩儿那样秉性,旗帜鲜明敲明亮响地去干。自己具体咋干,他不但已经想好了,而且在辞职之前已经迈出了第一步。

章童压《祥符日报》上看到一条新闻,经河南省人民政府批准,教育部备案,由祥符市人民政府主办的一所全日制普通高校,祥符大学正式成立了。这所祥符大学招生范围就在祥符地区及周边,也就是说,祥符大学招收的学生,都是祥符人和河南省内人,这些学生吃食儿的口味就是河南本土口味,如果能与祥符大学主管食堂的负责人挂上钩,每天能保证学校食堂的胡辣汤供应,岂不是一举两得。熬胡辣汤是一件很烦琐的事儿,一般的学校食堂根本冇这个时间,也不会下这个功夫,只要他熬的胡辣汤能得到学生们的认可,他打开了局面,站稳了脚跟,便可以见机行事,打出自己的招牌。那天在清平南北街上,沙义孩儿碰见他的时候还说:“别听工商局那些货瞎咋呼,他们眼望儿也是睁一只眼闭一只眼,早起去宋门外和曹门外瞅瞅,都是担挑的乡里人在卖自家的菜,啥投机倒把,眼望儿不是每章儿了,投机倒把也快敲明亮响了。不让谁卖牛肉啊,等住,老子照样卖!”可不是嘛,沙义孩儿不管那一套,在家把牛肉煮好,黑间驮在自行车后座上,走街串巷去卖,用沙义孩儿的话说,清朝那会儿,他爷爷就是走街串巷这么卖牛肉的,也冇听说有啥工商局这类衙门不让卖啊。

章童把前期的准备工作做得很充分,直到与祥符大学食堂谈妥合作,便在祥符大学对面的大杂院里租下一间房子。这以后,他才把辞职去熬胡辣汤的事儿,告诉了他爹。

章兴旺一听他儿辞去代课教师这份差事儿,倒冇咋急眼,当听到章童要去熬胡辣汤,立马就急了眼,跳着脚指着章童的鼻子吼道:“你这是放着排场不排场,非得混到丢人上!不当老师就不当老师吧,那也冇啥,可你要去卖胡辣汤?你脑子里有屎啊?”

章童:“咋啦吗?我为啥就不能去卖胡辣汤?又不是在大街上支锅卖,我是与祥符大学的食堂合作,又不违法。”

章兴旺:“咱先不说违法不违法的事儿,你以为恁爹每章儿是卖汤的,你眼望儿就能卖汤吗?”

章童满脸的不服气:“咋啦?每章儿的胡辣汤是汤,眼望儿的胡辣汤就不是汤了吗?”

章兴旺瞪起牛蛋眼:“你给我少说恁些,这汤你不能卖!”

章童:“为啥不能卖?”

章兴旺:“我说不能卖你就不能卖!”

章童:“你不能不论理啊?”

章兴旺:“我就不论理!”

章童:“你凭啥不论理?”

章兴旺:“就凭我是恁爹!”

章童瞬间也急了眼:“你是俺爷也不中! 这汤我卖定了!”

“反了你个小崽子……”章兴旺用眼睛四下一撒摸,抄起一个小马扎就要往章童身上砸,被闻声进屋的老伴儿高银枝一把给捞住。

老伴儿高银枝:“恁爷俩这是弄啥,有啥话不能好说好商量吗?”

“啥都好商量,这事儿冇商量!”章兴旺指着儿子骂道,“我今个把丑话给你说头里,你要敢去支胡辣汤锅卖汤,我就跟你断绝父子关系,老子权当冇造出你这个儿!”

“哼!”章童用鼻子重重地哼了一声,不再搭理他爹,甩手扭脸离开了家。

尽管章兴旺给章童撂下了狠话,章童也不可能当回事儿,忙活了恁多天,代课老师的活儿也辞罢了,即便他爹真的要和他断绝父子关系,他也不可能不去熬胡辣汤了,哪怕是事与愿违挣不住钱,熬胡辣汤这条路,他也下定决心要走下去。

直到这时,章兴旺才恍然大悟,过生日那天,儿子为啥要给自己熬胡辣汤了,原来是为了“偷艺”。他阻止儿子去支胡辣汤锅,最主要的原因,是怕儿子刚学了那么一点儿胡辣汤的皮毛,就迫不及待地要当成生意去做。赚钱不赚钱他倒不在意,他在意的是,一旦儿子熬出的胡辣汤不中,要是让别人知了,这个熬胡辣汤的孩儿是自己的孩儿,岂不是坏了自己的名声,咋? 这就是恁章家的胡辣汤?

听罢章兴旺说出的后顾之忧,老伴儿高银枝劝说道:“冇事儿,他又不是把汤锅支在大街上,他熬的汤是供应给学校食堂的,学生们懂啥汤好汤孬啊,喝饱肚子拉倒。你别操心了,儿孙自有儿孙福,万一咱儿熬出的胡辣汤比你的好,还能给恁章家光宗耀祖呢。”

章兴旺嘴咧得像瓢一样,不屑地说:“拉倒吧,汤熬得再好有啥用,还不胜当个小学体育老师呢。”他嘴里说是这样说,此时的章兴旺,心里却可清亮,儿大不由爹,也只能接受这个现实,谁叫他爹每章儿就是个支汤锅的呢。

章兴旺见大势已去,儿子熬汤就让他熬吧,不管咋着,这也算是儿子迈出了自食其力的第一步。就在章童为祥符大学熬第一锅汤做准备工作的时候,章兴旺不吭不哈来到祥符大学对面章童租用的那间房子里,认真地检查完了儿子的准备工作后,点上一支烟,坐在那里闷头吸着。

章童:“爸,咋样?”

章兴旺:“啥咋样?”

章童:“有没有个四六势(模样)啊?”

章兴旺:“四六势是有,但是……”

章童:“但是啥?”

章兴旺抽着烟,冇吭气儿。

章童:“还有啥不中的地方,你只管说啊,我好改进。”

章兴旺想了想,说道:“孩子乖,想当年咱家在黑墨胡同口跟儿支汤锅的时候,汤好,喝家多,是咱的胡椒好,咱的胡椒不是压街上买的,是咱自己种的,胡椒的种子也是咱自己的。”

章童:“这个我知,胡辣汤的好孬关键在胡椒,咱家用的胡椒品种是印度的,是咱自己种的。”

章兴旺:“那是每章儿,可眼望儿呢?就靠咱家那几花盆儿里种的胡椒,能够你每天熬一锅汤用的吗?”

章童蹙了蹙眉头:“那是不够。”

章兴旺:“临时熬上十来锅冇问题,见天靠盘就是个大问题。”

章童:“这个我也想过了。”

章兴旺:“你是咋想的?说说。”

章童:“用别的品种替代呗,海南、云南、广东、广西,还有福建,这都是产胡椒的地儿,咱祥符大街上都有卖的,我就是不了解,这些地儿产的胡椒,哪儿的最好。哪儿的最好咱就买哪儿的呗。”

章兴旺:“哪儿的也冇咱家的好,咱家的是印度的,别说祥符大街上,就是北京、上海那些大城市的大街上也冇卖的。”

章童:“我的意思是,大差不差就妥了。”

章兴旺:“大差不差个屁,差得远!”

章童:“那你说咋办?”

章兴旺:“所以说,你忙活恁多天,我不想搭理你就是这个原因,胡椒品种不对,汤再熬也熬不出咱章家汤那个味儿,白搭。”

章童:“照你这个意思,冇印度胡椒,祥符城里就冇人能熬出好汤了?”

章兴旺:“至少眼望儿我还不知,市面上独此一家的州桥胡辣汤,我是冇喝中。”

章童:“放心吧,老爷子,别管用啥品种的胡椒,只要我熬的汤能在祥符大学站住脚,就是伟大胜利。要是有一天,允许我把汤锅支到祥符的大街上,我也有信心跟州桥胡辣汤分个公母。”

章兴旺:“先别说那些冇用的。我想了想,祥符大学的汤,你先用其他胡椒,咱也留个后手。眼望儿的清平南北街上,可不止沙义孩儿一个人在偷偷卖牛肉,不少人在蠢蠢欲动,我可是听说,马老六准备辞掉州桥胡辣汤馆的正式工作,在自己家里弄个不挂牌、不对外营业的小汤馆,专门供熟人们去喝汤。眼下看国家这个睁只眼闭只眼的劲儿,每章儿那个公私合营的说法,也快打水漂了。”

有脑子和冇脑子就是不一样,章童是个有脑子的年轻孩儿,说话办事儿也比他爹和道。当然,别管在人际交往中会不会来事儿(有眼色),你是个卖胡辣汤的,最终还是要靠你的汤说话。

别人熬汤都需要有人搭帮(合伙),章童却是一个人,不让他爹妈插手,他的汤能不能在祥符大学里站住脚,结果是好是孬都由他一个人承担。他每天从采买到把汤熬好,再用三轮车拉到对面的祥符大学里,忙得不亦乐乎。让他感到兴奋的是,啥汤好汤孬啊,每天早起他拉到祥符大学里的那一锅汤,被吃早餐的学生们疯抢,去晚了还喝不上。祥符大学后勤管食堂的科长，一看这个劲头，就对章童说，你给俺学校送汤的天也不短了，就连俺的校长都喝中了你熬的汤，你也别见天熬好汤往校园里拉了，干脆俺学校聘用你当俺后勤的正式职工，每月给你发工资，别的活儿不让你干，你每天负责熬两锅胡辣汤就中。章童婉言拒绝了伙食科长，不是说当正式职工不好，而是在这个节骨眼儿上，国内的形势发生了很大变化，大早起的祥符城里，已经能瞅见有人在街边支锅卖胡辣汤了，更让人眼睛发亮的是，藏在自家屋里支汤锅的马老六，公然把马家的汤锅又支在东大寺的大门外，成了清平南北街上一道风景，不同的是，出摊儿掌勺盛汤的不是马老六，换成了马老六的二儿子马胜。

这个马胜也算是跟章童一块儿赤肚长大的，比章童大上个两岁，知识青年上山下乡在农村待过几年，回城后分配到一家汽车修配厂上班当钳工，在清平南北街上的年轻人里头也算是个孬家。用他爹马老六的话说，论孬，寺门跟儿轮八圈也轮不着俺家马胜，民国那会儿，谁也孬不过沙义孩儿他爹沙二哥，眼望儿谁也孬不过沙义孩儿。马胜算孬家？可别让李慈民他儿李孬蛋听见喽，那才是真正的孬家，李孬蛋要是还在，沙义孩儿也不中。

据说马老六的儿子马胜，是被汽车修配厂开交（开除）了，开除的原因，是他师傅说了一句不中听的话，马胜一巴掌把他师傅的耳朵给打聋了。他师傅说："恁清平南北街上，好人少孬家多，祥符城里最孬的孬家都在恁清平南北街上。"他反问了他师傅一句："你咋知祥符城里的孬家都在清平南北街上啊？"他师傅说："祥符城里的孬家吃大肉的少呗。"也就是这句话惹恼了马胜，咋？他师傅的意思就是，祥符城里不吃大肉的都是孬家，言外之意就是说清平南北街上冇好人呗。他师傅还说，当初马胜进厂，要不是厂领导把马胜摊派给他，他才不会收一个不吃大肉的徒弟。师傅这句话刚说完，马胜抬手一巴掌就扇在师傅的脸上，直到后来被开除以后，马胜才知，他师傅那个离婚的老婆就是不吃大肉的……

祥符城里的人很奇怪，不吃大肉和不吃羊肉的人都不少，可是，只要说是喝胡辣汤，那些不吃羊肉的人，也会选择去清平南北街上喝胡辣汤。当马胜把胡辣汤锅支在东大寺门口，也就是每章儿他爹支汤锅的那个位置以后，好家伙，冇出两天，恨不得全祥符城爱喝胡辣汤的人都知了，尤其是那些跟他爹岁数不差上下的人，闻风而来，那生意好得，瞅着就让人眼馋。让人吃不透的是，咋就冇人管了呢？工商局的人呢？原来，马胜有这个胆量率先在清平南北街上支胡辣汤锅，并不是他憨大胆，而是清平南北街上那个爱收藏报纸的封老头儿，前不久坐在家门口晒暖的时候，给沙义孩儿和几个街坊四邻，批讲了几句他理解的十一届三中全会公报。封老头儿说：党中央已经正式批准广东、福建两个省，在对外经济活动中，可以实行特殊政策和灵活措施，喊出了改革开放是基本国策，是强国之路，是社会主义事业发展的强大动力，还要建立社会主义市场经济体制。也就是说，广东和福建只是个开头，发出的信号就是全中国都会这样干。啥叫社会主义市场经济？说白了不就是让大家伙挣钱嘛，市场需要啥就弄啥嘛。沙义孩儿瞪起眼说，市场需要酱牛肉，咋还不让俺卖呢？祥符工商局还掀我的摊儿。封老头儿说，祥符工商局那些货就是傻孙，十一届三中全会公报都看不懂。也就是封老头儿的这几句话，让马胜茅塞顿开，正好被修配厂开除，在家闲得蛋疼，于是说服了他爹马老六，教给了他做胡辣汤的路数，管他三七二十一，只管把汤锅先支起来再说，真要有麻缠，大不了被工商局把锅砸了呗。

马家汤锅在东大寺门口支起来好些天了，工商局一点儿动静也冇，这一下可让清平南北街上的人欢实起来，几乎家家户户都在运筹帷幄之中，看咋样才能靠卖吃食儿挣上钱。

17.“那牌匾上面写着‘汤行天下’四个字儿。”

虽说章童在祥符大学食堂卖汤已经练成了熟手，但他却认为，找一个风水宝地支起自家的汤锅的时机已到，他不愿意再在祥符大学里头混日子。于是，他就把自己的想法告诉了他爹章兴旺。

听罢儿子的话，章兴旺依然心有余悸，说道："孩子乖，好汤不愁卖，别急，还是牢稳着来，让我先去探探路再说。"

章兴旺说的探探路，并不是要吃透党中央那个公报到底说的是个啥意思，而是他想到了一个人，这个人不是别人，正是已经多年不露脸的李老鳖一。

为啥会想到李老鳖一？精明的章兴旺当然有自己的想法，于是，他跑到商店里称了二斤果（点心），去了双龙巷。

此时的李老鳖一，显得有点儿老态龙钟，快九十岁的人了，全靠本家一个侄馆照料他的日常生活。自打公私合营以后，双龙巷他家那个院子也被公私合营了，又住进了几户人家，原先那个宽绰的院落，现如今已经变得面目全非，差点儿让章兴旺冇认出来。眼望儿的李老鳖一，和本家那个照护他的侄馆，被压缩在原先的上房里，一间上房被打成了隔断，李老鳖一住隔断的里头，本家那个侄馆住隔断的外头，屋里堆满了乱七八糟的东西，让人瞅着有点儿透不过气来。

自打那年压信昌银号辞职回家，一晃二十多年了，如果李老鳖一不经历"文化大革命"，恐怕还不至于老成这样，冇人搀扶，他自己连床都下不来了。章兴旺的到来，让李老鳖一有了些精神头。

半躺在床上的李老鳖一，虚蒙着老眼，瞅着章兴旺搁在自己床头的两包果，说道："我一瞅这个包装，就是'老五福'的果。咋啦你这是？今个咋舍得买恁好的果送给我啊？"

章兴旺："瞅恁老说的这是啥话，啥好果孬果，咱祥符城的吃食儿哪有孬东西啊。"

李老鳖一伸手拿过床头的点心包，拆开包装纸，压里头捏出一块杏仁酥搁进嘴里，边吃边点着头，说道："酥脆，沁人心扉啊。你别说，压'老五福'公私合营以后，味道还冇变。"

章兴旺："知你老好'老五福'这一口，下次来我给你捎玫瑰鲜花饼。"

李老鳖一眯缝着老眼，瞅着章兴旺问道："你是无事不登三宝殿，说吧，今个来找我啥事儿？"

章兴旺："你老先吃，吃罢咱再说。"

李老鳖一把手里捏着的小半块杏仁酥塞进嘴里，拨拉拨拉手上的点心渣，说道："让我猜猜，你今个找我弄啥。"

章兴旺笑道："你老肯定猜不着，你老要是能猜着，那你老就成上八仙了。"

李老鳖一："上八仙里的陈抟老祖爱睡觉，一觉能睡八百年。老朽我想睡觉也睡不着啊，虽然二十多年睁着眼过，也跟睡着了差不多。"

章兴旺："此话咋讲啊？"

李老鳖一："本想两耳不闻窗外事，一心只读圣贤书，可是书也冇了，都被红卫兵拉到当街一把火给烧完了。冇法儿，天天只能跟俺侄倌大眼瞪小眼，守着这间老房子熬一天算一天，吃一口赚一口吧。"

章兴旺："你知不知，爷们儿，就是熬一天算一天，吃一口赚一口，熬的也是好日子，赚的也是咱口福，冇听见有线小喇叭里天天说的啥吗？"

李老鳖一："说的啥？说的啥也不碍着咱啥。"

章兴旺："你这个老头儿啊，让我咋说你，真是糊涂了吗？想当年，你在俺家的汤锅喝罢最后一碗汤，辞职离开了信昌银号。事后，信昌银号那些去我那儿喝汤的人，啥时候提到你，啥时候都给你竖大拇指，夸你这个老头儿真能蛋，有远见。你辞职后冇几天，信昌银号就改成百货公司的仓库了。"

李老鳖一笑了，说道："信昌银号冇了，你的汤锅不是也冇了嘛。"

章兴旺："所以啊，就冲着你老这个能蛋劲儿，今个我才来找你。"

李老鳖一脸上挂着不屑的微笑，眯缝着眼睛问道："找我弄啥啊？你说我听听。"

章兴旺："我也不跟你说小喇叭里的那些话，我也学不来，我就跟你说说俺家吧。"

李老鳖一眯缝着眼睛，听着章兴旺说他家发生的那些变化，主要就是儿子章童要离开祥符大学，支自家的汤锅，这个汤锅支在哪里更合适，更保把，生意会好，麻缠要少。

章兴旺："爷们儿，今个我登门拜访，就是想问问你老，党中央已经敲明亮响说要发展经济，包括个体经济，我就在想，俺章家的胡辣汤锅，还能不能再支回到黑墨胡同口跟儿？"

李老鳖一："其实能不能支胡辣汤锅，跟党中央冇啥关系。"

章兴旺："看你说的，咋会跟党中央冇关系啊，党中央要是不开那个三中全会，谁的锅敢支？那不是找死嘛。沙义孩儿怪锵实，前一泛儿在宋门跟儿支了口煮牛肉的锅，结果咋样？那还是在党中央开罢会以后呢。"

李老鳖一："不让沙义孩儿支煮牛肉的锅，党中央开罢会了不假，那是咱祥符市工商局的那帮货还冇癔症过来，眼望儿要是还冇癔症过来，你能跑到我这儿来吗？"

章兴旺："那是，这个不抬杠，要不马老六他儿也不敢把汤锅支到东大寺门口。"

李老鳖一："你刚才说，恁儿怪能蛋，先悄摸偷在祥符大学里头熬汤，眼望儿局势变了，也想把恁章家的汤锅重新支起来，有脑子。"

章兴旺："这不是图个牢稳嘛。"

李老鳖一："中了，书归正传，听你的话音儿，你还是想把汤锅支在黑墨胡同口跟儿，是吧？"

章兴旺点头："是这个想法。"

李老鳖一："那我问你，你想把汤锅支在哪儿是你自己的事儿，为啥要来问我呢？"

章兴旺："你老不是有先见之明嘛，对黑墨胡同那一片又熟悉。我就是想问问你老，我要是再把汤锅支到老地儿，你看中不中？"

李老鳖一不吭气儿了，虚蒙起眼睛想着啥。

章兴旺："爷们儿，咱爷俩不外气，外气我也不会来找你，有啥说啥，中就是中,不中就是不中,给个朗利话。”

李老鳖一睁开虚蒙着的眼睛,说道:“那我就跟你实话实说。”

章兴旺:“对对对,就是这,我想听的就是你老实话实说。”

李老鳖一把身子往上欠伸了一下,说道:“夜个老闷来找我了。”

章兴旺:“老闷? 哪个老闷?”

李老鳖一:“还有哪个老闷,你救过他命的那个老闷呗。”

章兴旺:“石老闷啊,他来找你弄啥?”

李老鳖一:“我就奇了怪,恁这些货,咋都是一个思路,祥符城里能支汤锅的地儿多着呢,非得把汤锅支到黑墨胡同口跟儿?”

章兴旺吃惊地:“咋? 石老闷也想支汤锅了?”

李老鳖一:“咋? 兴你支不兴人家支吗?”

章兴旺:“不不,我不是那个意思,我的意思是,他咋也想到要支汤锅了?”

李老鳖一:“支汤锅是小本生意,尤其对咱这些不吃大肉的少数民族来说,再合适不过。公私合营之前,不,再往前说,民国,祥符城里支啥汤锅的都有,唯独冇支大肉汤锅的,你说为啥?”

章兴旺:“祥符城里的少数民族多呗。”

李老鳖一:“错。”

章兴旺:“那你说为啥?”

李老鳖一:“我说,我一说不爱听的人就可多。”

章兴旺:“我爱听,你说啥我都爱听。”

李老鳖一:“可早我就说过,这胡辣汤的老祖宗压根儿就不在咱河南,更不在祥符,要说跟咱祥符有点儿亲戚关系,那是有点儿可能的。要不是当年胡人把胡椒带到中原一带,咱祥符人眼望儿喝的汤还叫咸汤呢。”

章兴旺:“这一板我听你老以前说过,胡辣汤最早是胡人喝的汤,胡椒是胡人带进咱中国的,就跟西红柿一样,老祖宗就不在中国。”

李老鳖一:“所以啊,胡辣汤锅支在哪儿并不重要,重要的是,汤要熬得好，谁喝都得劲，锅不管支在哪儿，都一样有人去喝。”

章兴旺：“那我就还把锅支在黑墨胡同口跟儿。”

李老鳖一的俩眼又虚蒙了起来，不吭气儿了。

章兴旺瞅着李老鳖一，问道：“瞅你老这副模样，像是还有话要说啊？”

李老鳖一：“有些话我是想说，可又怕说出来不得劲。”

章兴旺：“有啥不得劲的，你老只管说，咱爷俩谁跟谁啊，说吧，爷们儿。”

李老鳖一把虚蒙着的俩眼睁开，昏花的老眼里飘浮着一层疑惑，缓慢地说道：“那年，秦昆生请我去信昌银号做襄理的时候，我觉得黑墨胡同那个地方，虽然是古代制造黑墨的地方，但也算个有文化的地方，银号安在那里，沾上一点文化的边，也有利于生财。却不想，银号倒闭了，倒闭就倒闭吧，那个地儿还充满杀戮。李慈民他儿那一帮子国民党，还一枪打折了陈子丰的胳膊，陈子丰脱去军装转业到地方，咋就又去了黑墨胡同，他不去还好，他一去信昌银号就彻底去球，改成了百货公司的仓库……”

章兴旺有所悟地：“哦，我明白了，你老的意思是说……”

“别吭，我的话还有说完。”李老鳖一制止住章兴旺，接着说道，“再有就是，最早是李慈民把汤锅支在黑墨胡同口跟儿的，后来老日来了，李慈民窜了，你接着在那儿支锅。再后来，老日被打窜了，你也窜了，李慈民又继续接着在那儿支锅。再再后来，共产党把老蒋打窜了，他李慈民也跟着窜了，你又回来接着支锅。再再再后来，公私合营了，谁都不能在那儿支锅了……”李老鳖一停顿了一下，瞅着章兴旺问道：“下面的话还让我往下说吗？”

章兴旺急忙抬手制止道：“别说了，别说了，你老啥也别说了，我知你说这是啥意思了。”

李老鳖一淡淡一笑，说道：“是啊，这个世界上啊，有些事儿真的是只能意会不能言传，只能糊里糊涂不能细想。远的不说，咱就说咱清平南北街，老日占领咱祥符那会儿，祥符城里哪条街能像咱清平南北街那样，汤锅照样支,牛肉照样卖,火烧照样打,就连恁锵实的日本侵略者,都拿咱清平南北街冇法儿,你说为啥?就是摊为咱清平南北街的人不好缠?惹不起?还是咱寺门的人各个三头六臂?”

章兴旺眨巴着俩眼:“那你说为啥?”

李老鳖一:“清平南北街的风水好呗,守着东大寺有真主保佑着呗,黑墨胡同能比吗?你瞅瞅那条黑墨胡同,不是银号倒闭,就是把人胳膊打折,要不就是他走了你来了,你走了他来了,不让人安生。我今个把话搁这儿,你要不信你就试试,你还把汤锅支在黑墨胡同口跟儿,看我说得灵验不灵验。”

李老鳖一说,前两天石老闷来找他,也是咨询汤锅支在哪儿,石老闷也把眼睛盯在了黑墨胡同口跟儿,石老闷愣中那个地儿,主要是愣中南来北往的书店街客流量大,汤锅支在黑墨胡同口跟儿十分扎眼,大轱远就能瞅见,懂汤的喝门道,不懂汤的人喝热闹,咋着也比把汤锅支在背街小巷里面强。可是,当石老闷听罢李老鳖一这么一番说辞以后,打了退堂鼓,决定把他石家的汤锅支到西大街上去了。

章兴旺:“老闷不闷啊,悄摸偷干闷活儿啊。”

李老鳖一:“别说人家石老闷,你不是照样干闷活儿,比石老闷干得还早,祥符大学的钱赚得劲了,眼望儿又要竖起招牌支锅了。”

章兴旺:“在祥符大学里熬汤不碍我蛋疼,那是俺儿干的事儿,汤好汤孬,就是丢人打家伙,那是俺儿的事儿。要是自家支汤锅营业,那可就不一样了,汤好汤孬俺章家的招牌竖在那儿呢,丢不起那个人,你说是不是?爷们儿。”

李老鳖一点头说道:“是这个理儿啊,别管谁家的汤好汤孬,招牌在那儿竖着呢,别管招牌竖在哪儿,祥符城就恁大一点儿城壳娄,南关放个屁北关都能闻见,只要汤好,锅支在哪儿都不碍着,碍着的只有一样,那就是风水,风水不中,汤再好冇用。今个我把话给你讲白了,黑墨胡同那个地儿,破财。”

听李老鳖一这么一说，章兴旺不再吭气儿了。

章兴旺压双龙巷回到家，刚一进门，章童就对他说，石老闷家的汤锅，今个在西大街上开张了，可热闹，还拉了火鞭，清平南北街上不少人去捧场，都瞅着石家汤锅上面挂着的那块牌匾撇嘴。

章兴旺："为啥？那牌匾上写的啥？"

章童："那牌匾上面写着'汤行天下'四个字儿。"

章兴旺："啥？你再说一遍？"

章童："汤、行、天、下。"

章兴旺一边琢磨着汤行天下这四个字儿，一边听儿子继续往下说。章童说，石家汤锅掌勺的是石老闷他儿石小闷，还可像那么回事儿，石小闷一边给人盛汤，嘴里还不停地吆喝，说石家汤锅里用的食材，是压郑州进的货，保证品质不说，还保证过口不忘，更能保证石家的汤味儿，在祥符城里是独一无二的汤味儿。

章兴旺一边听儿子说，嘴里一边默默地念叨着："汤、行、天、下。"

章童一脸不屑地说道："汤行天下就是说他家的胡辣汤牛逼呗。"

章兴旺鼻子里轻哼一声，说道："胃口不小啊，这架子扎的，可不只是要通吃祥符城啊。"

章童："别往心里去，他家挂那块匾，无非是想说他家的汤祥符第一呗，他说第一就第一了？等咱章家汤锅支起来的时候，咱也挂上一块匾，我都想好了，上面也写四个字儿——天下无汤。"

"天、下、无、汤……"章兴旺瞅着儿子的脸又琢磨了一番，随后坚定地说道："天下无汤，中，这词儿中，还真不是吹牛逼，只要喝罢咱章家汤的人，咱都要让他们知，天下真的是无汤了。"

章童问他爹，刚才去双龙巷请教李老鳖一的结果是啥？汤锅是不是还要支在黑墨胡同口跟儿？在章童的询问中，章兴旺始终冇吭声，似乎在想其他与此无关的啥事儿。

章童："爸，我问你话呢。"

章兴旺癔症看一下:“啥,啥话?”

章童:“我问,咱家汤锅是不是还要支在黑墨胡同口跟儿?李爷爷是咋说的?”

章兴旺:“噢。”

章童:“噢啥噢,你说话呀!”

章兴旺转过神来之后,把去双龙巷请教李老鳖一的前前后后告诉了儿子。

听罢他爹的转述之后,章童虽然不懂风水上的奥秘,但他觉得有道理,不听老人言,吃亏在眼前,还是应该放弃黑墨胡同口跟儿。于是,他蹙着眉头问他爹:“爸,你觉得,咱家汤锅支在哪儿比较合适呢?”

章兴旺一字一顿地说:“东、大、街。”

章童瞪大眼睛:“东大街?石家的锅支在西大街上,咱家的锅支在东大街上?这不是明显两家要挺瓤吗?”

章兴旺:“看你说的啥话,东大街离西大街远着呢,就是真挺瓤也挺不到一块儿啊。再说,刚才我压双龙巷出来,压东大街经过,我一瞅,好家伙,一夜之间,沿街开了好几家做小买卖的门面,卖啥的都有,简直就像雨后春笋。可见,这是祥符市在落实党中央那个会的精神。咱老百姓可不管那些,只要让做生意,就立竿见影,谁跟挣钱有仇啊。说实话,原本我还冇想到要把汤锅支到东大街去,既然石老闷敢大言不惭地说他石家的汤是汤行天下,那我就非得跟他比试比试,只要喝罢咱章家的汤,他石家的汤就行不了天下,除了咱章家的汤,天下一准就无汤了!”

章童心有余悸地:“爸,东大街西大街,汤行天下和天下无汤,人家会不会认为,这是咱两家在较劲,要挺瓤啊?”

章兴旺:“管人家咋认为,较劲不较劲,挺瓤不挺瓤是恁俩孩儿的事儿,他石家汤锅掌勺的是石小闷,咱章家的汤锅掌勺的是你,只要石老闷不露面,我也不会露脸,谁想说啥谁说啥,不管谁说啥,最终还是要用汤来说话!”

很快，章兴旺就在东大街上找到一家只能搁三四张桌子的小门面房，三下五除二就拾掇朗利，有出两天，章家汤锅就正式出摊儿了。果真像章童说的那样，一块“天下无汤”的大牌匾挂在了汤锅上面，别看门面小，这块大牌匾却十分打眼。掌勺的章童往牌匾下面一站，还真像那么回事儿，头上戴着白色礼拜帽，俩胳膊套着白袖套，腰上扎着蓝围裙，手持木勺，朗朗利利地站在了热气腾腾的汤锅前，精神抖擞地给喝家们盛汤、端汤，他妈高银枝在给他打下手，负责把喝空的汤碗收集到一个小水池里洗干净。别看门面小，只有三四张桌子，开张有两天，就又在门面外的马路台上摆放了两张桌子，还真印证了章兴旺那句自信满满的话，“酒香不怕巷子深，汤好不怕门面小”。话又说回来，章家汤锅开张之后，头几天的汤当然是章兴旺亲自下的料，从食材到每一个下料步骤，都是章兴旺亲自操刀，也让儿子章童学到了不少稀罕，学到的最大稀罕，还是在胡椒的运用上。让章童惊讶的是，他爹用的胡椒，并不是栽种在自家院子那十来个花盆儿里的，而是他爹压东大寺后院取来的。

东大寺的后院，“文化大革命”之前是做经堂席的地方，“文化大革命”破四旧，不让再摆经堂席了，后院一直闲置着，住了一个无家可归、压宁夏那边流落到祥符来的穆民。章兴旺神神秘秘地告诉儿子，花椒大料之类的东西，放久了会失去自身的香味儿，调味的效果会大打折扣。要想长期存放，必须要瓶装后存放在防潮防霉干燥阴凉的地方，存放多长时间也有事儿，啥时候需要啥时候拿出来。千万不要放在灶台附近，灶台附近水分多，温度也高，对花椒大料来说最犯忌讳，容易变霉不说，对任何作料都属于危险地带。那些食堂里的厨子根本就不懂，只图省事儿，用着方便，殊不知，若按照他的说法存放花椒大料之类的作料，保准新鲜如初。章兴旺是个特别有心机的人，这可能与他的犹太血缘有关，他与那个住在东大寺后院的穆民关系不错的原因，是他对单身流浪汉的友好里隐藏着自己的小算盘。他把每年在花盆儿里栽种的印度胡椒，收集起来装进一个个玻璃瓶，存放在东大寺的后院一间他认为最适宜存放的屋子里，小恩小惠那个看守后院的流浪汉。年复一年，他已经在东大寺后院里，存放了不下一百瓶的印度胡椒。章兴旺对万分惊讶的儿子说："孩子乖，好好熬你的胡辣汤吧，根本用不着为胡椒发愁，但你必须牢记一点儿，咱家胡椒的秘密，打死也不能外传。只要你能做到这一点儿，祥符城里支胡辣汤锅，咱就是老大，别人就是坐飞机也撵不上咱。"

对儿子支章家的胡辣汤锅，章兴旺确实很有自信，唯一让他心里还有一丝不安，啥时候想起啥时候心里还闹和的，就是那个不知窜到哪儿去的李慈民。别人说啥吧，都是道听途说，也说不到点儿上，大不了就是说当年在黑墨胡同口跟儿，李章两家相互砸锅那一板，印度胡椒到底是咋来的？谁也说不清，包括那个能掐会算、学问又大的上八仙李老鳖一。说句难听话，就是把点底的人都说，印度胡椒的根儿在李慈民那儿，又能咋样？只要李慈民不露面，别人说啥都是白搭，他可以面不改色理直气壮地说，印度胡椒就是他章兴旺带到祥符来的。这么些年，他曾不止一次在夜里梦见过李慈民，梦里头不是他把李慈民撂翻，就是李慈民把他撂翻。梦醒之后，他在想，最后谁能把谁撂翻，只要李慈民不回到祥符城，谁也说不准最后谁能撂翻谁。每一次想到这儿，他都会自己安慰自己，只要是共产党的天下，李慈民即便是活着，也不敢回祥符城来。

章童得知印度胡椒已经不是问题后，就问过他爹，当初这印度胡椒是压哪儿弄来的？章兴旺说，压哪儿弄来的并不重要，就像那些去耶路撒冷朝觐的人一样，压哪去的重要吗？重要的是能摸到那堵哭墙，沙家的牛肉还是压山东来的呢，只要祥符人爱吃，别管是压哪儿来的，牛肉好吃才是重要的。章童认为他爹这句话在理儿，他在心里暗下决心，要让天下无汤那块招牌享誉整个祥符，让喝家们在心里和嘴里都认同，挂在东大街上的那块天下无汤的招牌。

聪明加上用心，东大街章家汤锅的口碑很快就超过了西大街石家的汤锅。老喝家们的评价就是，章家的汤比石家的汤好，就是好在味重喝罢通透，归根结底还是在配料上的差别，这种差别就是胡椒。对于懂汤的老喝家们来说，他们来东大街喝章家的汤喝的是门道，而那些喝不出门道，只是来喝热闹的喝家来说，瞅见东大街章家汤锅人多，立马就会去西大街喝石家的汤，就在这些只会喝热闹的人当中，难免会把对章家汤锅的看法传递到石家汤锅。其实这倒冇啥，也很正常，但就怕有人别有用心，单门儿挑唆。这一次在章家和石家中间单门儿挑唆的人，不是别人，正是已经去高压阀门厂上班的周洁。

章童是在章家汤锅开张的前一天，把这个消息正式告诉周洁的。在此之前，就是章童给祥符大学送汤的时候，周洁只是认为，章童不可能把支汤锅当成他真正的事业，当不成小学老师还可以干别的嘛，给祥符大学做汤只是个过渡。那么一个帅气的男孩儿，咋会一头扎进胡辣汤的锅里，这不是胸无大志，混到老也跟他那个支过汤锅的爹一满似样嘛。就是以后结婚，人家问起恁家那一口是弄啥的，说起来也不好听不是，卖胡辣汤的，你就是胡辣汤卖得再好，也上不了席面不是。胡辣汤熬得再出类拔萃，你再瞅瞅，不管是婚丧嫁娶席面的任何桌子上，能瞅见一碗胡辣汤不？就是这个道理，作为自己的对象、男朋友、未婚夫，卖胡辣汤的咋拿得出手啊？

周洁和章童在理事厅街小学当代课老师那会儿，章童跟周洁叨叨过他爹在凹腰村救过石老闷的事儿，因为有救命之恩，石家人对章家人都有感恩之心。章家在右司官口支杂碎汤锅不遭寺门人待见，在寺门人背后说章兴旺邋撒话的时候，只要石老闷在场，他都会替章兴旺圆场，说章兴旺那人还是很义气的，要不他就死在凹腰村了。也正是因为石老闷替章兴旺圆的这些场，寺门人对章家的排斥也显得冇那么过分，章兴旺为此还挺感激石老闷的。

让章兴旺咋也冇想到的是，石老闷抢在自己头里支上了汤锅。讲实话，石老闷要是把汤锅支在寺门，章兴旺也不会有恁大的隔意，但清平南北街上的人谁都可清亮，石老闷不可能把汤锅支在寺门。别管是不是马老六他儿接替了马家的汤锅，寺门那块地儿，压民国开始就是马家在那儿支汤锅，似乎有一种约定俗成，祥符城里的喝家们只要说去寺门喝汤，那就是马家的汤，有第二家。所以，石老闷可知趣，不想把汤锅支在寺门，就是避免让马老六心里不得劲，都是一个门口的，低头不见抬头见，在做吃食儿这个问题上，寺门人的心里都可清亮，要保持邻里之间的一团和气。谁要是不顾这种邻里关系去逞能蛋，一定会遭到寺门人的白眼，生意好就不说啥了，生意要是不中，寺门人嘴里不说，心里一定会骂:卖尻孙，为了点吃食儿，坏了寺门的名声。在寺门人的眼里，寺门吃食儿的名声比啥都重要，祥符人爱往寺门窜，可不是慌慌东大寺，都是慌慌寺门的吃食儿。正因为这，压民国开始，每当清平南北街上出现一个新吃食儿摊位，就会成为寺门人的众矢之的。正是出于这种考虑，石老闷才把胡辣汤锅支到了西大街上，谁知却得罪了章兴旺。

话说回来，在章兴旺去拜访李老鳖一之前，心里的算盘也打过西大街，东西大街都是祥符可做生意的地方，祥符城里像东西大街这样的热闹街道不算很多，论街道的长度和热闹程度，除了贯穿祥符城南北的中山路，就属贯穿东西的东西大街了，这条路东起曹门西到西门，横跨中山路、书店街和南北土街，可以说是祥符城屈指可数的主干道。章兴旺之前心里对西大街有盘算，是他觉得西大街要比东大街更热闹一些，本身祥符城西的人流量就要比城东的大，就吃食儿而言，除了像寺门那种在岁月中磨砺成形的吃食儿名街，其他位置支锅卖汤，还真要选有人流量的街道。章兴旺对西大街有过盘算也正是于此，当他一听石老闷抢先一步占据了西大街，他丝毫不带犹豫就选择了东大街。虽说他嘴里说要让章家汤锅和石家汤锅在东西大街上论个公母，也只是个心里斗气，别管东大街还是西大街，生意各是各的，谁也不碍谁的蛋疼，但是，如果被人带有阴谋地挑唆，那可真会出叉劈。

让章兴旺和儿子章童冇想到的是，这个阴谋挑唆的人，会是章家未过门的儿媳妇。

18.“这种说法如果只是口味不同，那也冇啥，可我咋觉这跟口味儿冇啥关系啊。”

章家汤锅的汤确实要比石家的强，这已经让在西大街上的石老闷心里不咋得劲了，可再不得劲那也是章家的汤锅啊，那些有关章家汤锅胡椒的传闻，石老闷心里可清亮。别说石家的汤锅，就是寺门马家的汤锅，要想超过章家似乎都不太可能了，石老闷跟马老六可不能比啊，马家的汤虽然就那么回事儿，但人家马家汤锅天时地利人和都占啊。马家汤锅就是再不咋着，喝家们喝的是马家的招牌，喝的是东大寺门的味道，尤其是那些慕名而来的外地喝家，懂汤不懂汤次要，重要的是，他们是坐在东大寺跟儿喝的这碗汤，汤爽不爽不碍着，心里的感觉爽就中。

章家汤锅让石老闷心里闹和了好一段日子，再想想，闹和有啥用，都是老熟人，更何况章兴旺对自己还有救命之恩，别管东大街还是西大街，汤有人喝，不赔本就中。就在石老闷逐渐接受了这个事实有几天，这天大早起，石家汤锅刚出摊儿，来了一个高个子年轻妞，这个年轻妞不是别人，正是章家那个尚未过门的儿媳妇——周洁。

石老闷他儿石小闷，手里掂着木勺笑脸相迎：“怪早啊，姐。”

周洁：“叫谁姐呢，咋？瞅着我比你面老啊？”

石小闷依旧是一副笑脸：“不是、不是，姐是尊敬不是?!”

周洁：“还怪会说话。”

石小闷：“你坐，姐，我给你盛汤。”

周洁坐到了木桌子跟儿，说道：“压恁家汤锅前经过好几次，本想喝一碗拿拿味儿，可俺的同事说，恁家的汤冇东大街那家的汤好喝。今个我来拿拿恁家汤的味儿，比较一下，看是东大街的汤好喝，还是西大街的汤好喝。”

石小闷把盛好的一碗汤搁在了周洁面前：“姐，我也不夸俺家的汤咋样，也不去评价东大街的汤，我只能说，祥符城里的汤锅多着呢，各是各的味儿，就看哪家汤锅对你的味儿。”

周洁勾下头，用小瓷勺在碗里摭了一勺汤，小心翼翼地往嘴里送，刚挨住嘴边，就把小瓷勺搁了下来，抬脸说道：“可烧嘴，晾晾再喝。”

石小闷：“汤还是喝热的，一凉味道就变了。”

周洁：“还有这一说？”

石小闷：“当然有这一说。看来，姐不是个老喝家啊。”

周洁：“东大街那家的汤我喝过，就是晾着喝的，味道可正。”

石小闷：“姐，看来，你可真不是个喝家。”

周洁：“是喝家不是喝家，杀猪杀屁股，各有各的杀法儿。”

石小闷：“别说猪中不中？俺可是清真。”

周洁：“我只是打个比方。”

石小闷：“我知你是打比方，我也冇啥恶意，就是听着有点儿别扭，善意提醒一下。”

周洁笑着说道：“你听着别扭冇事儿，我喝着不别扭就中。”

就这几句对话，石小闷已经感觉到，这个大早起来喝汤的年轻妞儿，不是个善茬。在周洁喝汤的过程中，石小闷一边给新来的喝家们盛汤，一边用眼睛不时地瞄着周洁。此时的周洁冇再吭声儿，但石小闷却发现，这个妞儿喝汤的喝法儿，跟一般人不大一样，她既冇把油饼掰成块泡进汤里一起吃喝，也冇一边喝汤一边啃油饼，而是把油饼一口口干啃完以后，才抓起小瓷勺，一勺一勺把汤摭进嘴里。

吃完油饼喝罢汤的周洁，伸手抓起搁在木桌上供喝家们擦嘴的卫生纸，扯下一段，一边擦着嘴一边冲石小闷说道：“中，弟儿，恁家的汤味儿中，不像他们说的那样。”

石小闷：“谁们说的哪样啊？”

周洁：“有人说，西大街的汤不如东大街的汤，这种说法如果只是口味不同，那也冇啥，可我咋觉这跟口味儿冇啥关系啊。”

石小闷："别管有关系冇关系，你就说，有人是咋说的吧。"

周洁又扯下一段卫生纸，搌了搌额头上沁出的汗，说道："那我先问问你，恁家的胡辣汤，用的是哪儿产的胡椒啊？"

石小闷："就是大街上卖的胡椒粉啊。"

周洁："产地是哪里啊？"

石小闷："那我可不知，俺爹去买的。"

周洁："汤也是恁爹熬的吧？"

石小闷："俺爹熬，我给他打下手。"

周洁："怪不得。"

石小闷："怪不得啥啊？"

周洁："怪不得人家说，西大街的汤冇东大街的汤好喝，差别就在胡椒上，我理解的意思就是，恁爹舍不得用好胡椒。"

石小闷："别听人家瞎说，胡椒就那两种，黑胡椒和白胡椒，别管是胡辣汤，还是别的啥吃食儿，用的胡椒就那几个地儿，福建、广东、广西、云南，噢，还有台湾。要是有差别，地域不同，会有一点儿差别，但总而言之，胡椒就是胡椒，就是在美国它也叫胡椒，就跟人一样，都是一个鼻子俩眼，别管中国人还是外国人，都是人。"

周洁："人和人那可不一样，美国人是高鼻子蓝眼睛，非洲人是黑皮肤厚嘴唇，胡椒的差别也应该一样，就是国产胡椒，广东的和云南的，味道上也会有一些区别。"

石小闷："这不还是百客对百味儿嘛，不定谁喝中谁家的汤呢。"

周洁："看来，东大街章家汤锅里掌的胡椒，比较对祥符人的胃口。"

石小闷的脸色有点儿不太好看，白了周洁一眼："那是你说的。"

周洁急忙说道："你别误会，那可不是我说的，是东大街章家汤锅那个年轻孩儿说的。"

石小闷："章童说的？"

周洁："我不知他叫啥名儿，就是那个长得挺帅气的小白脸。"

石小闷:“他还说啥了?”

周洁:“也冇说啥,就是说胡椒。听他的话音儿,他家汤里掌的胡椒,跟恁家的胡椒不一样,他家用的是进口胡椒。”

石小闷:“你听他瞎喷,进口胡椒,他说他家汤里掌的是美国胡椒,你信吗?”

周洁故作深沉地思索着说:“他说他家汤锅里掌的是哪国胡椒,我记不太清了,他就说掌的是外国胡椒。你问问恁爹,外国哪儿产胡椒,外国的胡椒是不是比咱中国的好。反正就是说,东大街的汤比西大街好,就是好在了胡椒上。”

石小闷:“我也不用去问俺爹,我知他章家胡辣汤用的是啥胡椒。”

周洁:“啥胡椒啊?是不是外国胡椒?”

石小闷鼻子哼了一声,说道:“他章家那点事儿,清平南北街上的人谁不知,跟你说吧,虽然我冇去喝过东大街的汤,但是我猜也能猜出个八八九九,他章家胡辣汤锅里掌的一定是印度胡椒!”

周洁立马装出无比惊讶的样子,瞪大了眼睛:“你咋知?”

石小闷:“我咋知,用俺爹的话说,俺爹和他爹,压小就是一条河里洗过澡,谁冇见过谁的屌啊。”

“你真恶心!”周洁站起身,临走前又撂下一句,“恁这些卖胡辣汤的人,都可撮壶(差劲)!”她把右手五个手指头撮在一起,冲石小闷甩了一下后,抬腿就离开了石家的汤锅。

石小闷冲着离开的周洁大声吆喝了一句:“这位姐,欢迎你下次光临!”

周洁停住了脚,转过身去,抬手指着石家汤锅上方挂的那块牌匾,对石小闷说道:“老弟,听姐一句话,把这块牌匾摘下来吧,还汤行天下呢,人家东大街的天下无汤,已经让多少人不再来恁的汤行天下了。摊为啥啊?就是摊为恁汤行天下汤锅里的胡椒不中。”

石小闷被周洁这句话给刺激住了,如果周洁要是个男的,他非得用手里的汤勺夯她不中。大早起生了一肚子气的石小闷，左想右想心里都觉得不得劲，他瞅着自家那块汤行天下的牌匾，心里犯起嘀咕，章家汤锅里的胡椒真的就比自家好吗？不中，说啥也得去喝一碗章家的汤。

收摊儿后，石小闷回到家，他爹石老闷正坐在家里的黑白电视机前，津津有味地看着中国女排的比赛。

石小闷："啥看头啊，你又不懂排球。"

石老闷俩眼盯着电视机，兴奋地说道："乖乖咪，你瞅瞅这个铁榔头，跟个二货头小（男人）一样，一球扣下去，能砸翻一个人。"

石小闷："能砸翻一个人跟你有啥关系啊，咱家的汤锅都快被人砸翻了。"

石老闷一怔："你说啥？"

石小闷："我说啥，我说啥，我说咱家的汤锅都快被别人砸翻了！"

石老闷起身关上了电视机，问道："你咋着了这是，枯绌个脸，今个的生意不中？"

石小闷："再这样下去，恐怕是真不中了。"

石老闷有点着急："咋回事儿啊，赶紧说！"

于是，石小闷把今个周洁的话儿，原原本本给他爹复述了一遍，石老闷听罢之后，半晌冇吭声，紧蹙着眉头想着啥事儿。

石小闷："爸，咱家用的胡椒，真的冇章家的胡椒好吗？"

石老闷冇吭气儿，依旧紧蹙着眉头。

石小闷："有件事儿我一直弄不明白，你跟我说，章家的胡椒是压咱艾家那儿得到的，艾家的胡椒是压李慈民那儿得到的，艾家家破人亡咱就不说了，李慈民也窜得冇影了。如果真像传说的那样，李慈民的胡椒是压印度那边弄来的，祥符城里的汤锅独此一份，我建议咱家的汤锅还是挪个地儿，别跟章家汤锅挨恁近。一个东大街一个西大街，一个汤行天下，一个天下无汤，这不明显是在挺头嘛，挺到最后咱也挺不过人家，咱汤行天下的这块牌子，你不嫌丢人我还嫌丢人呢，要是两口汤锅离开远远的，咱的胡椒就是再不中，喝家们也不会说啥……”

满脸半烦的石老闷，抬起手制止儿子，不让他往下再说：“中了中了，我知了，你该弄啥弄啥去吧，让我想想再说。”

石小闷：“你想吧，反正我就是这个意思，俗话说‘一山容不下二虎’，咱这是‘一街支不成俩锅’，你老尽快拿主意，省得时间长净缠瓤，既影响情绪，又影响生意。”

石老闷压衣兜里摸出烟，用火柴点着后，闷头抽了起来。

石小闷临压屋里出来之前，对他爹说：“明个俺妈恁俩去出摊儿吧，我想歇一天。”

石老闷还是冇吭声，他在一口口烟云中思索着。

第二天，石小闷睡了个懒觉，他压床上爬起来后，顾不得洗把脸，就去了东大街。他压南土街往西一拐弯，大轱远一瞅，好家伙，章家汤锅前围满了喝汤的人，把章童忙得是不亦乐乎。石小闷用手抠了抠眼角里的眼屎，又用手抹了一把脸，抖了抖精神，朝章家的汤锅走了过去。

石小闷走到章家汤锅跟儿，冲章童喊了一声：“童哥。”

正盛汤的章童一抬脸：“哟，稀客啊，你咋来了，小闷？”

石小闷：“都说恁家的汤好喝，我来尝尝，咋个好喝法儿。”

章童：“快拉倒吧，你花搅我不是，俺家的汤跟恁家的汤冇法儿比，恁石家的汤锅支得早，是师兄，俺章家的汤锅支得晚，是师弟。”

石小闷：“可有人说，恁章家的汤喝罢，就真的是天下无汤了，恁这块牌子可招人啊。”

章童：“牌子就是个噱头，你又不是不知，俺家这块牌子不是跟恁家学的嘛，俺说‘天下无汤’就天下无汤了，别当真。”

石小闷笑着压布衫口袋摸出一毛钱，往汤锅旁边一搁：“给老弟盛碗汤。”

章童：“你灰（看不起）我不是，赶紧把你的钱拿走。”

石小闷：“这可不中，咱清平南北街的人，亲是亲，钱上分，交情是交情，规矩是规矩。”

章童：“中中，咱按规矩来，汤五分钱一碗，你这是两碗汤的钱啊。”

石小闷：“咋啦，我就不能喝两碗汤吗？”

章童：“当然中，当然中，只要你不嫌俺家的汤碗小就中。”

石小闷瞅着一旁摞着的碗：“恁的汤碗好像真的也不大。”

章童：“跟恁家的碗差不多吧？”

石小闷笑道：“恁家汤碗要是跟俺家汤碗大小差不多，我就不会要喝两碗汤了。”

章童听着石小闷这话，心里有点儿别扭，不由得又瞅了一眼石小闷，他压石小闷那张早起冇洗的迷瞪脸上，似乎感觉到了一丝隐藏着的寻衅滋事。不过他也冇多想，祥符城里这号半大男孩儿，特别是寺门那一片住的，脸上都带着一种谁也不㞞、不知天高地厚的神情，如果兜里再有俩钱儿，那就更不知自己是老几了。

章童问了一句：“弟儿，要油馍头还是要油饼？”

石小闷：“啥也不要，今个我就是来喝汤的，看看喝罢恁家的汤，天下是不是就无汤了。”

此刻的章童，似乎越发感觉到了，石小闷今个有点来者不善了。

章童：“咋啦，弟儿，大早起是不是碰见啥不得劲的事儿了？”

石小闷：“得劲不得劲，我要喝罢汤再说。”

章童不再说啥了，他知石小闷这货是个啥德行，别看平时见面又递烟又称兄道弟，真要碰见不合他心意的事儿了，狗脸翻得可快，还有一点儿跟他爹石老闷可像，就是祥符人说的那样：哑巴揹驴——闷逮。

这会儿再瞅石小闷，只见他喝罢两口汤后，扬起脸冲着章童大声说了一句：“童哥，恁家的汤不孬啊，中，怪得口！”

章童：“得口就中，就怕不得你老弟儿的口。”

石小闷：“恁家汤里掌的是啥胡椒啊？”

章童瞅了瞅两边，脸上带着保密的神态：“回来跟你说。”

石小闷:“眼望儿说呗。”

章童又瞅了瞅两边,继续重复了两句上一句话:“回来跟你说,回来跟你说。”

石小闷:“回来说啥,眼望儿说呗,咋? 军事机密? 跟造原子弹有关系?”

章童有点儿不高兴了:“你老弟儿咋这个劲儿啊,我为啥眼望儿不说你不知吗?”

石小闷:“我不知,你说说呗。”

章童彻底不高兴了:“你不知回去问恁爹!”

石小闷:“问俺爹?”

章童口气强硬地回怼道:“对,就是去问恁爹,恁爹也熬胡辣汤!”

石小闷:“一去问俺爹可就毁了,俺爹可是把恁家汤锅的底儿啊,恁家的这口锅,支在黑墨胡同口跟儿的时候,俺爹就把底儿……”

章童打断道:“恁爹可把俺家汤锅的底儿啊? 俺家汤锅有啥见不得人的底儿吗? 俺家汤锅里掌老鼠药了?”

石小闷笑道:“老鼠药倒是冇掌,就是掌了那也是进口的老鼠药,药不死人。”

章童把手里盛汤的木勺狠狠往汤锅旁边一扔,黑丧着脸说:“装孬孙不是,我看你今个不是来喝俺家汤的,是来砸俺家锅的吧!”

石小闷脸上依然堆着笑:“咋啦,童哥,花搅你两句就恼了? 你知啥叫花搅吗? 花椒不是胡椒,今个咱不说花椒说说胡椒,中不?”

章童:“中? 钟在庙里呢,去,你去相国寺,别搁我这儿找钟,中不中你心里比谁都清亮!”

“我当然清亮。”石小闷把脸一整,说道,“恁家汤锅里那些事儿,有比我更清亮的人了!”

章童:“俺家汤锅里啥事儿? 你不把话说清亮,今个咱俩不拉倒!”

石小闷:“拉倒不拉倒我也得说啊,我不光今个在这儿说,我还要到处吆喝着说,让全祥符的人都知恁章家汤锅里的那点事儿!”

章童把腰间的围裙解开,往地上狠劲一扔:“说吧,你今个不说你就是妞儿生的!”

这时,一旁有熟悉他俩的喝家们纷纷劝说道:“别了,别了,弄啥啊,都是一个门口的,裹不着,有啥不能好好说啊,非得伤和气,让别人看笑话,拉倒吧,拉倒吧……”

章童:“不拉倒!他这是看俺家的汤好,心理不平衡,来寻事儿的,让他说,今个我倒要听听他能说出个啥幺蛾子来!”

这时,只见石小闷一下子站到了凳子上,大声吆喝着说道:“诸位,恁来这儿喝汤,都是觉得他家的汤好喝恁才来的,他家的汤好喝在哪儿恁不知吧。今个我就给恁说说,他章家的汤好喝在哪儿,为啥好喝,我把丑话说在头里,今个我要是说半句瞎话,明个出门我就让汽车撞死!”

围观的人越来越多,东大街是啥地儿,这个点儿正是上班的高峰,人来人往的点儿,不少行人驻足围观,都想听听这个站在凳子上的货说啥。

石小闷开始了他的大声演讲:“胡辣汤好喝在哪儿,懂家都知,好喝就好在胡椒上,他章家汤里掌的胡椒确实不孬,品种好,祥符城里所有汤锅里掌的胡椒都冇他家的好。摊为啥?摊为他家汤里掌的胡椒是印度胡椒,别说咱祥符,就是全中国的胡辣汤掌这种胡椒的也不多,稀有,主贵,不好找,也冇地儿买,除了印度谁也不知压哪儿去弄。有人要问,他家的印度胡椒是压哪儿弄来的?那我今个就告诉恁,他家的印度胡椒,是偷人家李慈民的……”

“你个卖尻孙……”已经是忍无可忍的章童,跃起身朝石小闷扑过去,石小闷反应也可快,压凳子上跳了下来,俩人瞬间扭打成了一团,那些怕殃及自己的喝家纷纷四散,桌子、凳子、汤碗、小竹篮、勺子、筷子、油饼和油馍头,掀翻的掀翻,摔碎的摔碎,章家汤锅整一个稀碴儿砰(稀烂)。再瞅厮打中的那俩货,拳脚并用不说,掂啥啥是武器,要论身板,石小闷不是章童的对手,不管咋着,章童在小学当过体育老师,体格要比石小闷硬朗一些，拳脚相加之后不过瘾，转眼变成了贴身战。只见章童用胳膊肘扼住了石小闷的脖子，使腿一绊，一扭身，就把石小闷绊倒。俩人倒地之后，占优势的章童，一手勒住石小闷的脖子，腾出另一只手，挥拳朝石小闷的头和脸狠砸，把石小闷给砸得有点儿招架不住。处于被动中的石小闷，闭着眼，用手在地面上乱捞摸，一只落在地上的汤碗被他捞摸到了手里，石小闷抬起右胳膊，用捞摸在手里的那只空汤碗，朝章童的头脸上砸去。正紧握拳头往石小闷头脸上夯的章童，冇来得及防范石小闷砸来的这只空汤碗，被砸在了眉骨上，虽说力度不是很大，但是，本已经落在地上有损的那只空汤碗，在章童的眉骨上断碎，破碎的碗碴儿顺着石小闷的手往下一划，妥，章童的脸颊上顿时鲜血直冒，变成一张大血花脸，在围观人群一片惊悚声中，章童一瞅自己见血了，更加恼羞成怒，拳头也更加有力度，砸得石小闷难以招架……

"都住手，谁再打就把谁抓走！"

上前制止的是东大街上正在执勤的一名交警，章家汤锅打架已经影响了交通，交警不得不过来化解。一看有警察来了，围观的人中便有人上前拉架，就这才算把扭打成团的俩人拉开。

交警："大早起，又是上班又是上学，恁给这儿打架，瞅瞅，公交车都停不到站台上了。"

一旁围观的人，冲着满脸是血的章童说道："赶紧去医院吧，瞅瞅这血都流成啥了……"

"就是，别再出人命喽……"

"恁俩不是一个门口的吗，有啥血海深仇，非得打成这样，都破相了吧……"

交警指着东大街路北，冲章童说："赶紧去人民医院包扎一下，再弄个破伤风，那你可真就去球了！"

一听到这句话，章童有点儿怯气了，流了恁多血，自己也不知自己的伤有多重，他用手指着坐在地上的石小闷，狠狠地说道："卖尻孙，你给我等住，只要我不得破伤风，咱俩就冇完！”说罢用手捂着流血的脸，朝东大街路北面的人民医院跑去。

再看坐在地上的石小闷，满脸淤肿，俩眼都快睁不开，气喘吁吁，四肢无力，他已经到了冇力再多说一句话的地步。虽说他用碗碴子给章童的脸划破了，但在这场拼尽全力的厮打中，真正损伤大的是他，如果不是那个交警的制止，章童疯狂的拳头能把他的头脸打成个大簸箩。

在章童跟石小闷打起来的时候，每天来汤锅打下手的章童他妈高银枝，被吓得不知所措，别说上前拉架，她吓得连说句话都快说不成，他妈高银枝丢下手里的活儿就往家窜，去叫他爹章兴旺去了。

当章兴旺听说自己的儿子跟石老闷的儿子，摊为胡椒的事儿，在东大街自家的汤锅打起来，立马蹬上自行车就往东大街窜，等他来到东大街自家汤锅前，瞅见一片狼藉的时候，傻脸了。这时，有人告诉他，儿子章童去了街对面的人民医院，于是他日急慌忙地就往街对面窜去……

章兴旺刚走进人民医院的大门，就见满脸缠着纱布的儿子压门诊楼里出来，他急忙迎上前去。

章兴旺：“咋着啦这是，伤得厉害不厉害啊？”

章童：“厉害不厉害你都说了。”

章兴旺：“大夫咋说的啊？”

章童冇吭气儿，闷着头朝医院大门外走去。

跟在儿子身后的章兴旺急了：“我问你话呢，碍着不碍着啊？”

章童不耐烦地：“放心吧，死不了。”

章兴旺：“伤在脸上是死不了，破了你相，你连媳妇都找不着。”

章童：“找不着不找，我就卖一辈子胡辣汤又能咋着，这一回我还就跟他姓石的挺上了，东西大街上有他冇我，有我冇他，别管章家的胡椒是偷的还是抢的，他不服？我就让他不服他尿一裤！”

章兴旺见儿子还在气头上，说啥都白搭，也就不再说啥。他跟在儿子身后，一边听着儿子讲打架的原因，一边在想，先别管俺章家胡辣汤里掌的是不是印度胡椒，也别管这胡椒是压哪儿来的，石老闷他儿石小闷来掀俺章家的摊儿，砸俺章家的锅，这事儿绝不能拉倒，说啥也要去找石老闷说道说道的。就是全祥符城的人都知，章家汤里的胡椒是压李慈民那儿弄来的，又能咋着，谁还能把章家的蛋咬掉，只要李慈民不回来，也是件死无对证的事儿。咋？就是摊为恁石家的汤挺不过俺章家的汤，恁石家的少爷就要掀俺的摊儿砸俺的锅？这也太不论理了吧。章兴旺决定去找石老闷，心里想：今个你石老闷要不给我说出个小鸡叨米，恁石家支在西大街上的汤锅照样别想安生。

再说石老闷这边，他儿石小闷被打了个鼻青脸肿不说，之后也被送进了人民医院，与章童不一样的是，石小闷除了头脸肿得像个簸箩，肋巴骨还让踢断了两根，胳膊肘也骨折了，浑身上下伤痕累累，论伤势要比章童严重得多。石老闷他媳妇不干了，要去派出所报警，被石老闷制止，石老闷对媳妇说：你傻啊还是憨啊，是咱儿去东大街衅（挑血斗）的事儿，又不是章家人来西大街砸咱家的锅，派出所要一论这个理儿，至少也是各打五十大板，别管是拘留蹲号子，还是罚钱掏腰包，天数钱数都是一般多，丢人砸家伙也是各占一半，更何况都是清平南北街上的老门老户。再说远了，七姓八家都是同一个祖宗，这要是把事儿闹大了，清平南北街上的人都会不愿意咱，国家刚允许支锅摆摊儿，寺门跟儿的各种吃食儿也日益渐火，虽说石家和章家的汤锅都冇支在寺门，可在外人的嘴里还不定会咋说呢，这事儿还是大事化小、小事化了的好。听罢石老闷这么一说，他媳妇抹着眼泪说，看把咱儿都打成啥样儿了，还不让吭气儿，这是要憋屈死人啊。石老闷的媳妇嘴里这么说，心里也可清亮，是自己儿子先去章家汤锅衅的事儿，即便是去派出所，各打五十大板也是自家挨得重，就这吧，认了吧，不认也不中啊。

19."你是不是要说,胡辣汤的老祖宗是谁啊?"

谁料想,石家认,章家可不认,石老闷压人民医院安顿住儿子住院后,刚回到家,章兴旺就寻上门来了,一进石家的门,章兴旺就破口大骂了起来。

章兴旺指着石老闷的鼻子嗷嗷叫道:"石老闷,你坏良心不坏,想当年在凹腰村,要不是老子救了你的命,眼望儿能有你这个儿子?你个忘恩负义的卖尻孙,恁儿砸了俺家的锅不说,还破了俺儿的相,支锅卖汤是小事儿,破了俺儿相,让俺儿咋找媳妇?这事儿咱俩不拉倒,今个要是你不给老子把话说清亮了,我就死在恁家!"

一瞅章兴旺这副杀气腾腾的劲头,石老闷急忙犯软蛋,先掏出衣兜里的烟给章兴旺递了上去:"老兄老兄,有话好好说,好好说……"

章兴旺一把拨拉开石老闷递上的烟:"别来这套,今个的话好好说不了,恁儿把俺儿一辈子都给毁了,恁石家有仨儿,俺章家就这么一个儿,恁儿破了俺儿的相,俺儿找不着媳妇,我不讹住你讹住谁?今个我先把话给你撂这儿,你要不给我说出个小鸡叨米,我就一头攮死在恁家!"

石老闷:"你看你,老哥哥,先消消气儿中不中,既然孩儿们这事儿已经出来了,你光急有啥用,别管最后是个啥结果,咱俩不是先得商量着来嘛,光急,光嗷嗷,也解决不了啥问题不是。"

章兴旺依旧嗷嗷叫道:"我今个来,不是跟你解决问题的,我是来跟你算总账的!"

石老闷:"你跟我算啥总账啊?咱俩谁也有欠谁的银子。"

章兴旺:"你是有欠我的银子,可是你欠了我一条人命!"

听罢这话,石老闷心里清亮,章兴旺说自己欠他一条人命是啥意思,就是指民国二十七年的那场大水,章兴旺在凹腰村对他的照顾。

章兴旺:"咋啦?想不起来了?还是我说错了?你就恁健忘吗?"

石老闷："看你说的啥话，我就是忘了亲爹亲妈，我也忘不了你老兄的救命之恩啊。"

章兴旺："冇忘就中，冇忘说明你还有点儿良心！"

石老闷："我的意思是，咱们今个打盆说盆打罐说罐，别扯恁远，扯远了也冇啥用，扯远了也解决不了啥问题，咱还是平心静气一点儿的好。"

章兴旺："别扯恁远？毛主席咋说的？忘记了过去就意味着背叛。毛主席说的一点也不假，你就是那种忘记了过去，今个才背叛的那种人！"

石老闷有点儿不能接受了，脸上那种犯软蛋的表情冇了，说道："别拿毛主席来压我中不中，不就是俩孩儿打架嘛，裹住裹不住把毛主席搬出来呀。你说吧，咋弄？你说咋弄咱就咋弄。"说罢把刚才章兴旺用手拨开的那支烟搁到了自己嘴上，用火柴点着。

章兴旺："咋弄？我先问你，你想咋弄啊？"

石老闷："你别问我，你想咋弄咱就咋弄，你说个样儿。"

章兴旺瞅见石老闷摆出一副要要无赖的样子，内心的火一下子又窜了出来，追问了一句："你让我说个样儿是吧？"

石老闷嘴里吐出一口浓重的烟雾："对，你说个样儿，我奉陪到底。"

章兴旺："你是不是觉得你有仨儿，我就挺不住你了是吧？"

石老闷："我就是有八个儿，跟你也冇一毛钱关系，你就说吧，咋弄。"

章兴旺："咋弄？中，我告诉你咋弄，你给我听好喽！"

石老闷一脸不在乎地："你说吧，我竖起俩耳朵听着呢。"

章兴旺："一山容不得二虎，一街支不了俩锅，恁石家的汤是好是孬，我不管，今个出了这事儿，恁石家汤锅支在东西大街上让我恶心。你除了赔付俺儿的医疗费用之外，你不能让我再瞅见，恁家那口丢人的汤锅再支在东西大街上，我要说的就是，恁石家的汤锅立马压东西大街搞蛋！"

石老闷："搞蛋？凭啥搞蛋？俺石家汤锅再不中，也是俺先支在东西大街上的吧，上茅厕还有先来后到，俺搞蛋？俺石家汤锅就是一碗汤都卖不出去，俺也不搞蛋！还让俺赔付恁儿的医药费，俺儿被恁儿打得眼望儿还在人民医院里住着呢,我有让恁赔俺的医药费都算好的!”

章兴旺:“不论理了不是?你要是不论理,可就别怪我不客气了!”

石老闷:“随你的便,不客气咋着,你还能把我的蛋给咬喽?”

章兴旺:“我不咬你的蛋,有人会来咬你的蛋,到时候,不光是把你的蛋咬掉,保不准还会要你的命,你信不信?”

石老闷:“凭啥又咬我蛋又要我的命?你以为你是谁啊?老天爷?”

章兴旺:“我不是老天爷,共产党人民政府是老天爷,我就不相信,他们会放过一条国民党反动派的漏网之鱼!”

石老闷愣怔了一下:“啥?你说啥?”

章兴旺:“啥?蚂蚱!你心里比谁都清亮,装迷瞪就能装过去?你别忘了,当年在凹腰村,我救罢你之后,你跟我说的啥!”

石老闷满脸迷茫地问:“当年在凹腰村?我跟你说啥了?”

章兴旺:“好健忘了你,说句难听话,我要把你跟我说的那些话公布出来,共产党人民政府枪毙你八回都不冤枉!”

石老闷仍旧是一脸懵懂,撂着高腔问道:“别吓唬我,枪毙我八回,枪毙我十八回都中,我说啥啦?共产党人民政府就要枪毙我?!”

“怪忘事儿啊你,那中,我提醒一下你!”章兴旺此时一下子把自己的高腔转变成了低腔,朝石老闷跟前凑了凑,说道,“要不是你,人民公敌蒋介石扒开黄河,也不会淹死恁些人。想起来了冇?”

石老闷埋头想了想,还是冇想起来,嘴里重复着:“要不是我,人民公敌蒋介石扒开黄河,也不会淹死恁些人……”

章兴旺继续低声神秘地,冲石老闷提示道:“那年,你要是听了恁本家姐告诉你的那些话,把蒋介石要扒黄河的事儿,提前吆喝出来,吆喝到凹腰村去,那又是个啥劲儿?一传十,十传百,老百姓要是有个防备,能淹死恁些人吗?”

石老闷恍然大悟,顿时就不闷了,他嘴里带着一些结巴问道:“你,你,你是,是啥意思啊?”

章兴旺:“啥意思还用我再说吗?上纲上线的意思就是。你和人民公敌蒋介石一样,也是人民公敌,要不是你知情不报,也死不了恁多人!”

石老闷:“你,你话不能这么说啊,蒋介石扒黄河跟我啥关系?我一个小老百姓,够得着吗?”

章兴旺:“够着够不着,你事先已经知道了这事儿,知道了你不吭,你不就是知情不报嘛,你不就是跟蒋介石是一伙的嘛。你承认不承认,你有个本家姐在国民党的省政府上班,你承认不承认,在凹腰村你告诉我的那些事儿?你要是不承认,我就去找个证人来帮你证明你说过的那些话。”

“我不承认,你找谁来证明我都不承认……”石老闷说话的底气已经明显弱了下来。

章兴旺:“那中,我眼望儿就去把另外那个证人叫来,咱一起去市委市政府,把这事儿讲清楚!”

石老闷又蒙了,大惑不解地:“另外那个证人?啥另外那个证人啊?在凹腰村的时候就咱俩人,你想装孬不是!”

章兴旺:“是我想装孬,还是你想抵赖?你再仔细想想,咱被水困在凹腰村的时候,咱清平南北街上还有谁在?”

石老闷:“你说的是艾三吧?快拉倒吧,他是国民党军统特务,刚压监狱里放出来,政府才不会相信他说的话,你可找着一个好证家。”

章兴旺:“那我问你,沙玉山咋知,你可后悔冇听恁本家姐的话,在凹腰村差点把小命给丢了?是不是你给他说的?”

“二哥?”石老闷梗起脖子,又撂起了高腔,“我压根儿就冇跟沙玉山说过凹腰村的那板事儿!”

章兴旺瞪起俩牛蛋眼,也撂起高腔:“你冇跟他说过,艾三跟他说过,他还问过我,我还给你打了马虎眼儿,咋?你不相信是吧?走!咱眼望儿就去找二哥问,看我说瞎话了冇。走!”说罢伸手捞住石老闷的胳膊就往院子外面走。

这一下石老闷孬劲了,使劲拨拉掉章兴旺的手,说道:“中中,我相信中了吧,啥话不能好好说啊,非得闹得个稀喳喳……”

章兴旺:“不是我想闹得个稀喳喳,是你放排场不排场,非得混到丢人上!”

石老闷:“你说得有理儿,中了吧。”

此时此刻,石老闷彻底蔫儿了,也彻底回想起当年他在凹腰村对章兴旺说过的那些话,他心里也可清亮,章兴旺在这个时候把那一板搬出来的用意是啥,沾住毛尾四两腥也罢,上纲上线也罢,对石老闷来说都将会造成不良后果,甚至是灭顶之灾。这玩笑可开大了,当年你知蒋介石要扒黄河你不吭气儿,就算你冇理会你本家姐的警告,你本家姐是个啥人?国民党反动派,后来跟着蒋介石窜到台湾去了,这事儿要是吆喝出去,即便是人民政府不收拾你,清平南北街上的人,也能用口水把你给淹死。

章兴旺冲着石老闷吼道:“要不是我在沙玉山跟儿和稀泥,替你圆场,就沙二哥那个劲儿,至少也得骂你个狗血喷头!”

石老闷:“中了,咱不说这了,还是说说孩儿们的事儿吧,听你的,你说咋办就咋办。”

章兴旺:“我说咋办就咋办,就是我说的那两条,第一,俺儿的医疗费用你全包,第二,把你石家支在西大街上的汤锅给撤喽!”

石老闷沮丧地说道:“就按你说的这两条办吧。惹不起躲得起,俺认栽,中了吧。”

章兴旺这一手还真管用,硬是把蒋介石扒花园口生拉硬扯安到了石老闷的头上。当年,他那个在省政府当接线员的本家姐,偷听到蒋介石打给卫立煌的电话,要用黄河阻止日本人西进,他那个本家姐悄悄把这个消息告诉了石老闷……章兴旺敲到了石老闷的麻骨上,石老闷冇一点儿法儿,沾住毛尾四两腥。沮丧中的石老闷冇招儿了,当即压家里拿出一沓人民币给了章兴旺,作为这次打架对章家人的赔偿。不能说章兴旺的这招儿不够狠,别看是一件尘封已久的事儿,这要是传出去,后果照样难以想象。在用钱堵住章兴旺嘴的第二天,西大街上的那块汤行天下的招牌,随着石家的汤锅一起有影儿了……

周洁不想让章童支汤锅,才挑起了这场章家和石家的大战,谁知最终的结果是,石家的汤锅在西大街上有影儿了,章家的汤锅却还支在东大街上,让周洁更加糟心的是,章童的眉骨上留下了一块永不消失的疤瘌,说不上是毁容,但却十分扎眼。就在周洁为此感到纠结的时候,一位在澳大利亚居住了大半生的祥符老太太,回祥符探亲的时候,一眼愣中了周洁。非得给她的混血孙儿拆洗,当老太太拿出她混血孙儿的照片让周洁一看,照片上的帅小伙儿瞬间让周洁心动,老太太又向周洁索要了一张照片寄回澳大利亚,那个混血小伙儿同样一眼愣中了周洁,一拍即合之后,周洁决定嫁到澳大利亚去,刚刚改革开放不久,外国对中国年轻人的诱惑可想而知。短短不到仨月的时间,周洁便办好了一本出国旅游护照,但她的心里可清亮,这一游可能就是与章童的彻底分手。

周洁在临走的前一天,她领着那位澳大利亚华人老太太,来到了东大街章家汤锅喝汤。章童瞅见周洁,正要与她打招呼,周洁却装出一副不认识章童的模样,脸上看不见任何一点儿熟悉的表情。章童一瞅周洁领着的那位老太太,弄不清楚与她是啥关系,也就把要打的招呼憋在了嘴里,转换成一句可有可无的废话:“汤里掌辣椒不掌?”

面无表情的周洁说道:“桌上不是有辣椒嘛,掌不掌你不用操心。”

章童满脸尴尬地:“那,那恁是吃油馍头还是吃油饼?”

周洁冷冷地说:“吃啥都中。”

章童把盛好的两碗汤,和满满一小篮油馍头和油饼,搁在了周洁和老太太面前。

周洁:“你给多了吧,我只要了五毛钱的。”

正当章童不知咋接腔的时候,老太太满脸展样地操着祥符话说道:“不多,不多,吃不完咱俩带到飞机上去吃。”

章童把目光转向老太太问道:“恁这是准备坐飞机去哪儿啊?”

老太太:“回澳大利亚。”

章童不解地问道:“回澳大利亚？恁是澳大利亚人啊?”

周洁抢在老太太前头说道:“对啊,我是她的孙媳妇,我们一起回澳大利亚。”

章童彻底蒙顶,身子一吓瑟,手里盛汤的木勺差一点掉进汤锅里。

章童这种肢体变化并冇引起老太太的注意,她捏起喝汤的小瓷勺,往嘴里摭了一勺汤,紧接着又摭了一勺,连连点着头,满脸更加展样地说道:“中,少小离家老大回,祥符此行收获满满啊,找到个孙媳妇,还喝到了正宗的胡辣汤。”

周洁:“奶奶,这家的胡辣汤不算正宗,西大街上有一家那才是正宗,遗憾的是,西大街的那家汤锅不知为啥不支了。”

老太太:“不支了？为啥不支了啊?”

周洁:“这跟我要嫁给恁孙子一样,好女不嫁二男嘛。”

“哦,我知了,那家汤锅为啥不支了,应该是宁为玉碎不为瓦全……”老太太冇再往下说,她抬起脸冲着汤锅前站着的章童笑着说道,“恁家的汤可好,对我的胃口,待会儿我买个保温桶来,你再给俺打个包,俺带回澳大利亚去喝。”

章童把脸一沉:“对不起老太太,俺家的汤,想喝你就来,不想喝你就走,从来不打包。”他抬手指着悬挂在汤锅上方的牌匾:“天下无汤的意思被很多人误解,它真正的意思是汤无天下,人就是去月球上过日子,也可以支汤锅,何况去恁澳大利亚,不是就一碗汤嘛,冇啥了不起的。”

听罢章童这几句话,老太太眨巴着俩眼一脸蒙,而周洁却是听懂了,这句话的言外之意就是对她说:你不就是找了个外国男人嘛,有啥了不起的,那碗汤还不一定有这碗汤好喝呢。

周洁埋头喝汤,不再吭气儿,老太太冇注意到,此时周洁眼里的泪珠,啪嗒啪嗒滴进了自己的汤碗里。

…………

石家汤锅退出西大街的事儿,很快就在清平南北街上传得沸沸扬扬,已经在州桥胡辣汤馆退罢休了的马老六，为此事愤愤不平，坐在他马家的汤锅前，跟跟儿大早起来喝汤的人骂着嘟噜壶（不满，牢骚）。

马老六：“啥鳖孙货，人家的汤锅支在西大街上碍着他蛋疼了，把人家给逼走，咋，是他章家的汤牛逼，还是他章家的人牛逼？”

卖桶子鸡的老臭：“汤也牛逼，人也牛逼，七百斤的牛，八百斤的逼。”

马老六鼻子哼了一声，说道：“李家要是在，牛逼还轮不到他章家吧？”

卖鸡蛋煎饼的大眼儿：“李家是谁啊？”

卖桶子鸡的老臭：“李家就是李慈民家，你年龄小，回家问恁爹，让恁爹告诉你李家是谁。”

卖鸡蛋煎饼的大眼儿恍然大悟地：“哦，我知了，听俺爹说过，是不是在黑墨胡同口跟儿，掂着大铁锤跟章家挺瓤的那个李家啊？叫个李啥来着……”

马老六：“李慈民。”

老臭鄙视地冲大眼儿说道：“连李慈民你都不知，你白生在清平南北街上了。”

马老六冲老臭：“你也别怨他，他是解放以后才出生的蛋罩，眼望儿咱清平南北街上的孩儿们，有几个知李慈民的。”

大眼儿：“我听俺爹说过，解放前这个李慈民就是卖胡辣汤的，他李家的汤还可地道。”

马老六：“都说同行是冤家，解放前他李家支汤锅，俺马家也支汤锅，两家关系也可好，虽然李家的汤锅冇支在寺门，但俺在心里佩服人家李慈民熬的汤，不说是祥符城里数一数二的吧，至少在咱寺门这一片冇人呛茬（相比）。”

老臭感叹道：“唉，这话不假，李家要是在，轮八圈也轮不到他章家啊，山中无老虎猴子称大王，还不让人家石家支汤锅，石家也怪气蛋，怯他弄啥，要是换我，非跟他挺到底不中。”

大眼儿：“就是啊，为啥不敢跟他挺啊？石家有啥短处攥在他手里啦?”

马老六:“尽管咱不知,但我觉着,石家肯定有啥短处被章家攥住了,要有短处被攥住,就凭石老闷那三个儿子,也不会让他章家好过喽!”

一直埋头喝汤冇吭气儿的沙二哥说话了:“中了,都别说了,这里的袅细(细节;原因)咱谁也不知,但我把话搁这儿,他两家这官司还冇完,不信咱就等着看。”

马老六点头:“我觉着也是,石老闷才不闷,他那个儿石小闷也不是啥省油的灯。”

这时,正在给喝家们盛汤的马胜,半烦地对马老六说道:“爸,你能不能少说两句,咸吃萝卜淡操心,有事儿你去打牌呗。”

马老六把眼睛一瞪:“大早起去哪儿打牌啊! 还不让老子说两句闲话了,咋? 碍你蛋疼了? 你不爱听用纸把耳朵眼儿塞住!”

马胜一赌气,顺手撕下两溜擦嘴的纸,卷成俩小卷,分别塞进俩耳朵眼里。

马老六:“鳖孙孩儿……”

“咋啦,恁儿说得不对吗?”还在不依不饶的马老六,被沙二哥一句话给打闷了,“冇地儿打牌,去,到城墙根儿,自己撒泡尿,玩尿泥去。”

马老六被沙玉山的一句话给打闷,不再吭气儿了。

沙玉山接着说:“也不瞅瞅都啥年月了,改革开放,生意都交给孩儿们了,还兴啥兴。”说着站起身,一把拉起马老六:“走,别在这儿耽误孩儿的事儿,陪我一块儿去一趟双龙巷。”

马老六:“去双龙巷弄啥?”

沙玉山:“去瞅瞅李老头儿,听说他找我有点儿啥事儿。”

马老六:“我才不去,我跟那个李老鳖一既冇交情又冇交往,他找你有事儿你去。”

沙玉山:“那你也别坐在这儿碍事儿,走!”

马老六硬被沙玉山给拽走了。

其实,沙玉山平时跟李老鳖一也冇啥交往,只是认识,见面打个招呼而已,马老六更是这样,李老鳖一偶尔来寺门喝马家的汤,只知道他也是七姓八家里头的那个李家的。要说熟悉,清平南北街上跟他最熟悉的,只有章兴旺和李慈民。夜个晚上,照护李老鳖一的那个侄倌,来寺门找到沙家,说李老鳖一有事儿要找沙玉山说,因腿脚不便,希望沙玉山能去一趟双龙巷。沙玉山也感到有些奇怪,这老头儿找自己会有啥事儿?于是,他决定早起喝罢汤后去双龙巷瞅瞅。

沙玉山硬是把马老六拉着去了双龙巷,到了李老鳖一的家才发现,病重的李老鳖一已经卧床不起,瞅见沙玉山和马老六,起身都起不来,还是他那个侄倌把他压床上扶了起来。

虽说李老鳖一比沙玉山年长一些,但按辈分,他俩算是同辈。沙玉山关心地问道:"咋着啦,老哥哥,瞅你这模样,是哪儿不得劲了?"

李老鳖一用苍老无力的声音说:"哪儿都不得劲,老了,零件不中了。"

沙玉山:"听说你找我,是不是有啥事儿需要我帮忙啊?有啥事儿你只管吩咐。"

李老鳖一瞅瞅沙玉山身边站着的马老六,说道:"正好,老六也来了,我要说的事儿,跟老六还有一点儿关系。"

马老六:"你说,老哥哥,跟我有啥关系,你只管说。"

沙玉山:"对,都不是外人,早起恁李家也在清平南北街上住过,后来搬走,虽然平时冇啥走动,咋着都是一条街上的老门老户。你老哥哥是犹太后裔,教门不同,同样也是清真,来往不多,同样也算发小,俺能帮上忙的,一定会帮忙。"

李老鳖一:"二弟,虽说平时咱俩冇打过啥交道,但你的为人有口皆碑,别说在寺门,在祥符只要认识你的人,都说不到你的二上(认可你)。我知自己时日不多了,有些事儿想跟恁说说,我就是相信咱清平南北街上的人,相信你沙玉山,才让俺侄倌去找你的。"

沙玉山:"这个你不用多说,我心里可清亮,要不我也不会来。"

李老鳖一:“老二啊,我的日子也不多了,有些事儿我有义务要正本清源,也必须正本清源,要不就对不起老祖宗啊。”

沙玉山:“你说吧,啥事儿,需要我弄啥。”

李老鳖一:“老二,我想你也应该知一点儿七姓八家的事儿吧?”

沙玉山:“何止是知一点儿,压小就听俺爹跟我说过,七姓八家是犹太后裔,宋朝的时候压耶路撒冷那边来咱祥符城的,皇上给赐的姓儿。”

李老鳖一:“老二,恁沙家是压山东来的,老六恁家是压银川那边来的,七姓八家跟恁一样,虽说生活方式都是清真,但支脉不同,所以,有些话跟恁俩说不碍事儿。我的意思是,别管咱的祖宗是压哪儿来的,有些事儿,该是啥是啥,不能胡说八道,更不能打得头破血流,不管咋着,即便不少人像我一样,早已经离开了清平南北街,但都还认为自己是寺门的人。为啥? 不就是跟清平南北街,跟寺门有感情嘛,恁说是不是?”

沙玉山和马老六一起点头认可:“是这。”

李老鳖一:“我的想法是,别管现实生活有多残酷,活着有多艰难,是非要分清,不能摊为一些个人利益,就去干那些欺师灭祖的事情。”

沙玉山:“是啊,你说的是这个理儿,可理儿是这个理儿,但做起来却很难。”

李老鳖一:“我就是觉得做起来很难,才要把一些真相说出来留给后人。”

沙玉山:“别说那些大道理了,老哥哥,你就直说,啥事儿?”

李老鳖一:“啥事儿? 胡辣汤的事儿。”

“你是不是要说,胡辣汤的老祖宗是谁啊?”马老六接腔问道,“是不是胡辣汤跟恁七姓八家还有点儿关系啊? 这俺都听说过,管它是压哪儿来的,河南人喜欢喝,它就是咱河南的。”

沙玉山:“老哥哥,如果你要说胡辣汤是压哪儿来的这事儿,我倒是赞成老六的说法,管它是压哪儿来的,河南人喝着可美,祥符人喝着可得劲,就中。裹不着为这事儿费心事儿,说句实在话,这事儿也说不清,用咱祥符话说，有啥考究。”

李老鳖一：“恁俩说的这，我比恁俩清亮得多，我今个要说的还不是这。”

沙玉山和马老六相互瞅了一眼，嘴里冇说，俩人脸上的表情却在问：不是这是啥？

李老鳖一：“恁俩先把嘴噘住（闭嘴），都别吭声，等我说罢恁俩再说。”

沙玉山：“中，俺俩不吭了，听你说。”

李老鳖一：“这么跟你说吧，老二，今个我要说的事儿，离开胡辣汤不说事儿，但我可不是要证明胡辣汤是压哪儿来的，胡辣汤的老祖宗是谁。我要说的是，有些人，可以在胡辣汤这件事儿上欺师灭祖，但不可以利用胡辣汤去谋财害命。”

沙玉山和马老六被“谋财害命”这四个字儿镇住了，他俩又相互瞅了瞅，都想问啥又都把想问的话憋了回去，两张脸上显现出同一个表情：别吭，听李老鳖一接着往下说。

李老鳖一让侄倌扶住自己，把自己的身子又往上起了起，坐牢稳后，说道：“我先问恁俩一句话，恁俩别有顾虑，实话实说。”

沙玉山：“放心，你问吧，俺俩保证都不会说瞎话，就是说瞎话，那要看对谁，对你老哥哥，说瞎话也冇用，你是有学问的人，实话瞎话一听就知。”

李老鳖一相信地微微点头，说道：“那我问恁俩，恁觉着章兴旺那个人咋样？”

沙玉山：“咋样要看咋说，也要看是谁说。”

马老六：“二哥说得照，要看谁说。”

“中，那我就先说说，我对章兴旺的看法，恁俩听听，我说得照还是不照。”李老鳖一抬起骨瘦如柴的手，摸着自己的光秃秃的脑门，一边摸一边思索着，说道，“兴旺那个人吧，要论人的精明程度，咱仨加在一块儿也比不了他，尤其是在做买卖上，他精明得有点儿过头，有时候是聪明反被聪明误，但他绝不会吃亏。恁觉着我说得对不对？”

沙玉山和马老六异口同声:“是这。”

李老鳖一:“兴旺身上那种精明的特点,绝对能代表俺七姓八家。”

沙玉山:“遗传基因。”

李老鳖一:“老二说得对,绝对是遗传基因,犹太人给全世界的印象,就是精明,只要想干的事儿,就冇干不成的。再一个特点就是,胆儿大,只要对他有利,就冇他不敢去做的事儿。对吧?”

沙玉山和马老六又是异口同声:“是这。”

李老鳖一停了停,说道:“恁俩觉得李慈民那人咋样?”

马老六随即就说:“慈民那人比兴旺强。”

李老鳖一:“强在哪儿?”

马老六:“至少要比兴旺厚道。”

沙玉山:“老哥哥,你别说是问俺俩,你去清平南北街上随便捞个人问问,要是说的跟老六不一样,我就不姓沙,跟着你姓李。”

李老鳖一呵呵地笑了,干瘪的老手抹着脑门:“是这是这,老二,你还是姓沙吧。”

沙玉山:“慈民的精明跟兴旺不一样,慈民是那种厚道的精明,自己不吃亏,但也不会伤害别人。”

这时,李老鳖一脸上一直挂着的微笑,渐渐消失了,思绪似乎飘到很远的地方。

马老六催促道:“说啊,老哥哥。”

在马老六的催促中,李老鳖一收回了自己的思绪,瞅着马老六说道:“老六,我问你一个问题,你要实话实说,中不?”

马老六:“老哥哥,你能不能不要再说这话,你虽然早就不在清平南北街上住了,就是你不咋喝俺马家的胡辣汤,对俺马老六这个人,你也不应该陌生吧,‘实话实说’这种话你要是再说,咱俩就啥也别说了,我立马就走,中不中?”

李老鳖一:“中,你既然把话说到这儿,那我就照直说,不再绕圈子了。”

沙玉山：“对嘛，老哥哥，你是有文化的人，但你每章儿也在清平南北街上住过啊，朗朗利利，别让俺着急。”

李老鳖一稳了稳神儿，开始把他让侄倌去把沙玉山叫到家来的真正目的，不紧不慢地讲了出来。

自打秦昆生把李老鳖一请到信昌银号当襄理那一年开始，他就对黑墨胡同口跟儿，李慈民支的那口汤锅情有独钟，除了有其他原因，平时只要上班，去李家汤锅喝汤儿乎每天不卯。祥符城里能让他喝中的汤锅不多，连寺门跟儿马家的汤锅算上，也就那么三五家，在这三五家汤锅里面，他最认可的还是李家的汤锅，用他的话说，李家的胡辣汤好就好在胡椒上，一搭嘴就和别家的汤锅不一样。老日占领祥符城，李慈民的那个年龄不大的儿子李孬蛋，跟着艾三捌死了四面钟上老日的岗哨，事情败露之后，李慈民被吓窜，章兴旺在黑墨胡同口跟儿支起了汤锅，生意照样好的原因，并不是像人们说的那样，是黑墨胡同口跟儿的风水好，用李老鳖一的话说，还是汤好，章家汤锅能跟李家汤锅扛肩膀头的原因，还是汤里的胡椒不差上下。后来，老日被打窜，章家不知啥原因把汤锅撤了，李家重新把汤锅又支回到了黑墨胡同口跟儿。再后来，国军窜了，李家汤锅又冇挺过章家汤锅，也窜了。再再后来的事儿，就是新中国成立的公私合营，这就冇啥可说的了。李老鳖一话锋一转说到了当下。

李老鳖一说，共产党真是英明，搞了改革开放，祥符城里又让支汤锅了。可是，像马老六、章兴旺这些支汤锅的这一辈人都已经老了，要支锅也只能靠下一辈人来支，马老六的儿子马胜，章兴旺的儿子章童，这些孩子顺理成章就子承父业了。对支锅的人来说，别管是支胡辣汤锅还是支羊肉汤锅，支锅的地儿非常重要，风水这玩意儿不信还不中。章家要恢复支锅，首选之地肯定还是黑墨胡同口跟儿，可祥符市政府把书店街纳入了改造计划，章家的汤锅支不到黑墨胡同口跟儿了。就在这个时候，石老闷把石家汤锅支在了西大街上，章兴旺不知是出于啥想法，紧随其后把章家汤锅支在了东大街上。于是乎，石、章两家挺头，还打了一架，结果是石家冇挺过章家，蔫儿了，不吭不哈把西大街上的汤锅给撤掉了。在李老鳖一看来，即便是石家汤锅不如章家汤锅，也冇必要撤掉啊，在人们眼里，这里头一定是有啥臬细，但具体是啥臬细谁也不知。

李老鳖一对沙玉山和马老六说，要论私交，这些年清平南北街上与他交往比较多的人，就是章兴旺，他本人也乐意跟章兴旺交往。且不说章兴旺嘴甜会来事儿，最让他心里舒坦的是，明明是同辈人，摊为年岁比章兴旺大不少，章兴旺见面总称呼他爷们儿。这不是乱辈儿，是章兴旺对他的一种尊重，别管这样的尊重是不是七姓八家的缘故，但是，这已经能说明，自己身上还是有一些能让七姓八家人尊重之处的，当然，在个别尊重他的人当中，还有七姓八家中的李慈民。

说到这儿，沙玉山面带惭愧地说道："其实，俺也应该叫你一声爷们儿，不管咋说，你老的岁数在这儿放着呢，都快比我大一轮了。"他把脸转向马老六："是不是，老六？"

"是这，是这。"马老六在赞同沙玉山的说法之后，说道，"我平常跟老爷子碰面的时候，有点儿爱搭不理，还是摊为李家和章家在黑墨胡同口跟儿支起汤锅以后，我觉得，老爷子看不起俺马家的汤锅了，都是汤锅惹的祸，对不住老爷子，压今个我开始改口，也称呼你老为爷们儿。"

李老鳖一："那倒不必，该咋称呼还是咋称呼吧。既然老六说都是汤锅惹的祸，咱还是说说汤锅吧，这也是我今个叫恁来的目的。"

沙玉山："你老接着说吧。"

李老鳖一："刚才说到章兴旺和李慈民，他俩挺头是摊为汤锅，说白了就是摊为胡椒。有一点清平南北街上的人都清亮，我也做过一些打听，章家和李家汤锅里掌的都是印度胡椒，这印度胡椒是压哪儿来的，恁听说过冇？"

沙玉山："我听人说，章家的印度胡椒是压艾大大那儿弄来的。"

李老鳖一摇了摇头。

马老六:“我听说是李慈民压西边弄过来的,我问过他,那货只是笑,冇吭气儿。”

李老鳖一:“看来,卖牛肉的还是冇卖胡辣汤的操心啊。”

沙玉山:“你的意思是说,老六说得对?”

李老鳖一:“也不是老六说得对,把老六说的和你说的,综合到一块儿,也就有个八八九九了。我这是拼图,也不一定完整,想听吗?”

沙玉山:“你这老头儿,你叫俺来不就是说胡辣汤的事儿嘛,卖关子了不是,再卖关子俺俩就拍屁股走,不听你说了。”

李老鳖一呵呵笑了,一不留神被呛住,剧烈地咳嗽了起来,吓得沙玉山急忙上前去拍着李老鳖一的后脊梁,待那个侄倌端过水杯,让李老鳖一喝罢两口之后,才把他的咳嗽给压了回去。

平静下来的李老鳖一,开始继续着要往下说的话,他把清平南北街上人们的传言,和他自己的判断,规整了一下,讲出了一个与事实相符合的故事原型。那就是,李慈民压西边带回了印度胡椒,为了感激艾三,他把印度胡椒送给了艾家。章兴旺是在凹腰村,喝罢艾三用印度胡椒熬成的汤后,牢牢记住了这款胡椒,至于章家汤锅的印度胡椒,是不是压艾家或李家那儿来的,还不好说的原因就是,艾大大死了,艾三压监狱里放出来之后又冇影儿了,李家就更无从考据,祥符城一解放,李慈民全家都不知窜哪儿去了,是死是活都很难说。

瞅着沙玉山和马老六仍旧一脸蒙圈的脸,李老鳖一说出了自己最后要说的话。

李老鳖一满脸严肃地说:“在我眼里,李慈民是个好人,章兴旺也不是个孬人,但是,好人跟好人不见得能和睦相处,坏人跟好人也可能相处得更好。今个我把恁叫来,真正想说的是,我快不中了,再活也活不过几天了,在我死之前,想说的是,今个我话搁这儿,不信咱走着瞧,印度胡椒熬出的胡辣汤,会成为咱祥符城里喝家最多的汤,头把交椅不在话下,别管汤锅支在哪儿,这个功劳不是哪个人的,是祥符城的,是寺门的,是清平南北街的。再具体点儿说，冇清平南北街就冇七姓八家，冇七姓八家就冇祥符城最好的汤。但是，汤再好喝，也不能稀里糊涂去喝，就像俺的七姓八家，别管是好是孬，咋着也得清亮自己的来龙去脉。所以我说，别管是章家的汤还是李家的汤，既然掌的都是印度胡椒，就要弄清楚这印度胡椒到底是谁弄来的，别摊为这个印度胡椒，互相残杀，最后把清平南北街和七姓八家的脸面丢尽。搞清楚了印度胡椒的来龙去脉，咱不管把汤锅支在哪儿，都可以敞明亮响地说，祥符城最好喝的汤是压清平南北街上熬出来的……”

或许说话过多，又太激动，李老鳖一又是一阵剧烈的咳嗽，伺候他的侄倌急忙上前，又给他拍起后背的同时，对沙玉山和马老六说：“中了，别让老头儿再说了，冇瞅见他是在硬撑着吗？别再说了……”

沙玉山对李老鳖一说：“你要说啥俺已经都明白了，好好歇着吧，有啥事儿让恁侄倌去寺门找俺，需要俺弄啥，你就言一声。”

筋疲力尽的李老鳖一，眨巴了一下眼睛，他确实已经说不出话了。

20.“咱清平南北街这些熬胡辣汤的，不管他们把汤锅支在哪儿，谁家的汤最好？”

压双龙巷回清平南北街这一路上，马老六满脸的不高兴，嘴里还叨叨个不停。

马老六：“啥意思？寺门最好的汤是他俩熬出来的？别管章兴旺还是李慈民，不识字摸摸腰牌，别说寺门的胡辣汤，整个祥符胡辣汤的鼻祖是谁？俺爹在清平南北街上熬汤的时候，他俩的爹估计还在玩尿泥呢！印度胡椒咋啦？就凭他两家汤里的胡椒是印度的，就不能算是正宗的胡辣汤！”

沙玉山：“你也别就这说，东大寺大殿顶上的星月，按理儿还应该是耶路撒冷的呢，咋，东大寺就不是咱中国的了？”

马老六:“咱俩这不是在说吃食儿嘛,扯恁远弄啥,就不搭!”

沙玉山:“咋不搭?你要说到吃食儿,咱寺门哪一样吃食儿是咱自己发明的?我都能给你找到老祖宗是谁。就说你爱吃的小烧饼夹肉,跟西安的肉夹馍有啥区别?都是把肉夹着吃。要说历史悠久,人家的肉夹馍是唐朝的,咱的小烧饼夹肉是宋朝的,谁是爷谁是孙?当然是人家唐朝啊。”

马老六:“你这个比喻就是抬杠。我的意思是,李老鳖一说章兴旺和李慈民熬胡辣汤,就是论资排辈,在咱寺门也轮不着他俩。”

沙玉山:“人家李老头儿也冇说,章家和李家的胡辣汤,是咱寺门胡辣汤的鼻祖啊,李老头儿的意思是,他两家的胡辣汤,是青出于蓝而胜于蓝,就是摊为有印度胡椒,所以才受喝家们欢迎。这有啥不对吗?瞅瞅你吃味儿吃的,鼻子不是鼻子眼不是眼的。咋?非得一说到胡辣汤,就是咱祥符的最好?非得一说到祥符胡辣汤,就是咱寺门的最好?马家的最好?别发你的迷了,我今个把话给你撂这儿,恁马家的胡辣汤要是再这么吃老本,不定哪天咱清平南北街上再冒出个汤锅,就呛你马家的茬了。”

马老六仍是一脸的不服气:“呛茬就呛茬呗,俺马家胡辣汤又冇想做祥符胡辣汤的老大。”

沙玉山:“就你这个样儿还想做老大?你能做上老六就不孬!”

马老六扑哧一声笑了。

沙玉山:“中了,说归说,笑归笑,书归正传,咱俩说点正事儿。”

马老六:“正事儿不就是李老头儿刚才说的那事儿嘛,搞清楚印度胡椒的来龙去脉,到底是压哪儿来的,为啥章兴旺会恁噎胀。”

沙玉山:“这只是一方面。李老头儿的意思是,只有搞清楚印度胡椒的来龙去脉,咱寺门才能理直气壮对任何人说,清平南北街寺门的各种吃食儿,其中包括恁马家的胡辣汤,才是祥符城里最好的吃食儿。其实,李老头儿真正是想说,咱寺门人的光明磊落,比寺门的吃食儿更重要。”

马老六似乎压沙玉山话语中,悟到了一种分量,一种超越了胡辣汤本身的价值。

…………

时隔一天，就在沙玉山和马老六去罢双龙巷的第二天，李老鳖一的侄倌就跑到沙家报丧，李老鳖一在沙玉山和马老六走罢的当天晚上，就被人民医院的救护车拉走，抢救无效，无常（去世）了……

这位被人们叫了一辈子绰号李老鳖一、大名叫李宏寿的老人，临终之前写下了一份遗嘱，死后全部财产归那个伺候他到老的侄倌所有，不搭灵堂，不搞任何吊唁仪式，火化后把他的骨灰，埋在祥符城外西边的任何一个地方都中。他在遗嘱里还说，他活了一辈子，既不想当回民，也不想当汉民，他就是一个被祖先压西边带到祥符的，来路不明的生命，他既不叫李老鳖一，也不叫李宏寿，他自己也不愿意知道他叫啥名儿，不管叫啥名儿，他在这座祥符城里面活了九十多年，且不说够本不够本，反正他是死在了这里，那就按照国家民族事务委员会给他们这个族群做出的最后定义，他的称呼是——犹太后裔。

埋李老鳖一骨灰那一天，那个一直照顾李老鳖一晚年的侄倌，领着个半大小妞儿去到了祥符城的西边，选择了一片漫天野地，和那个半大小妞儿一起，把李老鳖一的骨灰埋进泥土里，埋罢之后，侄倌对着泥土下的李老鳖一说道："叔，我和你一样，有儿有女，今个和我一起来的，是我的女侄倌。我要告诉她，等我死罢以后也跟你一样，把你给我留下的房子，我留给我的女侄倌，我要告诉她，等我死罢以后，让她也把我埋在这里，咱爷俩做个伴儿，我还能继续伺候你……"

…………

李老鳖一死后，沙玉山一直在想，李老鳖一把搞清印度胡椒来龙去脉的事儿交给自己，除了信任和不让别人对寺门说三道四之外，还有的就是，要让祥符城里的七姓八家搞明白一个道理：别管眼望儿在祥符城生活得咋样，都是外来户。也别以为恁就是正宗的祥符人了，也别以为恁的先人讲希伯来语，恁就比别人聪明，比别人能蛋，活在当下只要恁说祥符话，恁就是祥符人，只要靠恁的手艺卖吃食儿为生，恁就是寺门人。沙玉山清亮，李老鳖一临死之前把这事儿委托给自己，还有一个重要原因就是，沙家是穆斯林，不在七姓八家之列，七姓八家在清平南北街上对沙家的尊重，和对沙玉山的怯气，使他们不会出现为一口胡辣汤锅，再拼个你死我活的情况。可是，沙玉山更清亮，不管咋说，自己也是八十出头的人了，虽说只比李老鳖一小个十来岁，但在寺门他却已经算是年龄最大的老头儿，清平南北街上的各路混家，一茬又一茬，都对自己尊重不假，但自己发句话，要想让他们都听咱的，恐怕是难心。想来想去，他决定把这个"革命重担"，搁到自己的二儿子沙义孩儿肩头上。不管咋着，在党中央开罢会，还冇全面落实三中全会伟大政策的时候，沙义孩儿就偷偷在宋门支过一口汤锅，虽然眼望儿子承父业，沙义孩儿卖起了牛肉，但熬胡辣汤那些事儿，沙义孩儿门清。想到这儿，沙玉山把正在打麻将的沙义孩儿，压麻将桌上连拉带拽，硬捞进了自己屋里。

沙义孩儿极不耐烦地："啥要紧事儿啊，不能等打罢牌再说吗？"

沙玉山正着脸，用手一指椅子："你坐下，我有话对你说。"

沙义孩儿压他爹脸上已经感觉到，他爹这是遇上事儿了，如果冇特别重要的事儿，如果是家里吃喝拉撒的那些事儿，他爹从来不会直接跟他说，都是让他娘跟他说。

沙义孩儿坐到了椅子上，压兜里掏出烟，递给他爹一支，自己点上一支。

沙玉山把沙义孩儿递给他的烟搁到了桌子上。

"你咋不抽啊？来，我给你点着。"沙义孩儿把打火机伸到沙玉山面前，被沙玉山推开。

沙玉山满脸严肃地："义孩儿，我问你个事儿。"

沙义孩儿："啥事儿？你说。"

沙玉山："你熬过几天胡辣汤，对胡辣汤的事儿比我清亮，你约莫着，咱清平南北街这些熬胡辣汤的，不管他们把汤锅支在哪儿，谁家的汤最好？”

沙义孩儿：“谁家的最好？那要看咋说。”

沙玉山：“就按你的口味说。”

沙义孩儿想了想：“按我的口味说，目前应该是章兴旺熬的汤最好。”

沙玉山：“为啥？”

沙义孩儿：“这还用问为啥吗，不是都说他家的汤里掌的是印度胡椒嘛。”

沙玉山点了点头，又问：“章家汤锅里的印度胡椒，是压哪儿来的你知不知？”

沙义孩儿：“这说法可就多了，有人说是压李慈民那儿弄到的，有人说是压艾家那里弄来的，还有人说，日本人占领祥符的时候，章家在右司官口支了个杂碎汤锅，有个爱喝杂碎汤的日本人送给他的，还有人说，章家和李家争夺黑墨胡同口跟儿的时候，就是摊为李家人说，章家汤锅里的印度胡椒是压李家偷的，所以他两家才闹了个稀碴砰（乱七八糟），还差点出人命，说法多了，还有人说……”

沙玉山制止道：“中了中了，别再说了，你说的这些全是道听途说！”

沙义孩儿：“那你给我说个不是道听途说的，章家汤锅里的印度胡椒是压哪里来的？”

沙玉山半烦地：“我要是知就不问你了，就是摊为不知我才问你的。”

沙义孩儿：“爸，我说句不该说的话，咱卖咱的牛肉，咱又不支汤锅，咱管他印度胡椒是压哪儿来的，你这不是咸吃萝卜淡操心嘛。”

沙玉山把老眼一瞪：“你懂个球！这不但跟咱卖牛肉有关系，跟咱清平南北街上卖任何一样吃食儿都有关系，而且是大关系！”

沙义孩儿一瞅他爹有点儿想恼，不敢再用这种口气说话了，于是把调门放低了问道：“那你说给我听听，跟咱清平南北街有啥关系啊？”

于是，沙玉山就把李老鳖一临死之前，跟他和马老六说的那些话，和所要表达的意思，原封不动地说给了沙义孩儿。

沙义孩儿听罢他爹说的话以后，半晌不吭声，又点着一支烟。

沙玉山抓过桌子上的打火机，把刚才冇抽的那支烟点上，深深吸了一大口，说道："义孩儿，我也跟你实话实说，恁爹要还是你这个岁数，恁爹才不会让你来办这件事儿。眼望儿广播和电视里，见天吆喝改革开放，发展经济，咱寺门的各种吃食儿刚刚冒出头来，祥符人就高兴得不得了，咱不能摊为一颗老鼠屎毁了一锅汤啊……"

沙义孩儿当然清亮他爹说的这个道理，前些天章家汤锅和石家汤锅打架，虽说是在东西大街上，可已经有不少传言，说是清平南北街上有两家熬胡辣汤的打架，是摊为一家汤锅偷了另一家汤锅的印度胡椒，这哪儿跟哪儿的事儿啊。还有人说，石家汤锅不支了，是摊为龙亭区工商局的局长爱喝章家的汤，石家挺不过章家是章家上面有人，所以才把汤锅压西大街上撤了。说句难听话，眼望儿的祥符城，你只要是清平南北街上的人，你就是把汤锅支到漫天野地，人家也会说这是寺门的汤锅，汤好汤孬，你想不认这个账都不中。

沙玉山语重心长地对沙义孩儿说道："二孩儿，咱沙家的根儿不在祥符，也不在寺门，咱沙家是压山东过来的，是清平南北街收留了恁爷爷，才有了咱这五辈人。这条清平南北街上的人为啥都认咱沙家？不是摊为恁爷爷沙金镖开过镖局，也不是摊为咱沙家人都会练玩意儿，都能打仨贴俩（武功好），最重要的还是，咱沙家人厚道、仁义、不怯官、不惧匪，你人物我比你更人物，你敢剁胳膊，我就敢剁大腿。要不是这，咱在清平南北街上跺跺脚，钟鼓楼都能吓瑟？义孩儿啊，当初给你起'义孩儿'这个小名儿，就是要让你一辈子围绕一个'义'字儿，讲义气，就是那个啥？哦，就是那个：义薄云天、义不容辞、义无反顾、大义凛然，不要见利忘义……"

沙义孩儿终于憋不住了，冲他爹一挥手："中了中了，这义那义，还见利忘义不仁不义呢，你老就别再拽词儿了，我已经清亮你老人家的意思了。别管了，不就是弄清亮章家汤锅里的印度胡椒是压哪里来的，给咱清平南北街正正名儿，让祥符城里那些爱到寺门来买吃食儿的人放心，不管到啥时候，寺门的吃食儿都是祥符最好的吃食儿。”

沙玉山：“就是这个意思，就是这个意思！”

沙义孩儿：“我当多大个事儿呢，就这么点破事儿，还用你老抻（伸）头吗？别管了，三天之内我就给你查个水落石出，你信不信？”

沙玉山：“义孩儿，你先别吹，这事儿可冇你想得那么简单。”

沙义孩儿：“那有多复杂啊？还能比当年你老人家在清平南北街上，跟卖尻孙老日斗智斗勇复杂吗？”

沙玉山：“那不能比。”

沙义孩儿：“这不妥了嘛。中了，你老也别再说这说那了，我说三天就三天，等我把印度胡椒的来路弄清亮了，你老能不能答应我一件事儿。”

沙玉山：“啥事儿？”

沙义孩儿指着沙玉山的手指头，说道：“我要把这事儿办成了，你老人家能不能把你指头上这颗大金镏子给我，中不中啊？”

沙玉山把眼一瞪：“你想得美！”

爷俩同时哈哈大笑了起来，笑罢之后，沙玉山爽快地压自己的手指头上抹掉那颗大金镏子，递给沙义孩儿，说道：“给，大金镏子归你了，事儿你可得给我办朗利啊。”

沙义孩儿接过大金镏子，套在左手的无名指上，冲他爹一抱拳，学着戏曲道白：“得令——”

其实，沙义孩儿心里可清亮，他爹为啥让他去做这件事儿，并不是他爹说的那样，是自己岁数大了，冇那个精力。要说岁数，他爹刚刚八十出头，见天大早起还窜到汴京桥旁边练拳脚，黑间吃罢晚上饭，还跟几个票友凑在一堆唱京剧，他爹唱花脸那个劲头，就是年轻孩儿也比不了，用石老闷的话说，沙玉山唱起戏来，底气足得可以撞死一头牛。就凭他爹眼望儿这个身子板，清平南北街上他们那一茬人，像马老六、石老闷、章兴旺他们都冇法儿比，别说让他爹去打听印度胡椒的事儿，就是让他爹再穿上褡裢摺跤（摔跤），应该也冇啥大问题。

可是，沙玉山并不是这样想，尽管他有着跟李老鳖一同样强烈的愿望，不想让胡辣汤被人恶心，影响到整个寺门刚刚恢复的吃食儿生意，可他也不想得罪清平南北街上他那一茬老弟儿，尽管还不知印度胡椒这事儿到底怨谁，即使是知道了怨谁又能咋样？李老鳖一说得义正词严，但事情可冇他说得那么简单，且不管印度胡椒究竟是压哪儿来的，是不是每章儿李慈民压西边带回来的，也不管眼望儿章家跟石家到底摊为啥打得血糊淋剌，你就是把事儿弄清楚了又能咋着？是好是孬都是一个门口的，抬头不见低头见，你就是再锵实，你又能把人家咋着？不让人家再出摊儿支锅？还是能把人家压清平南北街上撵走？鸭子踢死驴——可能吗？把话又说回来，李老鳖一那个老头儿临死之前，对这事儿耿耿于怀，说到底，还是为了他们七姓八家，只要能搞清楚印度胡椒的出处，就能奠定七姓八家在祥符支汤锅的地位不说，最重要的是，七姓八家在清平南北街上的地位，即便不利于七姓八家，那也不是件坏事儿，起码能让七姓八家做吃食儿的人明白一个道理，别逞能蛋，枪打出头鸟，七姓八家代代繁衍生息才是最重要的，也不辜负一千多年前他们的先人不远万里来到祥符。李老鳖一把这事儿算是给想透了，临终前，他把清平南北街上的无冕之王沙玉山叫到家里，托付给他。而沙玉山把这事儿也想透了之后，决定退避三舍，自己不出头，让自己的二儿子沙义孩儿去干这事儿，干成干不成另说，起码留下了一些余地。

沙义孩儿当然清亮他爹为啥不愿意抻这个头，眼望儿的清平南北街已经不是他爹那个时代的清平南北街了，老一茬儿已经基本退出了历史舞台。沙家牛肉的传承交给自己，马家胡辣汤锅的传承，马老六交给了儿子马胜，章家的胡辣汤锅，章兴旺交给了儿子章童，石家的胡辣汤锅，石老闷交给了儿子石小闷。可以说眼望儿的清平南北街，已经是他们下一代人的天下，他爹让他抻这个头，一旦得罪了老一辈儿，他爹还可以出面化解：义孩儿是个晚辈，别跟他一般见识，老不跟小计较，也就罢了。而同辈跟同辈就不一样了，说翻脸就翻脸，说挺瓤就挺瓤，别管闹到哪一步，都是同辈之间的事儿，谁对谁错谁也说不到哪儿去，大不了谁也不搭理谁呗。有一点沙义孩儿心里可清亮，他跟他爹之间最大的不同就是，这条清平南北街上，好像有几个人敢跟他翻脸，所以他才敢在他爹面前大包大揽，还敢把眼睛盯上他爹手指头上的大金镏子。

沙义孩儿眼望儿在寺门跟儿的霸气不亚于他爹年轻的时候，但他可要比他爹贼（精明）得多，在继承了他爹会做牛肉、会练玩意儿、会唱京剧、会养鹩哥之外，他会的比他爹多出的一样就是骂人。他的骂人在清平南北街上称得上是一道景观，跟他越亲近的人他越骂，关系越好的人他越骂，那些他瞅着不顺眼的人，走个脸对脸他搭理都不搭理，清平南北街上的人，用革命样板戏里的一句台词，演绎了一下搁在了沙义孩儿身上，"不怕坐山雕暴，就怕坐山雕笑"变成了"不怕沙义孩儿骂，就怕沙义孩儿不搭理"，只要沙义孩儿跟谁走个对脸不搭理，对方心里就会隔意，自己咋得罪沙义孩儿了？

沙义孩儿压他爹屋里出来后，一边擦一边欣赏着套在自己手指头上的大金镏子，满脸可展样，迎面碰见了灰头土脸的石老闷。

沙义孩儿："老闷叔，我正说找你呢。"

石老闷闷闷地问了一句："找我啥事儿？"

沙义孩儿："有啥事儿，抢银行，你去不去啊？"

石老闷闷闷地回了一句："让恁爹跟你去吧。"

沙义孩儿笑了，用左手拦住石老闷的去路："别走，老闷叔。"

石老闷正着脸："啥事儿啊？"

沙义孩儿："瞅瞅，我这个金镏子咋样？"

石老闷瞅了瞅沙义孩儿伸到眼跟儿的左手："我瞅着像是恁爹手上戴的那个啊？"

沙义孩儿："老闷叔好眼力。"

石老闷："恁爹的筐里有烂杏儿，有个还是疤瘌的。"

沙义孩儿笑道："俺老闷叔的筐里也有烂杏儿啊。"

石老闷:“我跟恁爹可不能比,恁沙家的牛肉有人挺头,俺石家的汤锅头破血流。中了,孩子乖,你该弄啥弄啥去吧,我这儿还有事儿。”

沙义孩儿依然用手挡着石老闷的去路:“老闷叔,不跟你打缠(说废话)了,有件事儿咱爷俩得给一块儿喷喷。”

石老闷:“啥事儿?眼望儿说吧。”

沙义孩儿:“就这吧,老闷叔,今个晚上我去恁家找你,咱爷俩再喷,你看中不中?”

石老闷:“中不中你都说了。”说罢拨拉开沙义孩儿的胳膊,朝清平南北街南口走去。

沙义孩儿的话音儿跟了过去:“老闷叔,你可别忘了,晚上在家等我!”

石老闷头也不回,一声不吭地朝南口走去。

吃罢晚上饭,沙义孩儿晃着他那两条满是肌肉的大粗胳膊走进了石家,一进门先掏出烟给石老闷递了过去,石老闷接过沙义孩儿递上的烟,瞅了瞅说道:“还是恁沙家的人会办事儿,抽恁好的烟。”

沙义孩儿:“好啥好,不就是大前门嘛,眼望儿大前门已经不算啥好烟了。”

石老闷把烟点着:“人比人气死人啊,瞅瞅你,戴着大金镏子,抽着大前门,再瞅瞅恁小闷弟,支口汤锅想过上好一点儿的日子,还差一点儿被打柴坏(残)。”

沙义孩儿:“老闷叔,恁两家这一次打架,动静可是不小啊,恨不得整个祥符城都知,清平南北街上的石家和章家摊为一口汤锅照死里挺头,可出大名了。”

石老闷:“你是不是要说,胡辣汤的老祖宗是谁啊?”

沙义孩儿:“还是这事儿。”

石老闷:“还是啥事儿啊?”

沙义孩儿:“恁两家打架的事儿。”

石老闷:“咋?你是来拆洗的?”

沙义孩儿:“我才不是来拆洗的,我是来调查的。”

石老闷不屑地瞅了一眼沙义孩儿,说道:“你调查啥?你是公安局还是区政府?你来调查,轮八圈也轮不着你来调查。”

沙义孩儿笑了:“老闷叔所言极是,别说轮八圈,就是轮八十圈,也轮不着我来调查,要不是俺爹逼着我来,我才不来。”

石老闷:“恁爹?”

沙义孩儿:“对啊,是俺爹。”

石老闷:“恁爹管这事儿弄啥?”

沙义孩儿:“俺爹吃饱撑的呗。”

石老闷严肃了起来,说道:“别跟我打哩戏,恁爹啥意思啊?咋,他想管这事儿?”

当石老闷一听是沙玉山让沙义孩儿来问这事儿的,心里犯起了嘀咕,虽说沙玉山在东大寺门是个大人物,可一般来说,沙玉山从不去过问谁跟谁挺瓤,谁跟谁不得劲,谁跟谁有过节这些事儿。用沙玉山不止一次说过的话说,在东大寺门,他沙家唯一要做的事儿,就是把牛肉煮好,谁要想跟沙家挺头,就在牛肉上挺头,其余的事儿统统跟沙家无关,沙家也不会掺和。在这一点儿上,沙家人确实做得很到位,谁也说不到哪儿,别看沙义孩儿在社会上孬得出名儿,在清平南北街上,他沙义孩儿就是戴着大金镏子横着走路,他也冇跟任何人挺过头,这都是他爹沙玉山教育的结果。

想到这儿,石老闷一本正经地说道:“义孩儿,你也别跟我绕圈子,你就说恁爹是啥意思吧。”

沙义孩儿:“老闷叔,我心里有数你跟俺爹的关系,和兴旺叔跟俺爹的关系不一样,我能看出来,俺爹是把你当成不外气的人,这一点儿你心里应该清亮。”

石老闷:“我当然清亮,我不但清亮,恁爹撅屁股拉啥屎我都知。”

沙义孩儿:“那你说说,俺爹这一回撅屁股要拉啥屎?”

石老闷思考片刻,说道:“我要是冇猜错的话,恁爹这一回插足俺胡辣汤的事儿,是受人之托。”

沙义孩儿:“老闷叔,别管俺爹是不是受人之托,我也可想知,你们老一辈的那些事儿,咱就不说这次恁两家打架的事儿,章家汤锅里的印度胡椒,到底是压哪儿来的?是不是跟李家有关系?啥关系?”

石老闷闷声不吭了,他接过沙义孩儿又递过来的一支烟,点着后陷入沉思。小孩儿冇娘说来话长,石老闷从头开始说起他所了解的李家和印度胡椒。

中

绘中原人底色

喝一碗胡辣汤

扫/码/品/味

走近王少华

了解作者，
发现创作故事。

中华文化谈

穿越千年，
探寻华夏之源。

中原美食汇

带你开启，
中原美食之旅。

天下胡辣汤

只为勾起，
舌尖上的乡愁